Le dernier empire des Templiers

Michael Miguères

Le dernier empire des Templiers

Roman

Le dernier empire des Templiers

Première édition

Cette fiction se déroule dans un futur proche.
Beaucoup de faits, de monuments et d'évènements historiques sont bien réels.

Trenton — Banlieue de New York.
Jeudi 21 septembre 2028 - 20 h

Trenton est un joli quartier résidentiel de la banlieue new-yorkaise où les classes supérieures peuvent jouir d'une qualité de vie qui n'est plus accessible en centre-ville. Moins de tumulte, davantage de verdure et d'espace : c'est le cadre de vie qu'a choisi le couple formé par Sarah et Mark Duran qui y vit depuis bientôt dix ans. Mark et Sarah travaillent tous les deux à l'Université de Princeton, niché à une vingtaine de minutes de Trenton, lorsque les routes sont clémentes. Ce soir-là, une soirée intime les attendait. Mark, encore fatigué de son voyage depuis Shanghai, avait promis à Sarah un dîner en tête-à-tête, mais il a dû se raviser.

L'Université accueille ce soir une délégation d'éminents universitaires venus des quatre coins du monde. Et qui d'autre que Mark Duran pour les recevoir ? Le Président de l'Université s'est montré très insistant pour qu'il reste dîner avec eux. Il faut dire que Mark Duran, plus connu comme le Professeur Duran, est une petite célébrité dans le monde de l'enseignement universitaire et cela l'oblige à certains devoirs et à certaines mondanités. Sa renommée avait dépassé les frontières, ses ouvrages se sont chacun vendus à des centaines de milliers d'exemplaires, et ses conférences rassemblent presque à chaque fois un millier de personnes, comme la dernière qu'il venait de donner à l'Université de Singapour sur le thème « *Bouddha en Occident : un prophète monothéiste ?* ».

Princeton tenait en lui son joyau, son ambassadeur, et ne manquait pas une occasion de le mettre en avant, surtout face à des invités de marque. À la tombée de la nuit, Mark se faufila discrètement dans le bureau de Sarah, après son dernier cours de 18 h. Il s'excusa à contrecœur de ne pas pouvoir la raccompagner comme promis. « *Prends ma voiture,* » murmura-t-il, « *je rentrerai en drone.* » Sarah, qui fait partie de la direction de l'Université, chargée des relations publiques, comprenait parfaitement les obligations de Mark malgré la déception. Leur amour était solide, mais les moments volés au détour d'un couloir ne pouvaient remplacer les instants intimes.

Plus tard, dans l'ambiance feutrée du restaurant de l'hôtel Hyatt Regency, Mark se tenait aux côtés du Président de Princeton, entouré d'une douzaine de dignitaires universitaires venus d'Asie et du Moyen-Orient, venus pour discuter de potentiels projets communs. Au programme du soir : l'organisation d'une grande conférence internationale sur « *Les mystères technologiques des civilisations disparues* » qui réunirait en même temps les dix plus grands experts mondiaux et qui se déroulerait dans une sorte de metaverse créée spécialement pour l'occasion. L'atmosphère est électrique avec une telle profusion d'idées de la part d'éminentes personnalités venues du monde entier.

Le conseiller éducation d'un émir de la péninsule arabique prit à part le Professeur Duran pendant quelques minutes pour lui demander de dédicacer personnellement quelques exemplaires de ses livres à plusieurs membres de sa famille royale qui adorent ses travaux. Sa connaissance intime et fine de l'histoire des religions, croisées avec l'histoire des grandes civilisations, frappe tous ses interlocuteurs et met des réflexions sans fin dans les têtes de ceux qui l'écoutent. Ses analyses éclairées sur les croyances polythéistes et les traditions théologiques étaient devenues légendaires. Nul ne sort intellectuellement indemne d'une rencontre avec le Professeur Duran ; qu'elle intervienne dans ses livres, ses conférences ou lors de moments privilégiés. Sans désacraliser l'histoire religieuse, il avait approfondi les idées humaines sous-jacentes à chaque crédo et à chaque grand enseignement religieux. Son érudition au sujet des croyances polythéistes grecques, égyptiennes ou romaines finit toujours par éblouir.

Mais avec la renommée étaient aussi venues des rumeurs. De nombreuses théories du complot ont même éclos à son sujet. Des murmures sur une appartenance à des sectes, d'être rémunéré chèrement par des sociétés secrètes pour l'apologie d'une religion, ou même de démolir d'autres religions. Malheureusement pour eux, aucune de ces théories ne résiste à l'analyse de ce qu'il a écrit réellement, et les diverses grandes autorités religieuses à travers le monde le tenaient en grande estime.

Lorsque la rumeur d'un nouveau livre sur les civilisations disparues avait fuité, l'Université avait été en émoi. Certains collègues en section archéologiques et histoires anciennes avaient fait part de leurs émotions à la suite de cette annonce. Ils craignaient que la renommée de Duran éclipse leurs recherches, minutieuses et souvent laborieuses en laboratoire, tandis que d'autres accueillaient avec enthousiasme l'opportunité de mettre en lumière leur domaine et une visibilité inespérée dans l'opinion ! Malheureusement, ce buzz n'était pas vraiment fondé, car le Pr Duran avait déjà bien d'autres projets, mais cette agitation ne faisait que souligner l'impact monumental de ses travaux.

Pour Duran, les rencontres de ce genre n'étaient pas seulement des dîners mondains. Elles étaient un baromètre, lui permettant de sonder les pulsations du monde académique, de jauger sa propre influence et de se tenir informé des découvertes les plus récentes de ses collègues à travers le monde.

Les conversations s'enflammèrent rapidement autour des dernières publications et des dernières annonces, chaque intervenant apportait une contribution lumineuse. Les sujets d'intérêt fusaient, se mêlant aux débats passionnés sur les dernières découvertes. Duran, au centre de cette mêlée intellectuelle, absorbait chaque information, chaque nuance, chaque contradiction. Le Président de l'Université, assis à ses côtés, affichait un sourire satisfait, conscient de la richesse de ces échanges. Les heures s'envolaient, emportées par le tourbillon des discussions. Les aiguilles de l'horloge avançaient inexorablement, et alors que l'heure avançait, le dessert n'avait toujours pas fait son apparition. Mais peu leur importait la nourriture, l'appétit de connaissance de l'assemblée était ailleurs, insatiable.

Pendant ce temps-là, l'obscurité enveloppait la maison cossue des Duran, seulement interrompue par la lueur tamisée du salon où Sarah, plongée dans ses dossiers, préparait méticuleusement le roadshow destiné aux généreux donateurs de l'Université. Le silence y régnait depuis un moment, jusqu'à ce qu'un coup à la porte le brise net. Le cœur de Sarah manqua un battement. « *Peut-être Mark, revenu plus tôt que prévu avec un bouquet pour se faire*

pardonner ? », pensa-t-elle avec une pointe d'espoir. Elle se dirige vers la porte, mais une intuition la pousse à laisser la chaîne de sécurité en place.

Lorsqu'elle entrouvre la porte, elle découvre un homme qu'elle ne reconnaît pas. Ses yeux semblent trahir une urgence, peut-être même une violence.

— Bonjour, Madame, je suis désolé de vous déranger à cette heure. Je m'appelle Arthur Perkins. Nous avons absolument besoin de parler au Professeur Mark Duran. C'est d'une importance capitale.

Sarah sentit une boule se former dans son estomac. Les visites impromptues à une heure aussi tardive étaient rares. Et bien que Mark ait tissé un vaste réseau d'influences et d'expertises, cette intrusion nocturne la mettait mal à l'aise.

— Je suis désolée, il n'est pas ici en ce moment. Si vous me laissez vos coordonnées, je m'assurerais qu'il vous rappelle dès son retour. Sa voix tremblait légèrement, trahissant une inquiétude qu'elle ne parvenait pas à cacher.

L'atmosphère est tendue. Les trois hommes, debout à la porte, échangent des regards, quelque peu surpris par l'absence du Professeur. Perkins, leur meneur apparent, reprend la parole.

— Madame, nous sommes vraiment dans une situation critique. Pourriez-vous nous accorder quelques minutes de votre temps ?

Sarah hésite. Son instinct lui criait de refuser, de fermer la porte. Mais son expérience en relations publiques lui avait appris à désamorcer les situations tendues. Et puis, *peut-être, ces hommes étaient-ils vraiment en détresse* ?

— Entrez, dit-elle finalement, mais je ne peux vous accorder que quelques instants.

— Cela suffira, répondit Perkins, arborant un léger sourire de satisfaction.

Perkins dégageait une aura imposante. Son allure athlétique, ses épaules larges et son regard direct et droit témoignent d'un passé militaire. Il était un ex-commando rompu aux situations les plus extrêmes et aux missions périlleuses. Sarah, cependant, était loin de soupçonner la véritable nature de cet homme. Elle les guide vers le salon, leur offrant une place sur le canapé tout en prenant soin de garder une distance sécuritaire. Alors qu'elle s'apprête à leur demander la raison de leur visite, Perkins la devance.

— Madame Duran, nous pensons que votre mari détient des informations cruciales concernant le trésor des Templiers. Nous avons besoin de discuter avec lui de certains détails.

Sarah fut prise de court. *Le trésor des Templiers ? Pourquoi cette quête millénaire revêtirait-elle une telle urgence ?* Elle fixe les trois hommes, cherchant des réponses dans leurs yeux, mais ne trouve aucun indice. L'atmosphère est lourde, chaque mot prononcé semble peser une tonne. Sarah, le dos droit, tente de masquer son inquiétude.

— Je n'ai absolument aucune information pour vous aider, et je peux vous assurer que tout ce que mon mari a pu savoir sur le sujet a été publié dans son livre, intitulé…

— *Le Trésor oublié,* l'interrompt l'homme, avec un ton tranchant comme une lame et la fixant avec un regard froid et impénétrable.

Sarah hocha la tête, tentant de garder son calme.

— Oui, c'est bien ça. *Le Trésor oublié.*

— Madame, nous avons de bonnes raisons de croire qu'il en sait davantage que ce qui avait été publié et que vous le savez.

Un autre homme, plus grand et plus imposant, sort un exemplaire du livre de son sac. Il le feuillette rapidement, s'arrêtant à une page qu'il indique à Perkins, ce dernier reprend :

— Regardez ici, dit-il, pointant du doigt un passage précis. Votre mari parle des traces du Saint Graal en Espagne, en Angleterre ou encore à Jérusalem. Vous devez savoir que votre mari en sait forcément plus qu'il n'en a écrit. Il évoque plusieurs théories, mais il ne serait pas allé jusqu'à écrire un livre s'il n'était pas convaincu par l'une d'entre elles.

Sarah sentit son cœur battre plus fort. Elle se sent prise au piège. Ces hommes ne partiront pas sans obtenir ce qu'ils veulent. Elle tente de garder son calme face à ces inconnus.

— Écoutez, le Professeur Duran est avant tout un universitaire. Il est normal qu'il explore et documente différentes thèses à propos d'un même sujet. C'est la façon habituelle de travailler et de mener des travaux avec une rigueur scientifique. C'est la nature même de son travail. Ne présumez pas qu'il détient des secrets pour autant.

L'homme en face d'elle sourit, mais ses yeux restaient durs, presque glacials. Il s'approche légèrement, sa voix baissant d'un ton, empruntant presque celui de la confidence.

— Nous comprenons bien, chère Madame, les nécessités de ces méthodes de travail académique. Cependant, le Professeur Duran est considéré comme une autorité en la matière et nous avons plusieurs raisons de croire qu'il détient des informations cruciales. Nous avons besoin d'échanger avec lui sur différentes thèses. Cela nous est difficile de ne pouvoir tout vous expliquer, mais nous sommes face à une grande urgence et l'avenir de millions de personnes dépend de notre mission. Si vous êtes sûre de ne pas pouvoir nous aider, pourriez-vous au moins nous dire quand nous pourrions le voir pour en parler avec lui ?

Sarah sentit un frisson lui parcourir l'échine. Elle se sentit prise dans une toile d'intrigues bien plus vaste qu'elle ne l'avait imaginé. L'esprit de Sarah tourbillonne. *Des millions de personnes ? Quel lien pouvait-il y avoir entre le trésor des Templiers, perdu depuis des siècles, et une urgence d'une telle ampleur pour sauver des vies ?* Les hommes en face d'elle, avec leurs costumes impeccables et leurs manières polies, mais insistantes, ne lui inspirent aucune confiance. Elle prend une profonde inspiration, cherchant à gagner du temps.

— Je suis désolée, mais je ne peux pas vous aider. Mark a laissé ce sujet derrière lui il y a longtemps. Il ne vous sera plus d'une très grande aide, mais vous pouvez toujours vous référer à ses publications universitaires de l'époque et à son livre qui reprenait l'ensemble de ses recherches. Et pour votre information, il est actuellement à Singapour pour une tournée de conférences internationales en Asie et je ne sais pas quand il rentrera.

Perkins cligne des yeux, visiblement surpris par la détermination de Sarah. Il échange un regard avec ses acolytes avant de répondre.

— Madame, nous sommes prêts à nous montrer généreux, voire très généreux. Les gens pour qui nous travaillons attachent beaucoup d'importance à ce que toutes les pistes puissent être pleinement exploitées.

Sarah fronce les sourcils, analysant rapidement la situation. Ces hommes devaient ne pas être de simples chercheurs ou passionnés d'histoire. *Des gens pour qui ils travaillent ? Ils étaient probablement des chasseurs de trésors, prêts à tout pour mettre la main sur des artefacts précieux et les revendre au marché noir au plus offrant. Mark a fui ce genre d'individus toute sa vie, ils doivent appartenir à des réseaux criminels,* songe Sarah, se souvenant des avertissements de Mark sur ces individus sans scrupules. Elle devait agir avec prudence. La tension grimpait dans la pièce. Sarah, les yeux fixés sur les trois hommes, sent chaque battement de son cœur résonner dans ses oreilles.

— Cela ne l'intéressera pas, Mark a toujours refusé de faire du consulting pour des intérêts privés. Ses recherches sont uniquement pour le monde universitaire et le grand public, je suis désolée. Maintenant je vais vous inviter à partir. Désolée de ne pas pouvoir vous aider davantage, répond-elle assez sèchement.

Sentant le danger, Sarah se lève en faisant quelques pas, comme pour s'extirper d'une tournure inquiétante. L'un des hommes, les yeux rivés sur son smartphone, murmura quelque chose à Perkins. Son ton était bas, mais l'assurance dans sa voix était indéniable.

— Elle nous ment.

Perkins se tourne lentement vers Sarah, ses yeux désormais sombres, qui la scrutaient intensément.

— Madame, nous ne sommes pas ici pour vous faire du mal. Mais nous ne partirons pas sans les informations que nous cherchons.

Sarah recule, sentant le mur froid contre son dos.

— Je vous l'ai déjà dit, ni moi ni Mark ne pouvons vous aider. Vous devez partir maintenant.

Perkins soupira, son regard s'assombrissant davantage.

— Nous aurions aimé que cela se passe autrement, Madame.

Sentant l'imminence d'un danger physique, elle saisit alors un immense couteau de cuisine, posé sur le comptoir à proximité. Dans le même temps, elle sort son téléphone, essayant désespérément de le déverrouiller. Elle sait qu'elle devait agir vite, le danger paraît imminent.

Parking du siège du FBI de l'État du New Jersey, à New York. Jeudi 21 septembre 2028 - 21 h 30

L'obscurité mystérieuse de la nuit règne sur la ville qui ne dort jamais vraiment. L'agent Ryan Oxlade sort du bâtiment du FBI, les épaules pesantes après une journée qui semble ne jamais finir. Habituellement, il s'assure de quitter le bureau avant 20 h pour être frais aux aurores, mais la journée fut plus longue et intense que prévu. Il sort son téléphone, hésitant. Sur l'écran, une photo d'Anna, une éblouissante analyste financière d'origine allemande qu'il a rencontrée la veille, brille. Elle est apparue comme une vision dans une robe rouge au 230 Fifth Rooftop Bar, où il fut autant captivé par la vivacité de son esprit que par la beauté de ses yeux bleus et de sa silhouette fine et dessinée. Mais ce soir, après une journée à chercher les motivations de malfrats dans différentes enquêtes en cours, il se sent vidé, trop épuisé pour jouer les séducteurs. Son cerveau devrait se reposer un peu.

Il ouvre la portière de sa Ford Mustang Dark Horse noire, modèle 2024, et dépose son sac sur le siège passager. La voiture ronronne, le rugissement du moteur V6 résonnant dans le parking silencieux. C'est une machine d'une autre époque, une bête mécanique dont on sent les frémissements du moteur à chaque moment de conduite, qui défie les normes écologiques modernes. Mais pour Ryan, elle représente bien plus. C'est un rappel de ses jours dans sur des théâtres d'opérations en guerre, où il fraya la mort, une époque où chaque seconde compte. La Mustang est sa manière de saisir la vie, de la sentir vibrer physiquement avec intensité. Il accélère, laissant derrière lui le bâtiment du FBI et les ombres de la journée, se dirigeant vers l'inconnu de la nuit new-yorkaise.

Il prend la route qui l'emmène vers son domicile et veut écouter quelques morceaux de musique des années 1990, mais par conscience professionnelle, il allume d'abord la radio et la tourne vers une chaîne d'information. Sait-on jamais, si même le FBI ne sait pas ce qu'il se passe, où irait le monde ?

Nous sommes dans une année d'élection présidentielle, bien qu'il se tienne généralement à l'écart des intrigues politiques et des jeux de pouvoir, il se sent poussé à suivre les débats et les scandales. Ce n'est pas tant un plaisir qu'un devoir civique, une obligation silencieuse qu'il s'impose.

Flash — Dans un revirement inattendu, Matt Zuckberg, le maître d'œuvre de TheSocialNetwork, et candidat démocrate surprise, grignote son retard face à son adversaire républicain. Ce dernier, pris dans la tourmente d'un scandale lié à ses comportements inappropriés envers des femmes sur les réseaux sociaux, se trouve sur la défensive. Lors de sa conférence de presse, il y a quelques minutes, le candidat républicain a crié au complot, incriminant directement Matt Zuckberg qui n'a pas souhaité réagir. La société TheSocialNetwork a tout de suite porté plainte pour divulgation illicite de ses contenus. Le compte à rebours est lancé. Le débat prévu dans deux semaines promet d'être un véritable champ de bataille, où chaque mot sera une munition. Le pays retient son souffle...

Cette prochaine élection présidentielle américaine peut difficilement laisser indifférent. À la surprise générale, Matt Zuckberg, le créateur du premier titan des réseaux sociaux au monde, *TheSocialNetwork*, s'est porté candidat à la primaire Démocrate. Beaucoup pensaient que cette annonce était du bluff, un coup de publicité orchestré par le roi incontesté de la Silicon Valley qui voulait se servir de cette période de campagne électorale pour mettre les projecteurs sur ses nouvelles applications, mais des comités de soutiens et des publicités en ligne sont apparus dans la foulée de son annonce. Les premiers sondages publiés étaient plutôt bas, mais ne l'écartaient pas de la course pour autant à quelques semaines du vote à la primaire démocrate. Mieux encore, il a tout de suite publié une liste de plusieurs soutiens, comprenant des Gouverneurs ou des Membres du Congrès, qui ne s'étaient pour l'instant prononcés pour aucun candidat. Depuis, il n'a cessé de croître dans l'opinion et rattraper son retard.

Matt Zuckberg est le pionnier absolu. Il avait façonné l'ère numérique, propulsant TheSocialNetwork au sommet, le transformant dans le site le plus fréquenté du globe. Il a ensuite racheté de nombreuses autres applications de discussions ou de photos et généré des dizaines de milliards de dollars de profits chaque mois. Sa holding, Giga, possède les entreprises les plus à la pointe de la technologie et des milliards d'utilisateurs cumulés. Mais derrière le magnat de la technologie se cachait un visionnaire transhumaniste, un homme qui prônait une société purgée de toute croyance non fondée sur la science. Sa plateforme a commencé à bannir les fervents religieux, provoquant l'émotion des journalistes les plus croyants et des groupes religieux. Mais l'addiction à ses applications était trop forte ; personne n'osait se désengager.

La nouvelle génération, nourrie à la même source d'informations, façonnée par les mêmes contenus, semblait marcher au pas. Et au cœur de cette toile d'araignée numérique se trouvait Zuckberg, l'homme qui connaissait leurs pensées, leurs espoirs, leurs peurs. Nul autre que lui ne savait mieux ce que pensaient désormais les électeurs, quelles étaient leurs idées, leurs convictions ou comment les faire changer d'avis sur un sujet. Dans ce monde où le numérique avait éclipsé les débats traditionnels, il détenait le pouvoir ultime. Les campagnes dites « progressistes », amplifiées par les plateformes sociales, avaient provoqué une réaction viscérale chez les Républicains. Le parti, autrefois un pilier du conservatisme traditionnel, avait évolué vers une forme de bioconservatisme teinté d'une religiosité fervente. Cette mutation avait donné naissance à une version plus radicale, presque caricaturale, du GOP. Mais le vent de l'histoire semblait souffler dans une direction différente. Les sondages montraient une érosion constante du soutien au GOP. Les jeunes générations, assoiffées de liberté et de moins en moins enclines à la foi traditionnelle, se détournaient du parti. Le fossé entre le passé et l'avenir n'avait jamais semblé aussi grand.

Le calme de la nuit est brutalement interrompu par un « bip bip bip » strident. La radio de Ryan Oxlade s'anime, coupant net la mélodie apaisante qui emplissait l'habitacle de sa voiture.

— Oxlade, j'écoute.

— Ryan, ici le central, nous venons d'avoir un signalement une affaire potentiellement sensible, elle concerne l'enlèvement d'un membre d'une famille VIP, pour un motif encore inconnu. L'affaire nous a été signalée il y a moins d'une heure déjà, mais le grand chef veut que vous en soyez chargée. Elle semble assez complexe. On vous envoie les coordonnées GPS, c'est à une demi-heure maximum du Bureau. Avez-vous besoin de quoique ce soit pour vous assister dans l'immédiat ?

Ryan laisse échapper un soupir teinté d'ironie :

— Je suppose que refuser n'est pas une option ?

— Vous commencez à comprendre le système, lui rétorque sur le même ton la voix dans sa radio.

— Très bien, je file. Je vous tiens au courant dès que j'ai du nouveau.

La voix rauque de Ben Harper et sa reprise de *My father's house,* rempliront l'espace de la Mustang en direction de Trenton, cette enclave huppée à la périphérie de New York. La nuit promet d'être longue.

Ryan Oxlade, les yeux plissés, découvre la scène qui s'offre à lui. La maison, une bâtisse élégante aux allures victoriennes, est éclairée par les gyrophares des voitures de police, créant une ambiance irréelle. Il se dirige vers les policiers présents qui l'accueillent et lui font un récapitulatif bref, mais précis :

— Agent Kenneth, je suis ravi de vous rencontrer Lieutenant Oxlade, se présente l'un d'entre eux. Voici la situation : des bruits violents ont été entendus aux alentours de 22 h 30, dont un coup de feu, ce qui a déclenché un appel à la police du voisinage. Par chance, la rue était sur le passage d'une patrouille qui était à quelques blocs seulement de la maison qui a été signalée. La voiture de patrouille s'est alors mise en chemin, activant sa sirène, mais selon les voisins, deux voitures noires ont ensuite quitté les lieux à toute vitesse, probablement dans le sens inverse du chemin des policiers qui ne les ont pas croisés. Un signalement général a été donné dans toute la ville et étendu aux alentours, mais il n'a rien donné, difficile d'arrêter toutes les voitures noires sans plus de description ! Lorsque les policiers sont ensuite rentrés dans la maison, ils y ont trouvé des traces de violences, un impact de balle au plafond et la maison vide. Elle est normalement habitée par le professeur Mark Duran dont vous avez peut-être déjà entendu parler, il est professeur d'histoire à l'Université de Princeton, et vit avec sa femme Sarah Duran. Nous les avons alors appelés tous deux. Mark Duran a décroché, il se trouvait dans un UberDrone sans chauffeur en direction de la maison tandis que le téléphone de Sarah Duran a été retrouvé dans la maison. Nous redoutons qu'elle ait pu être kidnappée. Le professeur Mark Duran est arrivé il y a un quart d'heure, il se trouve à l'intérieur de la maison, si vous souhaitez aller lui poser quelques questions, vous pouvez y aller, mais il est sous le choc.

Oxlade hoche la tête en écoutant l'agent Kenneth, essayant de rassembler les pièces du puzzle.

— Kenneth, merci pour le récapitulatif. Avez-vous déjà fait une première analyse des caméras de surveillance du quartier ? Et avez-vous des témoins directs de l'incident ? demande-t-il, tout en scrutant les alentours.

— Nous avons déjà demandé les enregistrements des caméras de surveillance. Les techniciens sont en train de les analyser. Quant aux témoins, quelques voisins ont entendu les bruits, mais personne n'a vu directement ce qui s'est passé. Ils sont tous en état de choc, mais prêts à être interrogés.

Ryan acquiesce.

— Bien. Je vais d'abord parler au professeur Duran. Ensuite, je voudrais interroger les voisins. Et si possible, j'aimerais avoir un accès direct aux vidéos de surveillance dès qu'elles seront disponibles.

Il se dirige vers la maison, ses pas résonnant sur le pavé. En entrant, il est accueilli par une atmosphère lourde. Tandis que la police passe l'entrée et le salon de la maison au peigne fin, le professeur Duran, un homme d'âge mûr aux cheveux grisonnants, est assis sur une chaise de la cuisine, le visage blême. Ryan s'approche doucement, essayant de trouver les mots justes pour aborder un homme qui vient peut-être de perdre sa femme. La silhouette de Mark Duran évoque des souvenirs lointains à Ryan Oxlade. Il reconnaît là un ancien Professeur dont il avait suivi les cours pendant un semestre à Princeton, cela remonte à plus d'une quinzaine d'années maintenant. Les couloirs animés, les débats passionnés, et ce Professeur dont le nom faisait vibrer les murs de l'Université. Duran, avec ses théories audacieuses, avait été une énigme pour Ryan et ses camarades. Ses articles, osés et controversés, avaient déclenché des tempêtes académiques, faisant de lui la cible de critiques acerbes. Ryan se souvient d'une tribune cinglante, signée par des professeurs d'Harvard : « *Princeton ne doit pas être Hollywood !* ». Les rumeurs disaient que Duran trempait dans le cinéma, conseillant en secret des producteurs sur des scripts historiques. Des accusations que Duran avait toujours balayées avec une indignation feinte ou réelle. Mais ce soir, face à cet homme visiblement dévasté, ces polémiques semblent bien lointaines. Les lumières bleutées des gyrophares de la police se reflètent sur les carreaux de la cuisine et donnent à la scène une atmosphère qui rajoute sans doute du trouble à Duran. Oxlade s'avance lentement, ses pas résonnant sur le carrelage. Il peut sentir la nervosité palpable de Duran, qui, malgré son état, semble prêt à se défendre, à justifier son innocence.

— Professeur Duran, je suis l'agent Oxlade du FBI. Je suis vraiment désolé pour ce qui vous arrive. Je suis ici pour vous aider. Avant même que Ryan ne puisse terminer, Duran se lance, d'une voix tremblante qui trahit son anxiété.

— Je n'étais pas là, je vous le jure. J'étais avec des collègues étrangers, nous avons fini tard. Sarah… elle était rentrée seule. Je suis sûr qu'ils voulaient me prendre, moi, pas elle. J'ignore pour quelle raison. Je suis disposé à vous aider, par tous les moyens. Il faut la retrouver le plus vite possible et à tout prix !

Ryan hoche la tête, comprenant l'urgence de la situation. Il sait que chaque minute compte dans une affaire d'enlèvement. Mais il sait aussi que pour retrouver Sarah, il devra plonger dans le passé mystérieux de Mark Duran. Il s'approche du professeur, ses yeux cherchant à établir un contact rassurant.

— Professeur Duran, je sais que c'est un moment terriblement difficile pour vous. Mais je vous assure que nous ferons tout pour retrouver votre femme. En attendant, il est crucial que vous soyez en sécurité. Mes collègues vont veiller sur vous. Par ailleurs, même si cela ne concerne pas directement l'enquête, sachez pour votre parfaite information que je suis un ancien de vos élèves de Princeton, ajoute Ryan, tentant d'établir un lien de confiance.

Il voit une lueur de surprise dans les yeux du professeur.

— Princeton ? Vous ? murmure Duran, un sourire d'incompréhension effleurant ses lèvres. *Je n'aurais jamais imaginé que l'un de mes anciens élèves serait policier,* songe-t-il, davantage désemparé.

— La vie est parfois pleine de surprises, Professeur, et je suis ici pour vous aider.

Il marque une pause, cherchant les mots justes, et ajoute : je reviendrai dès que j'aurai des nouvelles. En attendant, essayez de vous reposer et de ne toucher à rien ici. Chaque détail compte.

Alors qu'il se dirige vers la sortie, Ryan se retourne, une question brûlante sur les lèvres :

— Professeur, pourquoi aurait-on des raisons d'enlever Sarah, ou de vous enlever ? Travaillez-vous actuellement sur un business juteux ou dangereux pour une organisation plus ou moins puissante ?

Poser la question la plus importante à la fin est sans doute une technique élaborée des enquêteurs pour faire parler un témoin, une fois qu'il se sent à l'aise avec vous, se figure le Professeur Duran avant de répondre :

— Pour être très sincère, Monsieur Oxlade, je n'arrive pas à me représenter une telle raison. Ma vie actuelle se résume à enseigner à l'Université et à donner quelques conférences sur mes domaines de connaissances lorsque j'y suis convié, mais c'est tout désormais.

Oxlade arque un sourcil, intrigué.

— Et avant ?

— Lorsque j'étais plus jeune, je vivais une vie moins rangée. J'étais un aventurier quelque peu fougueux, parcourant le monde sur des sites historiques, recherchant des reliques oubliées et de valeurs inestimables, mais j'ai laissé cette vie derrière moi il y a bien longtemps.

— Hum, d'accord, fit Oxlade perplexe. Je vous remercie, je vous recontacte très rapidement. Il scrute une dernière fois le Professeur avant de quitter la pièce, puis retourne échanger avec les policiers.

La réponse du Professeur le laissait songeur.

Et pour cause, le professeur Duran est en effet réputé pour avoir été tout sauf un être rangé. Il était une véritable légende. Un chasseur de trésors qui partit seul à la recherche de trésors perdus lorsqu'il n'avait que dix-sept ans alors que l'argent et les connaissances lui manquaient. Il termina sa quête presque quinze ans plus tard par la publication d'un ouvrage qui lui avait valu autant de succès que de controverses et de jalousies, intitulé « *Les trésors interdits* », répertoriant tous les trésors oubliés. Le Saint Graal, l'Arche d'Alliance, le trésor des Templiers et il y évoqua même celui des nazis, qui selon lui, avait peut-être été transféré par de hauts dignitaires du régime à des Américains, accompagné de secrets scientifiques en échange de leur sécurité en Amérique du Sud, et pour certains d'entre eux, d'un travail auprès de leurs services de renseignements. Sa théorie avait déclenché une tempête de controverse. Il qualifia, dix années après, auprès de ses étudiants cette imprudence de « *connerie sans nom* », et rajouta : « *la ferveur et les intuitions vous poussent parfois à faire des erreurs, je vous encourage à en faire, car si vous ne vous aventurez pas là où les autres ne vont pas, vous ne serez jamais que des perroquets bons ou mauvais et jamais des historiens ! Les erreurs font partie du processus d'apprentissage.* ». Depuis, il était moins la star de réseaux complotistes à travers le monde que le scientifique cité à foison dans les dîners en ville ou les émissions de débats d'opinions pour donner un peu de crédit et de cachet à celui qui parle. Le Pr Duran avait rencontré sa femme alors qu'elle était une étudiante en thèse d'histoire, réputée pour son caractère, il y a près de vingt ans, lorsqu'ils avaient respectivement trente-six et vingt-six ans.

Oxlade réalise qu'il est loin d'être au bout de ses surprises. Et même s'il aurait préféré passer la soirée à goûter des cocktails avec Anna, il devine qu'il est sur le point de plonger dans une affaire qui pourrait bien être la plus grande de sa carrière.

Vendredi 22 septembre 2028, siège du FBI, État du New Jersey. 10 h du matin

La lumière du matin filtre à travers les stores du bureau d'Oxlade au siège du FBI et projette des ombres sur le sol. Oxlade fait les cent pas, il flaire que quelque chose ne tourne pas rond dans cet enlèvement. Il est suspicieux, il aurait envie d'accuser les proches de Sarah Duran, mais éprouve presque une culpabilité à le penser alors que rien ne peut l'y inciter. Il a besoin de s'aérer, de mettre ses idées au clair. Il attrape son blouson et ses clés, déterminé, et décide d'aller recueillir des informations auprès des proches de la victime d'enlèvement, à commencer par la mère de Sarah. Il n'a aucunement envie de laisser cet interrogatoire au hasard et espère bien déceler des pistes d'indices qui le feraient avancer. Après tout, il n'y a pas raison que les coupables ne soient pas retrouvés, ils ont forcément un mobile, et c'est grâce à ce mobile qu'il espère bien remonter à eux.

La Mustang rugit de nouveau à la sortie du parking, direction le domicile de la mère de Sarah Duran, qui vit elle aussi dans le New Jersey, à une vingtaine de kilomètres du couple Duran. Le trajet lui donne le temps de rassembler ses pensées. Il repense à chaque détail, chaque témoignage, cherchant le moindre indice qui pourrait le mettre sur la bonne voie. Il sait que les prochaines heures seront cruciales pour l'enquête.

Le rugissement de la Mustang se mêle au jingle entraînant de la radio. Ryan Oxlade, les mains fermement posées sur le volant, lève les yeux au ciel en entendant le sujet de la radio. « Encore eux, » marmonne-t-il.

Jingle! «#ChooseYourPresident, plongez au cœur de la course à la Maison-Blanche!» Jingle!

Et tout de suite, notre chef du service politique qui vous rappelle où nous en sommes de cette élection pour la présidence de la première puissance mondiale!

— «Merci, Jim, répond une voix plus grave. Cette année, c'est du jamais vu. Après Trump en 2016, on pensait avoir tout vu, mais l'ascension de Matt Zuckberg est tout simplement stupéfiante. Il est passé de magnat de la Tech à potentiel futur président en quelques semaines seulement!»

Ryan Oxlade avait suivi de loin ces actualités, uniquement par ce qu'il en entendait dans la presse, mais cela n'avait pas de grande influence sur lui. Sans doute les journalistes passent-ils à côté de beaucoup de scandales potentiels que des enquêteurs trouveraient, songe-t-il dans un élan de pensée dénué de toute modestie... Mais pour l'instant, il se contente d'éteindre la radio, préférant le doux ronronnement de sa Mustang à l'effervescence des débats politiques.

*

Ryan Oxlade se gare devant une charmante petite maison à Hackettstown. Les volets bleus et le jardin fleuri contrastent avec la gravité de la situation. Il ajuste sa cravate, prend une grande inspiration et sonne à la porte. La porte s'ouvre sur une femme d'environ soixante-dix ans, les traits tirés par l'inquiétude. Ses yeux, autrefois sans doute pétillants, sont aujourd'hui emplis de tristesse. Elle porte une robe ample et la décoration de sa maison, étonnamment moderne, indique qu'elle doit encore recevoir souvent de la compagnie. Des photos de famille ornent les murs, et Ryan peut distinguer Sarah sur plusieurs d'entre elles, toujours souriante.

— Madame Duran ? Agent Oxlade, FBI, se présente-t-il en montrant son badge.

Elle hoche la tête, l'invitant à entrer sans un mot. Ils s'installent dans le salon, où une tasse de thé encore chaude repose sur la table. Elle semble avoir attendu quelqu'un, peut-être lui. Ryan débute par des questions d'usage, cherchant à mettre la mère de Sarah à l'aise. Mais il sent rapidement que cette femme a besoin de parler, de partager ses inquiétudes, ses peurs. Elle prend une grande inspiration avant de commencer.

— Mark n'a jamais été le prince charmant que l'on voit dans les films. Il était passionné, obsédé par ses recherches, ses voyages. Sarah était fascinée par son monde, par ses aventures. Elle disait souvent qu'être avec lui, c'était comme vivre dans un film d'Indiana Jones. Elle marque une pause, ses yeux se remplissant de larmes.

— Je suis convaincue que c'est l'une de ses quêtes qui a attiré ces criminels chez eux. Sarah n'est qu'une simple employée, elle n'a rien à voir avec tout ça. Mais Mark… avec ses histoires de nazis, de CIA… Dieu seul sait combien d'ennemis il s'est faits.

Ryan observe la vieille dame, ses yeux fatigués et son visage marqué par l'inquiétude et la douleur. Il ressent le poids de sa détresse, chaque mot qu'elle prononce est chargé d'émotion. Il prend une profonde inspiration, cherchant les bons mots pour la rassurer.

— Vous pensez à des personnes en particulier ? demande Oxlade, s'exprimant avec une grande compassion pour mettre à l'aise la dame en souffrance.

— Si seulement j'avais des idées précises, j'aimerais les partager avec vous, regrette la dame. Mais souvenez-vous, lors de la sortie de son livre sur les trésors perdus, il avait eu beaucoup d'ennuis, et il s'était ensuite arrêté de s'exprimer sur le sujet.

La dame ne paraît pas détenir des informations particulières, mais son avis sur les activités de Duran n'est pas dénué de sens. Oxlade va devoir accélérer son enquête ailleurs.

— Madame Duran, dit-il doucement, je comprends l'ampleur de votre douleur. Je ne peux qu'imaginer ce que vous ressentez, mais sachez que chaque agent de cette agence est déterminé à retrouver Sarah. Votre fille est notre priorité.

Elle hoche la tête, les larmes aux yeux.

— Je vous remercie, Agent Oxlade. Je vous en suis reconnaissante. Mais chaque minute qui passe est une éternité pour moi.

Il pose une main réconfortante sur son épaule.

— Je comprends, Madame. Et je vous promets que nous ne ménagerons aucun effort. Chaque indice, chaque témoignage, chaque détail compte. Et votre coopération est précieuse. Si quoique ce soit vous revient, appelez-moi directement. Il lui glisse sa carte puis lui serre la main chaleureusement, lui offrant un dernier regard rassurant avant de quitter la maison.

La Mustang Dark Horse de Ryan Oxlade gronde dans le calme de la banlieue. Il vient de quitter la maison de la mère de Sarah, ses pensées tourbillonnant à toute vitesse. En s'installant au volant, il attrape son smartphone et consulte rapidement les notes de l'équipe d'enquête. Un détail le frappe immédiatement : un exemplaire du livre controversé de Duran « Les Trésors interdits », gisant ouvert sur le sol, révélant une page sur la coupe du Saint Graal. Mark Duran avait affirmé ne pas avoir touché à ce livre depuis longtemps. Sarah aurait-elle découvert quelque chose ? Ou était-ce un message des ravisseurs ? La disparition de Sarah avait déjà fait les gros titres, et malgré une diffusion massive de sa photo, aucune piste sérieuse n'avait émergé. Pas de demande de rançon, pas de signe de vie, et les images de vidéo surveillance n'avaient strictement rien donné. Mais ce livre, cette page… Oxlade sentait que c'était la clé. Les ravisseurs cherchaient-ils le Saint Graal ? Utilisaient-ils Sarah comme appât pour obtenir des informations de Duran ?

Une idée terrifiante traverse l'esprit d'Oxlade : et si Duran était leur prochaine cible ? Sans perdre une seconde, il compose le numéro du professeur, sa voix trahissant une urgence palpable.

— Professeur, barricadez-vous. Je pense que vous pourriez être en danger.

Oxlade fonce alors vers la demeure des Duran, faisant rugir sa Mustang plus fort que d'habitude.

Il arrive assez rapidement au domicile du Professeur, se gare devant sa maison et file vers la porte où le Professeur lui ouvre. Ses yeux sont emplis d'inquiétude, mais aussi d'une détermination farouche. Oxlade, quant à lui, cherche à percer le mystère qui entoure cette affaire. Chaque seconde compte, son regard est perçant, très perçant.

Après les salutations d'usage qui n'intéressent visiblement ni l'un ni l'autre, l'enquêteur rentre dans le vif du sujet :

— Éclairez-moi, Professeur, si des malfrats vous avaient enlevé pour les aider dans une recherche au trésor, auriez-vous pu leur être d'une quelconque utilité ?

— J'aurais tout fait pour ne pas être utile à des malfrats, répond Duran sur la défensive.

— Pardonnez-moi l'étrangeté de la question, reprend Oxlade, mais auriez-vous pu les guider réellement sur la voie d'un trésor ?

— Je crois que vous me surestimez monsieur l'inspecteur.

— Je cherche à comprendre comment se fait-il que des malfrats aient pu enlever Sarah, probablement en voulant venir vous voir vous, et que l'une de vos caractéristiques principales semble être vos connaissances en matière de trésors anciens. Les enlèvements ont toujours des motifs peu scrupuleux, et celui-ci me paraît le plus probable étant donné votre parcours. À moins que vous n'ayez d'autres activités secrètes ?

— Vous marquez un point, je ne le comprends pas moi-même et je n'arrête pas de me le demander depuis hier. Mais pensez bien que si j'avais eu accès à un quelconque trésor, je ne vivrais pas dans cette maison à l'intérieur si laid et j'aurais d'ailleurs fait installer un système de sécurité.

Il semblait à son tour avoir marqué un point face au visage désarmé de l'inspecteur.

— Quoiqu'il en soit, ils peuvent en effet en avoir après quelque chose et penser que je peux les y aider, mais je ne comprends pas comment ni pourquoi ils ont kidnappé Sarah, reprit-il. Je ne comprends pas non plus pourquoi un coup de feu a été tiré. Pensez-vous qu'ils auraient pu vouloir lui tirer dessus ? Et si oui, pourquoi ?

— Ce serait improbable. Les voisins ont tous entendu une détonation et nous avons trouvé un impact de balle dans le plafond de votre salon. Aucune trace de sang n'a été trouvée, or, c'est bien la première chose que les enquêteurs ont vérifiée. À l'aveugle, je présumerais que c'était pour lui faire peur, peut-être s'est-elle débattue lorsqu'ils l'interrogeaient ou ont fait irruption dans la maison…

— Cela ne m'étonnerait pas d'elle ! Commente le Professeur, à moitié fier et à moitié sur le ton du reproche. Sarah est ce que j'ai de plus précieux au monde, je vous en supplie, faites tout ce que vous pouvez pour la retrouver.

L'atmosphère était tendue, chaque mot semblait peser lourd dans l'air. Oxlade, les yeux fixés sur Duran, cherchait à percer le mystère de cet homme énigmatique.

— Je suis ici pour ça, commença Oxlade, sa voix douce, mais ferme, essayant de briser la glace. Je sais que mes questions peuvent sembler intrusives, mais chaque détail compte. Avez-vous déjà croisé la route de personnes… disons, peu fréquentables ? Peut-être lors de vos recherches sur ces trésors perdus ?

Duran prit une profonde inspiration, ses yeux s'assombrissant comme s'il se replongeait dans un passé lointain.

— Après la sortie de mon livre, des ombres sont sorties de nulle part. Des chasseurs d'artefacts, des faussaires, des pilleurs de tombes… même des agents gouvernementaux. Ils étaient tous attirés par les secrets que je détenais, ou du moins, ceux qu'ils pensaient que je détenais. Il marqua une pause, semblant se perdre dans ses souvenirs. Mais j'ai coupé tous les ponts. Je ne voulais plus rien avoir à faire avec ce monde. Généralement, ces visiteurs non désirés venaient à l'issue de mes conférences essayer de me soutirer des indiscrétions que je n'avais naturellement pas. Je me suis moi-même posé cette question et je ne vois vraiment rien qui aurait pu amener une telle curiosité sur moi ou sur mes anciennes recherches dernièrement. J'aimerais pouvoir vous aider davantage, mais je crains que mes moyens soient limités. Je ferai n'importe quoi pour la retrouver, elle est ma seule raison d'être.

Oxlade hocha la tête, absorbant chaque mot avec compassion.

— Je vous assure que nous mettons tout en œuvre pour avancer au mieux et que nous aurons des progrès significatifs prochainement, j'essaie juste de ne pas partir dans une mauvaise direction.

Duran leva les yeux, une lueur de détermination brillant :

— Je comprends. Je me suis renseigné sur vous, un vieil ami qui avait collaboré avec le FBI pour une enquête m'a expliqué que vos collègues disent le plus grand bien de vos capacités. Certains disent même que vous étiez le meilleur. J'espère qu'ils avaient raison.

Le professeur Duran disait vrai et les personnes interrogées n'avaient pas tort. Dans les couloirs sombres du FBI, le nom de Ryan Oxlade suscite à la fois admiration et mystère. Ancien étudiant surdoué de Princeton qui aurait pu briller dans les tribunaux comme avocat star, Ryan Oxlade a refusé de porter la robe d'avocat pour appliquer son cerveau au monde des enquêtes qu'il décrivait comme « des défis permanents de l'intelligence ». C'est un endroit où l'intelligence doit forcément naviguer en eaux troubles pour parvenir à la vérité, en se fondant sur des éléments concrets et vérifiables, puis en les combinant avec des incertitudes qui, elles, se fondent sur des intuitions, du bon sens, des déductions de motivations, des témoignages qui paraissent plus ou moins sincères, des scénarii plus ou moins plausibles, et une expérience préalable de l'improbabilité. Il est réputé par ses collègues pour avoir un certain esprit de supériorité lorsqu'il explique ses raisonnements, d'autres le trouvent carrément autiste et d'autres encore incernable. Mais une chose était certaine : quand une affaire semblait insoluble, c'était à Oxlade qu'on la confiait. Car au-delà de ses excentricités, il possédait un talent inégalé pour démêler les énigmes les plus complexes.

Ryan Oxlade sent que le moment est opportun pour creuser davantage la piste des hommes qui recherchent un trésor :

— Professeur, dit-il en le fixant intensément, un détail peut-être insignifiant m'a sauté aux yeux : savez-vous qu'un de vos livres a été retrouvé par terre, ouvert sur une page précise ?

— Oui, les policiers me l'ont fait remarquer aussitôt.

— Bien. Le livre était ouvert à une page précise, elle concernait visiblement « le Saint Graal ». Peut-être est-ce une information qui n'a pas d'importance, mais à cette étape de l'enquête je ne dois négliger aucune piste.

— Je comprends.

— Ce n'est peut-être pas un hasard, poursuit Oxlade, sa voix trahissant une pointe d'excitation. Le Saint Graal, qu'avez-vous écrit à son sujet ?

— C'est une énigme qui perdure, répond Duran. Plusieurs lieux prétendent l'avoir abrité : l'abbaye de Glastonbury en Angleterre, le monastère de Montserrat, la cathédrale de Valence en Espagne... Certains disent que le Graal a été séparé du trésor des Templiers, d'autres qu'il en est le cœur et l'essence. La vérité reste insaisissable.

Oxlade fronce les sourcils, une étincelle dans le regard.

— Montserrat... Cela me rappelle quelque chose. Ah oui ! Une alerte d'Interpol concernant une effraction dans une église à Montserrat, trois hommes sont recherchés pour le vol de deux statuettes et un tableau difficile à dater dans une Église. Cela pourrait-il être lié à notre affaire ?

Duran semble décontenancé.

— Montserrat a toujours été un lieu de curiosité et d'intérêt pour des chasseurs de trésor, bredouille-t-il. De quelle église parlez-vous ?

Oxlade fouille rapidement son smartphone, ses doigts virevoltant sur l'écran.

— Professeur, est-ce que vous parlez de l'abbaye Santa Maria dans vos passages sur le Saint Graal ?

Duran hoche la tête, l'air grave.

— Cela fait effectivement partie des lieux que je mentionnais dans mes travaux à l'époque, concède le Professeur, quelque peu désemparé.

Le visage d'Oxlade se ferme, puis prend une allure très affirmée. L'atmosphère est tendue. Oxlade, avec une détermination palpable, fixe le professeur Duran.

— Professeur, cela me semble la piste prioritaire si ce sont bien les hommes auxquels je pense, et nous aurons peut-être une chance de les rattraper en partant dès maintenant à leur recherche. Mais je dois être honnête : je n'ai pas le feu vert pour mener une enquête hors des frontières. Normalement, ce serait le travail de la CIA ou d'une autre agence.

Duran, l'air perplexe, demande :

— Alors, pourquoi ne pas leur passer le relais ?

— Je pourrais, répond Oxlade, les yeux plissés. Mais il faudrait remplir de la paperasse, la faire signer par plusieurs bureaux, motiver chaque piste, etc. Le simple transfert de l'enquête pourrait prendre des jours. Il nous faudrait des preuves solides reliant ces voleurs à l'enlèvement de Sarah. Et même avec ces preuves, rien ne garantit que l'agence en charge déciderait d'agir rapidement. Les procédures sont lourdes, les budgets serrés. Toute prise d'information à l'étranger coûte cher et les agences n'ont plus autant de moyens que ça. Ils auraient besoin de plusieurs autorisations hiérarchiques.

Duran, de plus en plus inquiet, demande :

— Alors, que suggérez-vous ?

Oxlade prend une profonde inspiration.

— Je pourrais enquêter en « shadow », en sous-marin si vous préférez. C'est... non officiel. C'est une pratique que l'on pourrait qualifier de « gris foncé ». Je n'en ai pas explicitement le droit, mais, tant que personne ne vient constater ce que je fais réellement, la façon dont je le fais, et dans quel but, il y a peu de chances que je me fasse taper sur les doigts. Ses ravisseurs ont besoin d'informations, et je doute qu'ils la relâchent tranquillement après. Si ce sont bien eux qui ont pénétré dans cette abbaye en Espagne, il y a tout lieu de penser qu'ils sont en train d'agir et risquent de commettre des erreurs qui nous aideront à les coincer. Si nous n'agissons pas dans les vingt-quatre/quarante-huit prochaines heures, je pense que ce sera beaucoup trop difficile après. Et malheureusement, il n'y a personne que je pourrais vous recommander dans une autre agence qui aurait cette habilitation à mener librement et immédiatement une enquête dans plusieurs pays.

Duran fronce à son tour les sourcils, hésitant.

— C'est risqué. Pourquoi prendriez-vous un tel risque ?

Oxlade, avec une gravité dans la voix, répond :

— Parce que je crois que c'est notre seule chance de retrouver Sarah. Je ne me pardonnerais pas si on ne la retrouvait pas. Cette enquête paraît ne ressembler à aucune autre, mais si l'on conjugue nos savoirs et nos compétences, nous avons une chance. C'est pour cela que j'ai besoin de vous.

— Je comprends. Faites tout ce que vous pensez bon pour retrouver Sarah, c'est vous le professionnel, merci de m'avoir expliqué votre démarche. Je ne peux pas vous soutenir officiellement, mais sachez que je suis profondément reconnaissant pour tout ce que vous entreprenez et ne vous ferai aucune histoire.

— Très bien, alors montez dans ma voiture, et allons directement à l'aéroport !

Duran cligne des yeux, décontenancé.

— Quoi ? Vous voulez dire... maintenant ?

— Vous m'avez donné votre feu vert, non ? Rétorque Oxlade, un sourire en coin.

Duran hésite, cherchant ses mots.

— Oui, mais... enfin, je n'avais pas compris que je devais vous accompagner ! s'étonne le Professeur.

— Qui de mieux que vous pour m'aider à déchiffrer leurs intentions ? Vous êtes l'expert sur le sujet, et je parie que vous êtes aussi désespéré que moi de retrouver Sarah très rapidement, insiste Oxlade.

Duran se passe une main sur le front.

— J'aurais besoin de préparer quelques affaires. Et mon passeport… Je ne suis même pas sûr qu'il soit valide ! Et puis, je ne suis pas un homme de terrain dans des affaires criminelles…

— Mes hommes vous donneront un passeport à l'aéroport où nous prendrons tout ce qu'il faut comme affaires pour le voyage. Quant à l'homme de terrain, chacun son rôle, vous le cerveau, moi l'homme de terrain !

— Je serais plus rassuré si vous aviez les deux.

Oxlade ne peut s'empêcher de contenir un rire léger devant la répartie du professeur. Sans perdre une minute, ils montent dans la Mustang d'Oxlade, qui, en l'espace de quelques minutes, se transforme en un poste de commandement du FBI afin de planifier l'expédition. Ils remontent vers le nord, en direction de l'aéroport international de New York, le John F. Kennedy International Airport.

En route pour l'aventure.
Mercredi 22 septembre 2028.
20 h.

Dès leur arrivée à l'aéroport, un agent s'approche rapidement de Duran, lui tendant un passeport flambant neuf et un sac de voyage en cuir bleu, élégamment confectionné. Duran, le regardant avec une pointe d'ironie, lance :

— Depuis quand le FBI se met à la mode de luxe ?

Oxlade, un sourire malicieux aux lèvres, rétorque :

— Vous seriez surpris de savoir où finissent l'argent et les accessoires de luxe saisis lors de nos opérations. Pourquoi le remettre au Trésor quand on peut en faire un autre usage ou stimuler l'économie ? Vous savez, reprit Oxlade avec un léger sourire, de mémoire, ce sac avait été saisi à un trafiquant de drogue. Vous ne risquez rien, si un chien renifleur vient vous embêter, je suis là de toute façon.

Cette réponse a le don de faire sourire Duran qui tente de camoufler sa nervosité et son stress.

— Vous plaisantez, n'est-ce pas ? ! s'enquiert Duran, les yeux ébahis.

— Évidemment.

— Ouf ! répond Duran soulagé.

— Je ne vous l'aurais évidemment pas dit si c'était vrai.

— Rassurant...

Tout en échangeant, les deux hommes, désormais complices malgré eux, se frayent un chemin à travers l'aéroport, se dirigeant vers leur porte d'embarquement.

— Le vol a eu lieu très tôt ce matin. Si tout se déroule comme prévu, nous y serons dans moins de quatre heures, les enquêteurs auront peut-être trouvé quelque chose ou alors nous trouverons nous-mêmes des indices sur place.

— Quatre heures ? Vous comptez nous faire descendre en parachute depuis l'avion ? D'après mes souvenirs, le trajet New York - Barcelone prend au moins six heures, sans compter le trajet jusqu'à Montserrat, il faut encore une petite heure pour nous y rendre.

Au même moment où Duran fait part de son étonnement, il remarque le fuselage très affiné d'un avion sur une publicité derrière Oxlade, qui n'est pas sans rappeler celle du Concorde de son enfance, l'avion supersonique qui reliait Londres et New York en trois heures et qui avait été cloué au sol à la suite d'un accident en France au début des années 2000. L'affiche publicitaire mentionne « *L'hypersonique, une expérience que vous ne serez pas près d'oublier* ». Il reprend :

— Mais… Dans quel type d'avion allons-nous monter au juste ?

Oxlade sourit de cette question.

— Puisque vous venez de poser cette question, je crois que vous connaissez déjà la réponse.

Les avions hypersoniques avaient obtenu l'autorisation de voler un an auparavant et celle de transporter des passagers pour des vols commerciaux quelques mois auparavant. Ils pouvaient relier n'importe quel point du globe à près de Mach 4 tout en garantissant une grande stabilité et un vrai confort aux passagers. Le seul frein à leur grande popularisation était le coût pour les passagers avec près de dix mille dollars pour les premiers vols, mais tous les appareils affichaient néanmoins complet.

Ils embarquent rapidement, avec le Professeur à la fois curieux, vigilant et excité de réaliser une nouvelle découverte, en direction de l'aéroport de Barcelone, en Espagne.

*

Duran et Oxlade sont assis l'un à côté de l'autre dans l'avion. Duran, un peu nerveux et très préoccupé par une situation qui lui échappe totalement, se tourne vers son voisin quelques instants après le décollage, en essayant d'être le plus discret possible :

— Inspecteur, avez-vous déjà mené beaucoup d'enquêtes sur des enlèvements ? Et surtout, êtes-vous également parvenu à en résoudre beaucoup ?

Oxlade, plongé dans ses pensées, répond d'une voix grave :

— Je travaille essentiellement sur les homicides à vrai dire, mais j'ai déjà travaillé sur plusieurs disparitions. Seulement une m'a échappé, l'avis de recherche court toujours. Il s'agissait de la fugue d'une adolescente de dix-neuf ans dans le Michigan, ses parents étaient alcooliques et sans travail. Ma conviction est qu'elle est partie essayer de s'en sortir ailleurs, en stop, elle a dû traverser d'autres États et elle peut être n'importe où, travaillant dans un bar et payant son loyer en espèce. Elle devrait réapparaître quand elle aura vingt et un ans quand elle sera libre de ses mouvements... Mais ce qui est déterminant dans les disparitions, Professeur, c'est que je sache bien toutes les informations, tous les détails pour déterminer le plus précisément possible les causes de l'enlèvement et bien savoir où chercher. C'est d'ailleurs ce qui nous avait manqué à l'époque, les parents alcooliques n'étaient pas en mesure de bien nous aider, ils savaient à peine ce que faisait leur fille.

Oxlade ressent une pointe de mélancolie en évoquant cette affaire non résolue, ce qui renforce sa détermination à retrouver Sarah.

— Si cela ne vous dérange pas, j'aimerais qu'on profite du vol pour que vous puissiez m'éclairer, poursuit Oxlade.

— Bien entendu, je veux vous aider au maximum, l'assure Duran.

Oxlade, soucieux, demande :

— Si ma mémoire est bonne, vous n'aviez que dix-sept ans lorsque vous avez entamé cette quête du trésor, n'est-ce pas ?

Le Professeur Duran se pare d'un sourire nostalgique.

— Oui, c'est exact.

Oxlade, le regard perçant, presse :

— Mais pourquoi cette quête ? Qu'est-ce qui vous a poussé vers cette aventure ?

Duran prend une profonde inspiration, ses yeux se perdant dans ses souvenirs.

— C'est une question que je me suis souvent posée. Je ne saurais pas vraiment vous le dire avec le recul. Pourquoi cette quête et pas une autre ? Tout a commencé quand j'étais adolescent, à cet âge où l'on est avide de sensations fortes. J'avais découvert l'histoire des Croisades, et peu après, j'ai entendu parler de la découverte d'un trésor en Champagne, lié à Hugues de Payns, le grand chef Templier. Bernard Delacourt, un archéologue, avait découvert sept cent huit deniers en argent du XIe siècle. Une découverte inestimable qui soulevait d'innombrables questions. J'ai été comme irrésistiblement attiré par les histoires de ces chevaliers, ces jeunes hommes avaient eu une mission et un destin hors du commun.

J'avais grandi dans la banlieue ordinaire de Pittsburgh, loin des mystères et des légendes, pas vraiment ce qu'il y a de plus exotique, peut-être m'étais-je identifié à ces jeunes hommes, tel Hugues de

Payns, qui venaient d'une province de France que j'imaginais pluvieuse, triste et marécageuse, et qui sont partis combattre pour Dieu à l'appel du Pape Urbain II et se sont retrouvés sur la route de Jérusalem, au cœur de la Chrétienté, pour combattre dans des contrées exotiques qui devaient concentrer tous les charmes de l'Orient. J'imaginais ces chevaliers Templiers français, habitués aux rues pavées, aux chemins boueux et aux clochers de leurs petites villes provinciales, se retrouvant soudainement éblouis par la splendeur de Rome, la majesté de Constantinople, et les merveilles d'Acre avant d'arriver à Jérusalem ! Quelle sensation cela doit être de quitter une vie monotone pour être enveloppé par les parfums enivrants des épices exotiques, de la myrrhe, des encens, des olives, la chaleur dorée et toutes les merveilles de l'Orient ! Ils se tenaient à la croisée des mondes, entre la chrétienté, les sultanats majestueux et les traditions profondes du peuple hébreu, tous unis dans une même mission divine. Se promener parmi les vestiges grandioses de l'Empire romain, sentir l'histoire palpable dans l'air de Césarée, et être hypnotisé par les eaux profondes et mystérieuses de la Méditerranée !

Adolescent, face à un tel appel à l'aventure, comment aurais-je pu résister à accomplir l'œuvre de Dieu aux confins de l'empire chrétien, se battre pour la gloire, les richesses et peut-être, de croiser le regard d'une belle aux cheveux ondulés, aux yeux étincelants, et au sourire envoûtant !

Et par-dessus tout, la quête ultime : le Saint Graal, le calice symbole de vie éternelle, l'Arche d'Alliance, cette connexion divine, et le trésor inestimable de Jérusalem, abritant les reliques les plus sacrées de l'histoire humaine. *Quelle vie extraordinaire cela aurait été !* Bercé de leurs exploits, j'ai été saisi d'une soif insatiable de marcher sur leurs pas, de sentir le vent qu'ils avaient ressenti, de fouler les terres qu'ils avaient explorées et de naviguer sur les mers qu'ils avaient bravées. Poussé par cette passion, je m'étais lancé dans une odyssée vers Jérusalem alors que je n'avais que de dix-sept ans, j'étais allé dans toutes les grottes où, disait-on, Jésus-Christ avait pu être enterré, où le Graal avait pu être caché ou même le trésor des Templiers avait pu être enfoui. J'avais dévoré tous les livres, j'étais incollable sur les controverses autour du sujet. J'avais mes propres préférences, je voulais aller au bout de toutes les recherches, espérant pouvoir découvrir quelque chose qui aurait échappé aux archéologues qui m'avaient précédé. Cela peut faire sourire maintenant avec le recul de l'âge.

Mais c'est ainsi que mon voyage a commencé, avec un cœur ardent et des rêves plein les yeux.

Oxlade se penche en avant, ses yeux brillant d'intérêt.

— Le trésor des Templiers. Cela fait plusieurs fois que vous l'abordez, pourriez-vous me rafraîchir la mémoire et m'en dire un peu plus ? Que contenait-il ? D'où provenait-il ? Est-ce qu'il avait véritablement un lien avec le Saint Graal, la vie éternelle, le corps de Jésus-Christ ou celui de Marie-Madeleine comme on le voit dans les films ?

Un écran futuriste s'illumine devant eux, affichant en lettres écarlates : Mach 1, vitesse de vol 1 180 km/h.

Duran, avec un sourire en coin, répond :

— Ah, si seulement les réponses étaient aussi simples que les questions ! Il y a tant de théories, d'hypothèses, chacune avec ses arguments solides et ses failles. Mais permettez-moi de vous donner un aperçu.

Il prend une profonde inspiration, se préparant à plonger dans les profondeurs de l'histoire, avant de poursuivre :

Voici en quelques mots, ce qui pourrait être une version convenue auprès des historiens : nous sommes à la fin du XIe siècle et le pape veut envoyer une expédition militaire pour protéger les pèlerins chrétiens en route vers Jérusalem. Ils étaient régulièrement victimes d'exactions ou d'assassinats, ce qui était intolérable aux yeux du pape, car sans pèlerinages et sans lieux saints chrétiens, la Chrétienté n'aurait pas tenu bien longtemps. Le pape Urbain II prêche alors la première Croisade le 27 novembre 1095, le dixième jour du concile de Clermont et cela aboutit le 15 juillet 1099 à la prise de Jérusalem par les troupes chrétiennes, menées par le célèbre Godefroy de Bouillon, chevalier franc, qui sera plus tard inhumé dans la cathédrale du Saint Sépulcre, qui abrite aussi la tombe du Christ, cela vous donne idée de l'importance du personnage. Ce que l'on nomme les Templiers, était en réalité au départ une milice appelée les Pauvres Chevaliers du Christ, dont le nom a ensuite été associé au Temple de Salomon lorsque les chevaliers sont arrivés à Jérusalem. Un Temple qui avait été reconstruit au VIe siècle av. J.-C. et agrandit au Ier siècle av. J.-C. par le roi Hérode, puis détruit en 70 apr. J.-C. par les Romains.

— C'est de là que provient le Mur des Lamentations, si j'avais bien écouté mon guide lorsque j'avais visité Jérusalem ? le coupe Oxlade.

— Tout à fait, le Mur des Lamentations est un vestige de cet ancien Temple. À la suite de ces destructions, et de la conquête islamique de Jérusalem, les musulmans avaient érigé la majestueuse mosquée Al-Aqsa au VIIe siècle. C'est la plus grande mosquée de Jérusalem et elle fait partie de l'emblématique esplanade des Mosquées, le Haram al-Sharif, le troisième lieu saint de l'Islam.

Il marque une pause pour capturer davantage l'attention d'Oxlade.

— Mais cette mosquée a une histoire fascinante avec les Templiers. Lorsque les Croisés ont pris Jérusalem en 1099, cette mosquée est devenue le « Temple de Salomon », servant de palais au roi Baudouin II. En 1119, elle est devenue le siège de l'Ordre du Temple, la fameuse Maison du Temple de Jérusalem. À la suite de la reconquête musulmane de la ville en 1187, elle redevient une mosquée à part entière et connaît une dernière reconstruction, en 1217 qui donne au monument son aspect contemporain. Ce temple mériterait une vie d'étude à lui seul, mais l'on sait que c'est le roi Baudoin 1er de Jérusalem qui les avait, dit-on, invités à y stationner, et plusieurs légendes sont nées de ce moment. Pour certains, les chevaliers du Temple auraient découvert rien de moins que le Saint Graal, pour d'autres, l'Arche d'Alliance ou même les

Tables de la Loi reçues par Moïse du Seigneur lui-même ! Parmi ces légendes : la possibilité qu'ils aient trouvé quelque chose dans les vestiges du Temple qui serait un trésor dont il faudrait garder le secret. Une autre que le Roi Baudoin lui-même leur aurait légué un ou plusieurs objets sacrés, se sentant menacé de se les faire dérober par les musulmans. Une autre encore, que l'une des vraies raisons pour laquelle le Pape a lancé un appel à tout l'Occident pour envoyer des troupes combattre et libérer Jérusalem c'est parce qu'il s'y trouvait des preuves de l'existence du Christ et d'autres objets sacrés qu'il fallait sauvegarder à tout prix. Certains avancent que d'autres évangiles non reconnus et des documents attestant de versions divergentes de la mort du Christ s'y trouvaient et que la Chrétienté, ou du moins la papauté ne survivraient pas à leur découverte ! Je vous laisse le choix de ces interprétations, pour ma part je n'ai jamais eu un indice m'incitant à accréditer l'une ou l'autre de ces hypothèses. Mais là je vous parle du début des Croisades, or si trésor il y a, c'est plutôt à la fin des Croisades qu'il faut chercher du côté des Templiers.

L'écran scintille, affichant fièrement : Mach 2, vitesse de vol 2 107 km/h. La puissance des réacteurs se fait ressentir, comme une vibration constante, un rugissement lointain.

Oxlade, légèrement penché en avant, ses yeux d'une curiosité intense, interroge :

— Les Templiers... J'ai tant d'images en tête, brouillées par les films et les légendes. Étaient-ils une armée, une confrérie, un ordre sacré, une société secrète, ou même une secte ?

Duran sourit, ses yeux pétillant de malice.

— En réalité, ils étaient un mélange de tout cela, et bien plus encore. L'Ordre du Temple était avant tout un ordre religieux et militaire. Fondé lors du Concile de Troyes en 1129, il est l'œuvre d'un chevalier français de Champagne, Hugues de Payns. À l'origine, ils étaient connus sous le nom de « Pauvres Chevaliers du Christ et du Temple de Salomon », ou en latin *pauperes commilitones Christi Templique Salomonici*. Leur mission était de garder voies et chemins contre les brigands, pour le salut des pèlerins, *ut vias et itinera, ad salutem peregrinorum contra latrones.*

L'écran scintille doucement, reflétant la lumière des étoiles. Duran, avec un sourire en coin, commence à dévoiler l'histoire fascinante des Templiers.

— Imaginez, si vous le voulez bien, une époque où les Templiers, ces chevaliers en armure, étaient en réalité les premiers magnats de la mondialisation. Pour financer leur ordre et leurs batailles, ils avaient bâti un système qui les a amenés à être une véritable multinationale, en réalité la première organisation multinationale au monde. Oui, avant les géants de la Tech d'aujourd'hui, c'était eux ! Je taquine souvent mes collègues Professeurs d'Économie à l'Université sur ce sujet. Les Templiers sont les véritables pères fondateurs et inventeurs de la Mondialisation ! Ils avaient obtenu des avantages financiers du pape et disposé aux quatre coins de l'Europe et sur la route de la Terre sainte, des sortes de points relais que l'on a appelés des « commanderies ». Le terme suggère qu'ils devaient commander sur quelque chose et c'était le cas. Pour participer à l'effort des Croisades, comme tous les notables et propriétaires européens ne pouvaient pas participer aux combats et envoyer des soldats, beaucoup faisaient des dons d'argents ou de terres dont ils ne savaient que faire. Il a alors fallu inventer un système pour les gérer et c'est là que ces commanderies ont alors vu le jour. Elles ont servi à faire fructifier les terres et autres legs pour les Croisades, et constituaient un véritable réseau international principalement pour l'échange et le commerce des biens agricoles, mais pas uniquement.

Il marque une pause, laissant l'information s'installer, puis reprend devant un Oxlade très concentré.

— En contournant les règlements des royaumes, ils ont prospéré, devenant plus riches que n'importe quel roi ou reine. Ils se sont rapidement enrichis, car les règlements intérieurs des différents royaumes d'Europe ne permettaient pas d'échanger avec les royaumes étrangers alors que les commanderies disposaient de leur propre règlement, plus souple. Ils pouvaient échanger financièrement avec différents royaumes. Ils étaient les banquiers de l'époque, gardant les trésors royaux et facilitant les échanges entre les royaumes. Ce système a duré du début des Croisades jusqu'à la toute fin de leur ordre, c'est-à-dire au début des années du XIVe siècle, vers 1307. C'est grâce à leur richesse que les splendides églises gothiques d'Europe ont été bâties. L'argent était rare dans les petites villes du royaume de France de XIe, XIIe et XIIIe siècle, et les besoins étaient rarement remplis dans les villes. Ce sont les Templiers qui ont fourni l'argent nécessaire à l'édification des églises de France et ont solidement ancré la France dans la Chrétienté. Ce sont d'ailleurs eux qui ont permis l'extraction des matières nécessaires à la construction des églises.

Le Professeur Duran laisse redescendre son enthousiasme du début et soupire :

— Mais, comme souvent, cette immense richesse a été leur perte. L'opulence attire toujours l'envie, et pour les Templiers, elle a sonné le glas de leur ordre.

Oxlade, les sourcils froncés, demande avec une pointe d'incrédulité :

Comment un ordre aussi influent et puissant a-t-il pu s'effondrer si facilement ?

Duran, avec un sourire triste, répond :

— Ah, la politique et la soif de pouvoir ont toujours été les plus grands ennemis de la grandeur. Philippe le Bel, le roi de France, avait d'abord profité de la puissance et de la richesse des Templiers, leur empruntant des sommes colossales. Mais, comme tout roi trop ambitieux, ses dépenses ont dépassé ses moyens. Il s'est alors tourné vers les Templiers, espérant obtenir un prêt encore plus conséquent. Mais cette fois, l'Ordre a refusé, voyant les risques d'un tel emprunt.

Duran marque une pause, laissant l'information s'installer.

— Dans sa quête effrénée, il a ensuite tenté de rejoindre les Templiers, espérant ainsi accéder à leurs richesses. Il en a effectué la requête auprès des représentants de l'Ordre en France. Mais malheureusement pour lui, les Templiers avaient un code, désormais séculaire, qui réclamait que l'aspirant Templier prononce plusieurs vœux, notamment ceux de chasteté et de pauvreté qui n'étaient clairement pas possible pour un roi, encore plus pour lui. Ils ont donc naturellement rejeté sa requête, sans se douter de sa persévérance. Le roi Philippe le Bel a ensuite essayé de faire nommer son frère à la direction de l'Ordre, mais les Templiers ont refusé. Ce qui laissa alors le roi désarmé face à cet Ordre surpuissant sur son territoire et dont le fonctionnement économique n'obéissait pas aux règles du royaume. Dans ce contexte, il décida de les faire arrêter les accusant de blasphème, d'hérésie et même de culte du diable. Tous les historiens s'accordent désormais sur le fait qu'il souhaitait s'emparer de leurs richesses et de leur trésor, et profiter au passage d'éponger une dette en liquidant le créancier. Et, en effet, les Templiers se sont laissés arrêtés sans aucune résistance. Le roi a envoyé à tous les coins du royaume une missive qui en comportait une autre scellée à ne décacheter que plusieurs semaines plus tard, le temps que les missives arrivent bien dans toutes les villes du royaume. L'ordre était de ne les décacheter qu'un certain jour en même temps, afin de prendre par surprise tous les Templiers. Duran se recule, son regard s'assombrit :

— Et le plus tragique dans tout cela ? Les Templiers, ces guerriers fiers et courageux, ont été arrêtés sans opposer la moindre résistance.

L'écran scintille d'une lueur vert intense, affichant fièrement : Mach 3, vitesse de vol 3 099 km/h.

— Cela me rappelle l'ordre 66 de Star Wars, où tous les Jedi sont traqués et exterminés. Une trahison à grande échelle, n'est-ce pas ? Commente Oxlade.

Duran, surpris par la référence, laisse échapper un rire.

— Ah, je n'aurais jamais pensé à cette comparaison, mais vous avez raison. Peut-être que George Lucas s'en est inspiré !

Oxlade, un peu gêné, s'excuse :

— Je suis désolé, je vous ai interrompu. Vous parliez d'un jour précis ?

Duran, avec un sourire mystérieux, répond :

— Un jour que je suis sûr, vous connaissez bien.

Oxlade se concentre, intrigué.

— Un jour que je connais ? Comment cela ?

Duran, prenant plaisir à entretenir le mystère, répond :

— C'est un jour que tout le monde connaît. Aujourd'hui, il est devenu une sorte de fête, une occasion pour les entreprises de faire du marketing, pour les gens de jouer à la loterie ou de se déguiser pour des soirées à thème. Mais son origine est bien plus sombre.

Oxlade, essayant de deviner, propose :

— Le 31 octobre, Halloween ? Ou peut-être, le 14 février, la Saint-Valentin ?

Duran, avec un sourire malicieux, révèle :

— Il s'agissait du vendredi 13 octobre 1307. Depuis ce jour, le vendredi 13 est considéré comme maudit.

— Et les Templiers se sont laissé arrêter ?

— Absolument. Lors de mes fouilles dans les archives, j'ai été frappé par leur absence totale de résistance. Cela m'a fait penser qu'ils étaient probablement au courant de ce qui se tramait. N'oublions pas à quel point leur Ordre était influent, avec des antennes partout. Et quand on sait que l'ordre d'arrestation du roi a été diffusé aux quatre coins du Royaume de France, les chances qu'ils aient eu vent de cette manœuvre sont immenses. Quelqu'un aurait très bien pu les prévenir en douce. Et le fait que Philippe le Bel n'ait jamais mis la main sur leur trésor renforce cette idée. Ils ont dû le cacher ailleurs, un trésor qui, d'ailleurs, demeure toujours introuvable à ce jour, plus de sept siècles plus tard. — Vous voulez dire que, depuis le XIVe siècle, il n'y a jamais eu aucune trace de ce fameux trésor templier ?

— Directement non, et c'est pour cela qu'il reste un des plus grands mystères de l'humanité jusqu'à aujourd'hui. Le roi Philippe le Bel avait consacré à sa recherche beaucoup de moyens, car le trésor des Templiers était évalué comme plus important que toutes les ressources du royaume d'Angleterre de l'époque. Il était si obsédé par ce trésor qu'il a retourné chaque pierre, fouillé chaque commanderie, mobilisé toutes les forces de son royaume. C'était du jamais vu ! Une nation entière à la recherche d'un trésor perdu. Mais malgré tous ses efforts, les coffres des Templiers sont restés introuvables, même dans son propre domaine à Paris. Cela suscita l'ire de Philippe le Bel, qui avait fondé beaucoup d'espoirs en la découverte de ce trésor afin de redresser les finances de son royaume et en imposer à nouveau à son peuple et à l'Europe tout entière. Malheureusement pour lui, l'Histoire lui a réservé un autre sort, plus funeste, qui explique la malédiction qui entoure le Vendredi 13.

Au même moment, l'écran affiche enfin Mach 4, vitesse de vol maximum autorisée 4 075 km/h.

— La malédiction du Vendredi 13 serait liée à l'arrestation d'un chef Templier ce jour-là ? Demande Oxlade.

— Plutôt par ce qui a suivi. Imaginez la scène : Jacques de Molay, le grand maître des Templiers, est attaché à un bûcher, les flammes commençant à se faire sentir à ses pieds. Et alors que la foule regarde, fascinée et horrifiée, il lance, en criant, une malédiction qui glace le sang de tous ceux qui l'entendent. Il s'adresse directement au roi et au pape :

« Dieu sait qui a tort et a péché. Le malheur s'abattra sur ceux qui nous ont injustement condamnés. Dieu vengera notre mort. Tous ceux qui s'opposent à nous en paieront le prix. »

Et le plus effrayant, c'est que ses paroles se sont réalisées. En moins d'un an, le pape Clément V et le roi Philippe le Bel trouvèrent la mort. Et ce n'est pas tout : les trois fils de Philippe le Bel : Louis X le Hutin, Phillipe V le Long et Charles IV le Bel sont tous morts sans laisser de descendance masculine, éteignant ainsi la lignée directe des Capétiens. C'est de cet épisode que provient l'expression célèbre pour qui a étudié l'histoire de France : Les rois maudits.

À ce propos, si un jour vous allez à Paris, je vous invite à vous rendre à l'endroit où il avait été mis sur le bûcher, cela se trouve en dessous d'un pont, le Pont-Neuf, le plus ancien de Paris, non loin de l'église Notre-Dame. Une inscription porte son nom. Ce lieu est incomparable, il se trouve au milieu des deux rives de la Seine, le décor est charmant, presque surnaturel même. Si vous êtes accompagné d'une jeune dame, c'est un endroit parfait pour créer un moment magique. Mais je m'égare, emporté par des souvenirs d'une jeunesse lointaine… Revenons à notre histoire. La mort de Jacques de Molay est entourée de légendes. Certains interprètent cette histoire comme une prophétie qui s'est réalisée qui démontrerait une connexion mystique, un lien présumé entre les Templiers et la volonté divine. Ce qui a ajouté une couche supplémentaire de mystère.

— Et indirectement ?

Duran ne sait pas par où commencer. Il pourrait rester des heures sur le sujet, mais ne se sent pas d'humeur à donner une conférence particulière sur le thème du trésor des Templiers qui l'a occupé pendant des années déjà. Il abrège :

— Il y a plusieurs récits qui ont pu amener à penser que certaines personnes, qui ont eu des richesses soudaines et inexpliquées, ont en réalité bénéficié d'une part du trésor des Templiers, mais rien de concluant.

— Et les Templiers n'ont donc pas été relâchés ?

— Non, ils sont restés enfermés en prison, et pour certains condamnés à mort à la suite d'aveux, majoritairement obtenus sous la torture.

— De quoi étaient-ils accusés ?

— Essentiellement de blasphème, d'hérésie, c'est-à-dire de la pire accusation possible lorsque l'on est membre d'un ordre religieux et même d'adoration d'un diable. Les Templiers auraient abjuré le Christ et adoré une idole mystérieuse du nom de Baphomet.

— Des aveux obtenus sous la torture, les Templiers étaient donc innocents ? Leurs procès truqués et leurs aveux extorqués ?

— Je ne saurais m'avancer. En réalité, c'est plus… complexe que cela. Il y a eu des aveux obtenus sous la torture c'est vrai, mais il y a aussi eu des aveux concordants.

— C'est-à-dire ? Sur quoi portaient-ils ?

— Sur une cérémonie d'entrée dans l'Ordre, dans laquelle ils reniaient le Christ en crachant sur une croix.

— Mais, cela ne tiendrait pas debout pour les membres d'un ordre qui devait mourir pour Dieu, n'est-ce pas ?

— Et pourtant, parfois, la réalité dépasse la fiction. Les ordres mystiques, dans leur quête de loyauté, peuvent exiger des actes symboliques extrêmes pour prouver sa dévotion. Renier sa foi, pour un Templier, c'est montrer son engagement total envers l'Ordre. Les ordres secrets et mystiques obligent ceux qui veulent en devenir membres, non seulement, à leur jurer une fidélité absolue, mais également à exécuter un acte de confiance totale. Or, quoi de plus fort que d'exiger de moines-chevaliers qu'ils renient le Christ ? On est là dans l'ordre du symbolique et du cérémonial, mais cela engage tout de même celui qui s'y adonne. Certains rites francs-maçons usent d'ailleurs des mêmes cordes pour accepter un membre au sein de leur confrérie, notamment par des cérémonials où il faut accepter de se faire assommer puis rattraper dans sa chute par ses nouveaux frères.

— Cet ordre n'était donc pas que dévoué au Christ ?

— Il y a des raisons de douter que c'était exclusivement son seul but. Comme tout ordre constitué, il a poursuivi par la suite des buts propres qui dépassaient très largement la simple mission de servir la volonté du Christ. Saviez-vous par exemple que sur la route vers

Jérusalem, les Templiers sont allés mettre Constantinople à sac, pour piller ses objets précieux et enrichir leur propre trésor ? Cela n'avait rien à voir avec la religion ni avec les intérêts de la Chrétienté ou de la papauté.

Oxlade passe ensuite de nombreuses minutes à méditer cette histoire en regardant par le hublot de l'avion. *Quelle histoire singulière, ce n'est pas seulement un voyage à travers les océans que j'entreprends, mais à travers le temps.* Il fait nuit dehors depuis leur décollage. En voyant le professeur glisser sur son visage un masque pour cacher ses yeux de la lumière, il se dit qu'il ferait peut-être bien lui aussi de dormir quelques heures, mais il sait qu'il doit, pour le bien de l'enquête, se mettre à niveau. Il sort de son sac un exemplaire du livre du Professeur. *Qu'y a-t-il donc dans ces pages qui puisse attirer tant l'attention des ravisseurs ?* se demanda-t-il en ouvrant le volume. Après un long moment de lecture, il ne peut s'empêcher de tomber de sommeil à son tour.

Lorsqu'il ouvre les yeux, Oxlade trouve le professeur éveillé, en train de l'épier comme s'il avait anticipé son éveil. Oxlade ne perd pas de temps et lui pose directement une question qui semble avoir été soufflée par son sommeil :

— Montserrat... Vous y êtes déjà allé, n'est-ce pas ?

— Oui, lui répond le Professeur, quelque peu amusé de l'agilité d'esprit de l'enquêteur. Après Jérusalem, c'était l'une des premières destinations que je voulais découvrir. C'est un lieu unique au monde, un sanctuaire niché au cœur des montagnes. Vous n'avez aucune raison d'y aller si ce n'est pas pour des raisons spirituelles. Ce lieu est fantastique, tout y a été construit pour son monastère.

Il marqua une pause, son regard plongeant dans un lointain souvenir, puis reprit :

— J'ai toujours eu cette intuition, ce frisson, que ce recoin reculé du monde avait gardé précieusement la Coupe du Graal. Dans les récits arthuriens, le Saint Graal est un objet sacré et magique qui peut guérir les maladies, apporter la paix et la prospérité, ou accorder l'immortalité. Il est recherché par le roi Arthur et ses chevaliers de la Table ronde. Imaginez une coupe ayant touché les lèvres du Christ lors de la Cène, puis recueilli son Précieux Sang lors de la Crucifixion. Dans les contes, elle possède des pouvoirs miraculeux, guérissant les blessures, offrant la paix. La quête du Saint Graal est souvent considérée comme une métaphore de la quête spirituelle. Le Calice est également associé à la grâce divine et à la rédemption, symbolisant l'idée que la quête spirituelle peut conduire à une transformation personnelle et à la réconciliation avec Dieu. La Coupe du Saint Graal est devenue un symbole important de la foi, de la spiritualité et de la recherche de l'illumination.

Saviez-vous d'ailleurs que les nazis s'étaient mis à sa recherche ? Les hommes d'Himmler, l'un des piliers du régime nazi, regroupés au sein de la tristement célèbre « Waffen SS », recelaient de personnalités qui voulaient faire appuyer leur nouvel ordre sur une sorte de mysticisme nouveau. Selon la légende, le Saint Graal est un talisman qui apporterait des pouvoirs mystiques à son détenteur. Des récits de Parsifal, et de l'opéra de Wagner avaient été interprétés en ce sens par Otto Rahn, que vous ne connaissez sûrement pas, mais qui fut, en quelque sorte, le guide spirituel et mystique du régime nazi. Il avait d'ailleurs rédigé un livre à propos du Saint Graal dans les années 1930 qui ne fut pas un grand succès de librairie, mais ce livre était parvenu jusque dans les mains d'Hitler qui avait mandaté Himmler en personne pour aller trouver la sainte relique. Dans un texte autour de la figure de Parsifal, le héros absolu vanté par Hitler dans ses discours, il était fait mention en langue ancienne de « Montsalvat », qu'il fallait moderniser par « Montserrat ». Malheureusement pour eux, ils avaient mal traduit ou plutôt mal interprété des textes à tel point qu'ils sont allés chercher dans les environs et avaient confondu « Montsalvat » par « Montségur » qui abrite un château dans le sud de la France, à quelques kilomètres de la frontière espagnole. Un château célèbre pour une légende noire puisqu'en 1244, deux cent vingt-cinq hommes et femmes refusant d'abjurer leur foi furent brûlés par les représentants de l'Inquisition…

— Les nazis ont réellement été à la quête du Graal ? Mais pourquoi ? Il me semblait que les nazis ne se reposaient pas sur la Chrétienté pour asseoir leur idéologie.

— C'est une grande question qui a, je crois, plusieurs réponses. D'abord à propos des mythes sur la vie éternelle ou encore les pouvoirs surnaturels du calice du Saint Graal, Hitler pensait que cela pourrait lui être bénéfique. Mais ce n'est sans doute pas la seule raison, ces objets, ces saintes reliques, confèrent au gouvernant qui les détient un pouvoir immense, celui de consolider un régime politique en lui donnant un caractère sacré. Ce qui était vrai sous Philippe le Bel, l'était tout autant sous Hitler.

— Et pourquoi pensaient-ils trouver le Saint Graal à Montségur ?

— Parce que Otto Rahn avait développé une théorie convaincante à ce sujet. Le Château de Montségur avait été le dernier refuge des Cathares, une secte chrétienne hérétique apparue entre le Xᵉ et le XIIᵉ siècle. Les Cathares furent opposés à la papauté romaine, qu'ils accusaient d'être corrompue moralement. Ils ont été massacrés lors d'une croisade par des troupes envoyées par Rome en 1244. Selon plusieurs légendes, les Cathares étaient détenteurs de reliques particulières qui auraient intéressé Rome, et qui étaient la vraie raison de la croisade envoyée par Rome. De plus, une trêve avait été négociée pendant laquelle, toujours selon Otto Rahn, des Cathares qui avaient promis d'abjurer leur foi hérétique et de se convertir au Christianisme pour ne pas se faire exécuter seraient allés cacher le Graal dans une grotte à côté du château. Malheureusement pour lui, son aventure se déroula comme dans une scène du film Indiana Jones, avec beaucoup trop d'action puisque, lorsqu'il pénétra dans la grotte, les eaux se sont mises à monter inexorablement, recouvrant toute la grotte alors que les eaux n'y étaient jamais montées si haut. Il n'a jamais pu parcourir la grotte comme il le souhaitait. À la suite d'Otto Rahn, Hitler a directement envoyé l'un des plus éminents dirigeants nazis conduire lui-même une expédition, en la personne d'Himmler !

— Comment cela, vous voulez dire qu'Himmler, le bras droit et plus fidèle lieutenant d'Hitler pour l'édification du régime nazi, s'occupait personnellement d'affaires mystiques et ésotériques ?

— Absolument, et vous ne devinerez jamais jusqu'à quel point les nazis avaient orné de mysticisme l'ordre qu'ils espéraient fonder pour longtemps. Figurez-vous qu'Himmler avait même acquis et transformé un château en Allemagne pour l'ordre des SS. Il percevait les SS comme des chevaliers modernes, qui s'adonnaient à des cérémonies autour d'une flamme, dans une salle configurée comme dans le mythe de Perceval et d'Arthur, des chevaliers de la Table ronde !

— Et qu'est-ce que cette quête donna ?

— Elle fut sans succès. Otto Rahn aura finalement été un Indiana Jones rentré bredouille. Il est d'ailleurs assez répandu que le personnage d'Indiana Jones aurait été inspiré par Otto Rahn ! Cependant, la mission n'avait pas été abandonnée pour autant et Himmler avait fait d'Otto Rahn, cet archéologue dont la vie fut toute entière dédiée à la quête du Graal, un membre des SS, lui procurant ainsi des moyens matériels de poursuivre sa quête. Mais Otto Rahn ne trouvera finalement aucune relique sacrée, fort heureusement pour l'humanité.

— Et il continua ensuite comme officier des SS ?

— Sa fin fut tout aussi tragique que celle des habitants de Montségur. Une fois ses expéditions stoppées faute de résultat, il fut muté comme surveillant dans un camp de concentration nazi, à Dachau. Très mal à l'aise avec ce qu'il s'y passa, il rédigea une lettre de démission des SS. Il sera d'ailleurs le seul membre des SS à n'avoir jamais demandé de les quitter. Cette démission avait été acceptée, mais on ne quitte jamais vraiment les SS.

— C'est-à-dire ? Que lui est-il arrivé ?

— Pour ne pas nuire à l'ordre établi par les nazis, ils lui ont demandé de se suicider. Et il fut retrouvé mort quelques jours après en 1939, à la veille de la Deuxième Guerre mondiale…

Ryan Oxlade écarquille les yeux et marque un profond silence, dépassé par ce qu'il vient d'entendre.

— Eh oui, les sociétés sont parfois prêtes à tout pour s'emparer de pareilles reliques ! conclut Duran. *Le Graal, les nazis et le suicide d'un SS qui avait échoué dans sa quête !* Oxlade se rend compte qu'il menait une poursuite bien singulière. Il se demande jusqu'où le passé résonnerait de façon effrayante avec le présent.

L'avion entame sa descente vers le tarmac de l'aéroport catalan.

Jeudi 23 septembre 2028, Aéroport de Barcelone, 11 h du matin

L'air de la Catalogne caresse doucement Ryan et le Professeur à la sortie de l'avion. À l'orée de l'automne, le soleil commençait à percer l'horizon, parsemant la terre d'ombres longues et fuyantes. Une brise légère, porteuse de parfums méditerranéens, soulève par moments leurs cheveux, chassant la fatigue de leur périple aérien express. Ils ne sont pas mécontents de pouvoir marcher un peu après ces sensations supersoniques uniques. Ils passent rapidement le contrôle en vigueur, Ryan regarde ses messages et prévient que quelqu'un est bien là pour les accueillir et les accompagner. À peine sorti de l'espace voyageurs, un homme s'avance vers eux :

— Hello, Ryan, je suis Paul, ravi de vous rencontrer, j'espère que vous avez fait bon voyage, je vous prie de bien vouloir me suivre, votre véhicule vous attend.

Paul travaille à l'ambassade des États-Unis en Espagne. Il était arrivé dans une discrète berline aux teintes de l'ambassade, mais dont la plaque espagnole ne laissait rien deviner de son origine. Soucieux de suivre à la lettre les directives d'Oxlade et d'agir au plus vite, un drone transporteur de passagers les emmènerait filer à travers le ciel. Les soixante-cinq kilomètres séparant l'aéroport international de Barcelone de Montserrat seraient avalés en à peine vingt minutes. Duran et Oxlade, quant à eux, luttaient contre le poids de leurs paupières, la fatigue du voyage et le décalage horaire les alourdissant. La douceur du climat de la péninsule ibérique les détend quelque peu. L'idée de fermer les yeux, ne serait-ce que quelques minutes, les effleurait. Mais la situation ne s'y prête guère.

— Nous ne devrions pas en avoir pour très longtemps. Si jamais nous trouvons quelque chose, nous pourrons remonter leur trace avant qu'ils ne se soient échappés d'Espagne. La police espagnole est très coopérative et nous a montré de la bonne volonté. Ils m'ont envoyé tous leurs rapports sur les vols de l'église de Montserrat, mais c'est pour l'instant assez maigre, peut-être parviendrons-nous à trouver quelque chose de plus intéressant sur place, reporte Paul à Ryan.

Ryan le remercie poliment. Puis il songe à la pertinence pour les malfrats qui auraient kidnappé Sarah Duran d'aller à Montserrat, et tente de reconstituer le puzzle.

— Professeur, pourquoi Montserrat ? Pourquoi le Graal aurait-il pu être à Montserrat ?

— C'est une histoire qui a traversé les siècles, prévient Duran. L'abbaye Santa Maria est une abbaye bénédictine autonome perchée sur le massif montagneux de Montserrat en Catalogne. Sa construction date d'environ 880 apr. J.-C. Selon la légende, des anges découpèrent le massif de Montserrat avec une scie en or, d'où l'étymologie populaire de Montserrat qui signifie « Mont scié ». Le lieu est l'objet de plusieurs légendes. La première, communément admise, serait qu'un samedi après-midi au crépuscule des bergers assistèrent à un phénomène surnaturel : une lumière éblouissante surgissant du ciel, accompagnée d'une mélodie céleste. Le samedi suivant, la vision se répéta. Les quatre samedis suivants, le recteur de la ville d'Olesa les accompagna et constata la vision miraculeuse.

Le professeur voyant sourire Ryan à la narration de ce fait ajoute :

— C'est pourtant ce qui est communément admis, regarder sur Wikipédia ! La seconde concerne la vierge Marie.

Ryan, qui avait entre-temps pianoté sur son Smartphone le coupe et lit :

— « L'évêque qui se trouvait à Manresa organisa une montée au Montserrat pendant laquelle fut découverte une grotte où se trouvait une image de la Sainte Vierge. L'évêque proposa alors de la transférer à Manrèse, mais dès qu'ils essayèrent de la mouvoir, elle se fit si lourde qu'ils ne purent la faire bouger. L'homme d'Église interpréta ce fait comme la volonté de la Sainte Vierge de rester en ce lieu et décida de faire construire une chapelle sur le site. » C'est bien cela professeur ?

— Je ne l'aurai pas formulé comme cela, mais les faits sont bien exacts. Merci de croire davantage des contributeurs Wikipédia qu'un Professeur de Princeton.

— Pardon, un vieux réflexe depuis le lycée. Et le Graal dedans ?

— Plusieurs récits et interprétations amènent le Graal à l'abbaye de Montserrat. Beaucoup de conjectures amenaient à croire que la coupe sacrée était cachée quelque part dans les entrailles de l'abbaye, dans une chambre de son vaste sous-sol. La rumeur était telle que l'abbaye de Montserrat faisait l'objet de nombreuses expéditions et les religieux s'étaient retrouvés débordés. Pour dissuader les chasseurs de trésor de mettre les pieds dans leur abbaye et de venir fouiner dans tous les coins et recoins, ils prirent une décision radicale, ils avaient fini par dire : « *Circulez, il n'y a rien à voir, c'était là, mais on ne l'a plus et on a muré la porte* ». Et de fait, les chasseurs de trésor se firent plus rares, car il était désormais impossible de visiter les sous-sols. Pour ma part, je n'ai jamais acheté cette version. Réfléchissez un instant... Si vous deviez protéger un trésor d'une telle importance, ne le cacheriez-vous pas derrière un mur solide ? Pour ma part, oui, je le murerais. Et c'est pour cela que c'est l'une des théories possibles : que la coupe du Saint Graal se soit trouvée à l'intérieur de ces murs. L'abbaye semble n'avoir aucune autre raison d'être. Un endroit si isolé, avec peu de ressources, difficile d'accès... Sauf si le but est de garder quelque chose loin des yeux du monde. Les nazis eux-mêmes, malgré leurs recherches incessantes, n'ont jamais songé à chercher là. Et croyez-moi, la conception labyrinthique de l'église de Montserrat est faite pour dérouter. Seuls les véritables initiés peuvent s'y retrouver.

Alors qu'ils slaloment entre les montagnes à bord de leur drone, l'appareil les dépose délicatement au pied de la cité, au creux d'un décor surréaliste.

Les titanesques rochers s'élèvent tout autour, dressés comme des sentinelles. Le paysage est un dédale de pics et de crêtes qui jaillissent vers le ciel comme des flèches de cathédrale, leurs formes tourmentées témoignant des forces géologiques millénaires à l'œuvre. Ces monolithes de pierre ocre, baignés de lumière dorée au lever et au coucher du soleil, forment un contraste saisissant avec le bleu pur du ciel méditerranéen et les nuances vertes des forêts qui les drapent à leurs pieds. La brume matinale, souvent présente, enveloppe le paysage d'un voile mystérieux, ajoute une aura de mystique à ce lieu déjà empreint de spiritualité. Les sentiers qui serpentent autour de l'abbaye offrent des vues à couper le souffle. L'abbaye de Santa Maria a été fondée au XIe siècle, cette retraite monastique se dresse comme un sanctuaire suspendu entre ciel et terre, enveloppée dans un voile de mystère et de majesté. Au cœur de l'abbaye, la basilique abrite la vénérée Vierge de Montserrat, surnommée affectueusement « la Moreneta » en raison de sa couleur sombre, objet de pèlerinage et de vénération à travers les siècles. L'art et la culture y fleurissent ici en harmonie. Ryan et Paul, les yeux grands ouverts, sont hypnotisés par l'aura mystique du lieu. Duran, lui, esquisse un sourire nostalgique, l'endroit semble évoquer pour lui des souvenirs d'un autre temps. Ryan, subjugué par ce décor pittoresque s'exclame la voix empreinte d'émerveillement :

— C'est à couper le souffle ! Ces formations rocheuses semblent dessinées par une main d'artiste.

— Oui, acquiesce Duran. C'est même un des lieux qui, par sa beauté, tend à prouver l'existence de Dieu.

Ryan demande à l'agent Paul, qui les escorte, de les amener jusqu'au pied de l'abbaye.

Ils pénètrent à l'intérieur de l'abbaye et y découvrent plusieurs dizaines de personnes. Le vol a suscité une véritable effervescence dans ce coin d'ordinaire si calme. Le murmure des conversations emplit l'air, dominé par de l'espagnol ou du catalan que ni Duran ni Oxlade ne maîtrisent. Une fois dans la partie centrale de l'abbaye, où plusieurs policiers effectuent des recherches au milieu de quelques fidèles et du personnel religieux de l'abbaye, Duran suggère que les malfrats ont dû se rendre dans le sous-sol de l'abbaye. Ils parviennent à se faufiler vers l'escalier qui mène au sous-sol à l'abri des regards des prêtres, puis tombent sur une première porte close. Ils frappent à la porte et un homme en tenue militaire, crâne rasé, des muscles saillants et une paire de lunettes ray-ban longue sur le nez, entrouvre la porte et les prévient, quelque peu nerveux :

— Désolé, c'est fermé aux touristes jusqu'à la semaine prochaine, nous devons effectuer des travaux de rénovation. Il s'apprête à renfermer la porte, jusqu'à ce que Paul ne l'interpelle.

— Attendez, je suis des services d'enquêtes, j'ai reçu la notification d'Interpol, je suis habilité à effectuer des enquêtes sur le sol européen, pourriez-vous me laisser passer ?

Il montre son badge. L'homme les regarde attentivement, étonné de voir pour la première fois de sa vie un badge du FBI, avant de leur dire :

— Je vous laisse aller voir le lieutenant Ramos, c'est lui le chef de l'enquête.

Paul laisse à Oxlade le soin de parler au lieutenant Ramos, et retourne près du drone, autant pour assurer la sécurité que pour être prêt au prochain déplacement. Le Lieutenant Ramos est un homme mûr à la peau bronzée et au visage plutôt sympathique, mais qui n'a visiblement pas l'air très enthousiaste à l'idée de mener cette enquête.

— Des tableaux du 1er sous-sol ont été brisés et des statuettes déplacées et abîmées. L'Église n'a pas encore été fermée, car le prêtre refuse de fermer la porte aux fidèles qui ont fait le déplacement « *le mal ne doit pas gagner en la maison du Seigneur* » nous a-t-il confié, en ajoutant laisser toute latitude à ses enquêteurs pour faire leur travail dans ses murs. Cela ne nous facilite pas la tâche. La nouvelle s'est répandue comme une traînée de poudre, en plus de mes hommes qui effectuent des fouilles et tentent de déceler des indices, beaucoup d'habitants se sont pressés pour rentrer dans l'abbaye aussitôt que la nouvelle du vandalisme s'est répandue, autant par dévotion que par curiosité. Il marque une pause, pesant ses mots.

— Pour l'heure, nous disposons de quelques témoignages sur le nombre d'individus entrés dans la chapelle et d'une description des malfrats… Malheureusement, ces informations restent floues.

— Est-ce que des dessinateurs professionnels pour aider au profilage des suspects sont prévus par vos services ? interroge Oxlade. Le Lieutenant Ramos le dévisage, un soupçon d'incrédulité dans le regard.

— Vous croyez que nous avons des dessinateurs judiciaires qui attendent patiemment dans les coulisses ? Nous ne sommes pas une grande division criminelle. Encore moins Interpol ou le FBI ! Nous sommes une modeste brigade locale. Les moyens, ici, sont limités.

Oxlade, dissimule difficilement sa déception et comprends que Ramos n'a pas pleinement conscience de l'ampleur potentielle de l'affaire. Il tourne les talons, cherchant Duran du regard.

— Alors, qu'a dit Ramos ? Quel est leur avis ?

— Ils n'en ont pas vraiment. Selon eux, ce sont sûrement des voleurs qui cherchaient quelque chose, estime-t-il.

— Je ne pense pas qu'ils soient venus pour cela.

Alors qu'ils échangent, un officier émerge soudainement, haletant d'excitation.

— Lieutenant Ramos ! Venez voir ! Une autre statuette a été retrouvée brisée à l'étage, dans un coin sombre de l'abbaye.

Sans un mot, le lieutenant Ramos, suivi de près par quelques-uns de ses hommes, se précipite vers les escaliers.

— Ils ont dû ouvrir la statuette afin de voir si elle contenait quelque chose de particulier. Les objets d'ici n'ont pas beaucoup de valeur marchande ni historique. L'abbaye a été bâtie pour conserver le Saint Graal, dans la pièce qui a depuis été murée au sous-sol. C'est cela qu'ils ont dû venir chercher. Les statuettes, comme les tableaux, ont plus probablement été déplacées pour tenter de trouver autre chose. Suivez-moi, je sais que ces sous-sols regorgent de chemins étroits et de souterrains. Tenez, essayons d'aller explorer par ici en prenant ces escaliers, indique Duran.

— Après vous Indiana Jones ! lui lance, un brin amusé, Oxlade.

Ils descendent les escaliers jusqu'à parvenir à la grande porte murée. Duran fait remarquer que des coups sévères ont été portés à plusieurs briques, mais que le mur est trop solide pour céder aussi facilement.

— Cela fait vingt-cinq ans que je rêve de briser ce mur. L'on dirait que c'est ce que ces hommes ont tenté, mais avec le temps je suis persuadé qu'il doit exister un autre chemin pour parvenir à cette salle.

Il regarde autour de lui, puis s'engouffre dans une alcôve qui abrite un tombeau, une stèle en honneur d'un chevalier ayant combattu pendant les Croisades. Il cherche un moyen de l'ouvrir ou de trouver un point qui lui donnerait un indice, avant de découvrir un dégradé de couleur sur l'une des mini sculptures qui ornent la stèle. Comme si l'une des parties venait d'être touchée, faisant ressortir par contraste les parties dépoussiérées. Il appelle Oxlade à le rejoindre et lui montre que les pilleurs ont sans doute recherché par ici. Il lui demande s'il aurait des gants fins pour ne pas devenir suspect, ce que lui tend Oxlade, visiblement bien équipé. Il enfile ainsi ses petits gants de plastique transparent avant de toucher délicatement la mini sculpture représentant un homme à cheval tenant une épée. Il tente d'y déceler quelque chose quand, tout à coup, il sent une différence de pression au bout de son pouce lorsqu'il parcourt le pommeau de l'épée. Il jette un bref regard à Oxlade, interloqué. Il enroule alors le pommeau avec force à l'endroit où il ressent une pression différente puis s'arrête. L'on entend comme un bruit sourd de glissement qui émane du bas du tombeau. Les deux hommes se redressent, éberlués, et observent qu'une dalle du sol s'est retirée en coulissant, laissant entrevoir un espace pour se glisser et se rendre vraisemblablement dans une autre pièce.

Oxlade sort une mini lampe de poche qui illumine un escalier sous-terrain en pierre sombre et d'une dizaine de mètres de profondeur. Duran descend en premier, suivi de près par Oxlade qui tient sa mini lampe torche de façon militaire pour les éclairer au maximum et avec précision.

— J'en étais sûr. Ils avaient muré la salle, mais pas condamné son accès !

Ils arrivent ensuite au sein d'un petit couloir étroit.

— Nos hommes semblent être passés ici, précise Oxlade, faisant remarquer des traces de pas apparentes au-dessus de la poussière. Ils redoublent alors d'attention. Au bout du couloir, un escalier semblable à celui qu'ils viennent d'emprunter, mais cette fois-ci ascendant. Ils le remontent et trouvent un pommeau d'épée identique à celui qu'ils venaient d'actionner. Duran l'actionne pareillement et une dalle au-dessus d'eux coulisse, laissant échapper la vue sur une nouvelle pièce. Ils montent en s'aidant de petites barres métalliques qui font office d'échelle de fortune et découvrent une pièce assez grande, probablement murée il y a plusieurs siècles.

L'air y est lourd, peu supportable, mais néanmoins respirable. La salle est remplie de petites statues, d'anciens tombeaux, et de plusieurs autres parties de la salle sous des alcôves. Duran est tout enthousiaste en la regardant, cela lui donne une décharge d'adrénaline de se trouver de ce côté-ci. Des traces apparentes de pas et de mains dans cette salle pleine de poussières leur confirment que le lieu vient d'être visité. Duran fixe un endroit sur la table et s'écrie en se réjouissant :

— Sarah, Sarah était ici !

— Vous… Vous en êtes sûr ? Demande Oxlade, incrédule.

— Oui, regardez ce signe sur la table.

Mark Duran désigne un endroit sur la table où est discrètement dessiné le symbole « £ ».

— Vous êtes sûr de vous Mark ? Je n'ai pas vos connaissances en symbolisme, mais ceci me semble désigner la livre sterling, la monnaie anglaise.

— Tout à fait.

— Je ne suis pas sûr de comprendre pourquoi ce symbole monétaire pour signifierait qu'elle soit en vie.

— C'est un signe entre elle et moi qui remonte à nos premiers flirts et notre premier voyage en amoureux en Grande-Bretagne. Une sorte de code que nous partagions quand nous voulions nous rappeler les bons moments de notre couple ou évoquer de nouveaux voyages.

— Je comprends mieux, c'est une excellente nouvelle alors ! Et cela confirme que ce sont bien nos hommes qui étaient là, même si je n'arrive pas à comprendre comment elle a pu traverser l'Atlantique malgré tous les avis de recherches internationaux !

Oxlade semble retrouver de l'énergie et redouble d'intensité et d'efforts dans son analyse de la pièce. Il s'arrête un instant et murmure à Duran en lui désignant une sorte d'autel sur lequel rien n'est posé :

— C'est là que votre calice était entreposé selon vous ?

— Peut-être, mais il a aussi pu être caché ailleurs, lui rétorque Duran qui semble intrigué par une statue en marbre de la Vierge. Son regard est aussi majestueux que délicat. Il la contemple sous tous les angles. Et ajoute :

— Cette Vierge porte en elle quelque chose d'étrange. Ses représentations n'ont, d'ordinaire, pas ce genre d'expression, son visage semble nous signifier quelque chose, comme si elle devait veiller sur quelque chose.

— Comme si elle devait veiller sur le Graal, pensez-vous ? Tente de déduire Oxlade.

— Hum. Je ne sais pas...

Duran inspecte autour, mais ne voit rien qui pourrait contenir le Graal. Il fait non de la tête à Oxlade.

— Sur quoi devrait veiller, si ce n'est le Graal ? se demande Duran à voix haute, excité. Ses yeux balaient la statue et s'ensuit un instant suspendu. Le Professeur reprend soudainement, sa voix frémissante de passion : Elle doit protéger contre ceux qui viennent ici ! Cette Vierge, elle est la gardienne des cœurs purs, ceux qui cherchent le Graal avec honnêteté. Elle doit veiller à ce que ceux qui arrivent jusqu'ici aient de bonnes intentions envers la coupe. Il se prosterne aussitôt à genoux devant elle, tel un humble prieur. Puis, il se met à l'implorer d'assez près, avec une dévotion presque extatique qui surprend Oxlade. L'instant d'après, un bruit sourd résonne, et une fissure apparaît, entourant la tête de la statue. C'était presque magique, comme si Marie elle-même ouvrait son cœur à ceux dignes de confiance.

Oxlade, qui avait laissé sa lampe à Duran pour inspecter le reste de la pièce, paraît de son côté avoir également trouvé quelque chose.

— Professeur ! s'exclame-t-il.

Duran semble totalement sourd à l'appel d'Oxlade, absorbé par sa découverte. Son visage porte un sourire presque enfantin. Face à son silence, il réitère :

— Professeur !

— Un instant, Oxlade, venez voir. C'est incroyable.

Oxlade paraît agacé d'être celui qui reçoit un ordre, mais vient tout de même rejoindre Duran qui est en train d'écarter la feinte située au dos de la statue, au niveau de sa nuque. La tête de la Vierge s'est tournée vers le côté, elle s'est désolidarisée du reste du corps par suite d'un mécanisme fin, mais efficace. En manipulant doucement la tête, Duran la détache et révèle un espace caché. À l'intérieur, un calice se dessine dans la pénombre, et la lumière de la lampe en révèle chaque détail. C'était majestueux, presque surnaturel. Il regarde à l'intérieur, émerveillé, les yeux qui brillent de mille feux.

— C'est lui, murmure Duran, les yeux illuminés d'une lueur presque fanatique. Regardez, c'est comme celui de Valence… Mais ces marques rouges… Cela pourrait être… le vrai Saint Graal.

L'incrédulité peinte sur le visage d'Oxlade était totale.

— Le… le Graal ? balbutie-t-il. Vous êtes certain ?!

Le Professeur Duran ne répondit pas tout de suite, les yeux brillants de passion et d'excitation.

— Regardez-là, elle est majestueuse. Cette coupe ressemble à beaucoup d'autres de son époque, mais si elle a été murée c'est qu'elle doit avoir une valeur supérieure aux autres pour être entreposée ici. Pourquoi une pièce cachée, une autre murée dans une abbaye cachée au milieu de montagnes isolées du reste du monde pour y entreposer un calice sans autre importance ? Et pourquoi la dissimuler dans une statue de telle sorte que seuls des chrétiens véritables puissent y avoir accès ? Tout ça pour une coupe sans valeur, croyez-vous Inspecteur Oxlade ?

— Votre raisonnement tient la route, Professeur.

— Cependant, pour en être sûr, il faudrait que je puisse l'examiner de plus près or je ne sais comment le sortir de l'intérieur, le marbre de la statue est lourd et la statue semble durement collée à la pierre qui la rehausse. Il faudrait la détruire pour récupérer le calice, mais cela risquerait de l'abîmer. Les hommes ont dû filer sans s'agenouiller devant la Vierge, trop pressés par leur recherche matérielle. C'est probablement Sarah qui les a aidés, je lui avais dit il y a quelques années que cette histoire de mur ne m'avait jamais convaincu.

— Professeur, je sais par où nos hommes sont sortis, reposez cette tête et suivez-moi, nous devons aller à leur recherche tout de suite.

— Mais la coupe ? Elle représente peut-être des siècles de recherche...

Oxlade, sa voix ferme et implacable, répond :

— Récupérer le Graal ou le préserver nécessiterait un temps que nous n'avons pas. Je sais que votre cœur est déchiré entre ces reliques et elle, mais il nous faut agir, ajoute-t-il avec compassion. Déplacer la coupe, ou la casser minutieusement prendrait beaucoup trop de temps à vous entendre. Je suis désolé, mais nous devons-y allons, je crois que vous préférez Sarah à votre coupe. Duran semble vaciller un moment sous le poids de ce dilemme cornélien pour un chercheur de reliques anciennes comme lui. La raison, autant que son amour pour sa femme, l'emporte finalement sur sa passion et son excitation de chercheur qui semble retrouver sa fougue d'il y a plusieurs décennies. Il la prend en photo avec son smartphone et ne peut s'empêcher de jeter un dernier adieu à la coupe cachée par un regard furtif empli de regrets. Il referme la statue de la Vierge et entend le mécanisme se verrouiller à nouveau.

Oxlade venait de trouver un mécanisme similaire sur un tombeau de l'autre côté de la pièce. Le même que celui qui les avait menés à la pièce, à l'exception notable que l'on entrapercevait un halo de la lumière. Ils se glissent pareillement en activant une poignée vers un nouvel escalier, plus long, mais plus large, prenant soin encore de refermer derrière eux. Le couloir est parsemé de petites feintes qui laissent passer la lumière du jour. Des traces de pas récents sont visibles, laissant penser que ce chemin venait d'être également utilisé.

Après ce qui semblait être une éternité, ils parvinrent au pied d'un autre escalier, surmonté d'une plaque en bois qui semblait être la seule barrière entre eux et la liberté. À mesure qu'ils la soulevaient, un parfum de moisissure et de renfermé les envahit. La pièce au-dessus était un réduit sombre, avec des balais éparpillés et des conteneurs de poubelles vides, le tout dans une atmosphère qui recèlent de mauvaises odeurs. Le parfum de saleté et d'ordures était suffocant. Ils referment derrière eux et s'approchent de la porte de sortie. Ils l'ouvrent et se retrouvent dans la cour d'un cloître ! Le froid et la sérénité du cloître contrastaient fortement avec la chaleur du mystère qu'Oxlade et Ryan poursuivaient. Le doux murmure de la fontaine du cloître semblait rythmer chaque pas qu'ils faisaient sur les pavés usés.

— C'est par ici que nos hommes ont filé, affirme Oxlade, ses yeux scrutant chaque pierre, chaque ombre.

Alors qu'ils avançaient, deux silhouettes en habit, deux religieuses, se dessinèrent au détour d'une colonnade. Elles avançaient paisiblement, en murmurant des prières. Oxlade, toujours sur ses gardes, décide de tenter sa chance. S'avançant vers elles, il se lance dans un espagnol hésitant, ses mots portant la lourde responsabilité de sa mission.

Leurs yeux, d'abord méfiants, s'adoucirent au fur et à mesure de la conversation. D'un geste éloquent, elles mimèrent des figures qui marchaient rapidement, leurs mains décrivant des objets et des livres. « *Trois hommes… et une mujer,* » déclare l'une d'elles, avec une note d'incertitude dans sa voix. Oxlade, presque tremblant d'anticipation, leur montre une photo de Sarah depuis son smartphone. Leurs regards s'échangèrent, l'hésitation palpable. « *Il y a une ressemblance, mais… quelque chose était différent* », chuchota l'une d'elles, les sourcils froncés par l'effort de se souvenir. Elles paraissent chacune presque soulagée que l'autre ne sache pas non plus. Malgré la frustration de ne pas avoir eu de réponse claire, Ryan hoche la tête en guise de remerciement. Il repart d'un ton rapide. Ryan et le Professeur empruntent alors la sortie du cloître et se dirigent vers le drone que Paul faisait patienter, lorsque Oxlade, le téléphone à la main, sentit soudainement une série de vibrations. Leur aventure venait de prendre un autre tournant inattendu.

En tant qu'enquêteur du FBI au grade le plus élevé, Oxlade dispose d'un téléphone dédié avec une application reliant les informations émises par les principales agences d'enquêtes des pays occidentaux qui coopèrent entre elles. Ce système d'échange d'informations a déjà permis beaucoup de résolutions d'enquête. Ryan, ses doigts dansant sur l'écran, avait réglé l'appareil pour traquer les intrusions dans les lieux saints et historiques. Plusieurs notifications s'étaient déjà illuminées, mais une en particulier le faisait tressaillir.

— Professeur, commença-t-il d'une voix mesurée, pensez-vous que nos suspects puissent avoir une prédilection pour les églises anciennes de France ?

Duran fronça les sourcils, semblant connecter des points dans son esprit.

— Oui, c'est possible. Les églises de France sont souvent associées aux trésors des Templiers.

— Le Château de Gisors vous dit quelque chose ?

Duran blêmit.

— C'est un lieu majeur de ces légendes. Pourquoi cette question ?

— Oxlade haussa un sourcil, un léger sourire en coin.

— Parce que je pense qu'ils y sont. Vous n'avez rien contre le fait de refaire une balade en drone ? Ryan charge Paul de leur organiser un déplacement sur-le-champ vers Gisors, dans le nord-ouest de la France. Après quelques coups de téléphone, Paul les informe qu'il les ramène bien à l'aéroport de Barcelona El Prat, d'où ils monteront à bord d'un drone longue distance en direction de l'aéroport de Beauvais, à moins d'une heure de voiture du Château de Gisors. Par peur des protestations, l'Europe avait davantage régulé l'utilisation des drones et il était particulièrement difficile de les utiliser en France aussi librement qu'ailleurs.

Sur la route, le Professeur Duran était absorbé par ses pensées. L'image du Graal dans la statuette ne quittait pas son esprit. *Ai-je bien vu le Calice sacré de Jésus Christ ? Avais-je la vie éternelle à portée de lèvres ?* Difficile de refouler une pareille pensée.

Oxlade, observant l'expression pensive du professeur, ne put s'empêcher de l'interroger.

— Professeur, à quoi pensez-vous ? Est-ce que vous croyez que nous venons juste de découvrir l'un des plus grands mystères de l'histoire de l'humanité ? Je n'ai d'ailleurs pas eu le temps d'entendre vos explications, pourquoi disiez-vous que cette coupe ressemblait à celle de Valence ?

Le drone bourdonnait dans le ciel au soleil couchant alors que les lumières des villes s'étiraient en dessous.

— Selon certains, le calice original de Jésus-Christ est conservé depuis le haut Moyen Âge à la cathédrale de Valence, en Espagne. Son histoire, ou plutôt sa légende le date des tout premiers siècles de l'Église, en 258 précisément. Pendant les persécutions menées par l'empereur Valérien, le pape Sixte II, qui était détenteur de la sainte coupe, l'aurait remise à son fidèle compagnon Saint Laurent, se sachant proche du martyre. Puis Saint Laurent, à son tour menacé, l'a expédié à sa famille, originaire du nord de l'Espagne. Il mourut quelques jours plus tard. Depuis, elle est vénérée par beaucoup de fidèles. Bien que l'Église n'ait jamais confirmé sa véracité, cette coupe est chérie par de nombreux croyants. Même des papes récents comme Jean-Paul II en 1982 et Benoît XVI en 2006 sont venus la vénérer et l'honorer lors d'une messe dans la cathédrale. Pour le reste, je ne vous en veux évidemment pas Ryan, Sarah est évidemment plus importante que la coupe, mais je serais hypocrite de prétendre que la coupe ne va pas occuper une grande place dans mes pensées.

Aéroport de Barcelone El Prat.
Direction le Château de Gisors.
Jeudi 23 septembre 2028, 12 h.

En attendant d'embarquer dans le drone longue distance, Oxlade laisse son regard traîner vers les écrans plasma ultrafins disposés dans la salle d'embarquement. Un reportage sur les élections américaines s'affiche. Il sourit ironiquement, songeant qu'à des milliers de kilomètres de chez lui, le monde entier semble absorbé par la course à la Maison-Blanche.

Il est vrai cependant que le monde était en train de connaître de grands bouleversements, et même de grands renversements ! Matt Zuckberg, le patron et fondateur de *TheSocialNetwork* alors qu'il n'était qu'un étudiant, pouvait potentiellement devenir le futur locataire de la Maison-Blanche ! Ses concurrents, quant à eux, ont tous dû faire face à une série de scandales sur leur vie privée et pour certains, sur celle de membres de leur équipe. Après que des proches de Chelsea C., fille d'un ancien Président Démocrate pour un temps favori à l'investiture, aient eu à affronter leur passé de drogué, alcoolique ou de personnes trop portées sur le sexe, un autre concurrent direct de Zuckberg avait dû, lui aussi, affronter un scandale public. En cause, ses infidélités à plusieurs de ses petites amies depuis l'Université, et plusieurs adultères depuis son mariage. Sans compter les dialogues de dragues lourds et parfois machistes, révélés sur des blogs, puis repris en dérision sur X pour le plus grand bonheur des Internautes, des journalistes et des associations féministes. Les messages ainsi publiés publiquement avaient tous été envoyés via des applications de messagerie instantanée détenues par *TheSocialNetwork*. Pour se protéger, *TheSocialNetwork* avait immédiatement porté plainte pour piratage de ses systèmes et divulgation de ses contenus. L'opinion publique soupçonnait fortement la firme de Zuckberg d'être à l'origine des fuites, mais rien ne pouvait le prouver et l'avocate de *TheSocialNetwork* avait prévenu publiquement porter systématiquement plainte contre quiconque colporterait des accusations injustifiées envers sa compagnie cliente. Elle ajouta même que mêler *TheSocialNetwork* à cette affaire devrait être considéré par les chaînes d'informations comme une *fake news*. Les médias qui relaieraient ces « rumeurs infondées », verraient même leurs comptes sur les réseaux sociaux désactivés, car « *La firme a pour politique historique de lutter contre les fake news et le complotisme* ». Des commentateurs alarmés avaient crié à la menace d'une oligarchie numérique, mais leurs avertissements tombaient dans des oreilles sourdes. D'autres commentateurs ont préféré se taire de peur de voir également une partie de leur vie privée dévoilée dans les journaux ou leur accès à certaines plateformes à leur tour suspendu. Matt Zuckberg était désormais à la place de favori des sondages.

Échec et mat digital !

Dans le même temps, au Vatican, l'État du pape Chrétien dans la ville éternelle de Rome n'avait pu qu'assister au déclin spectaculaire de l'Église. Le ricanement des réseaux sociaux, le matérialisme, la laïcité, l'athéisme et l'absence de tout soutien étatique semblaient livrer le christianisme à son clap de fin en Europe. Les tentatives politiques de réhabilitation avaient toutes échoué, car personne n'arrivait plus à mobiliser le sacré pour séduire les Européens. Les communautés chrétiennes restantes en voulaient à l'Église de ne s'être point battue. En réaction, et comme un dernier sursaut, Rome venait d'élire un nouveau Pape, jeune, qui s'était démarqué par un discours offensif. Il avait, dès le début, réhabilité les Croisades et soutenu ardemment des gouvernements très conservateurs nouvellement élus dans des pays d'Europe. L'alliance surprise et inédite de ce nouveau Pape offensif avec ces nouveaux gouvernements très conservateurs qui avaient annoncé « *défendre l'Europe et l'héritage européen* » faisait hurler un certain nombre de journalistes américains et Matt Zuckberg en avait fait un thème central de la campagne. Il avait glissé aux téléspectateurs lors d'une interview : « *Je vous propose la voie de la science, la voie de la raison, de la connaissance et des Lumières. Regardez l'Europe qui appelle au secours un vieux monothéisme. Est-ce vraiment ce que nous voulons pour l'Amérique ?* ».

Il citait comme inspirations philosophiques Newton, qui avait instruit à ne reconnaître pour guides, dans l'étude de la nature, que l'expérience et le calcul, et Locke, qui avait donné le premier une théorie de l'âme humaine, fondée sur l'expérience, et montré la route qu'il faut suivre en métaphysique pour ne point s'égarer. Il était résolument partisan d'un déisme qui annonçait une morale fondée sur des motifs faits pour émouvoir les âmes élevées, sans offenser la raison et les enseignements des sciences.

« *Avec tous les milliards de connaissances accumulées depuis l'avènement de l'ère digitale, nous possédons aujourd'hui plus de savoir que tous les humains réunis avant nous et plus de sagesse aussi. Nous devons,* à notre tour, *lutter contre l'obscurantisme religieux* ». En face, ses concurrents accusaient Zuckberg de « *vouloir mettre fin à l'humanité pour basculer vers l'ère totale de l'Intelligence Artificielle, du contrôle de toutes les âmes humaines par des algorithmes et de remplacer les humains biologiques par des humains augmentés* ». Dans ce jeu de pouvoir et d'idéologies, l'avenir de l'humanité semblait suspendu à un fil, prêt à basculer d'un côté ou de l'autre.

*

Une fois monté dans le drone, Ryan Oxlade se sent dépassé par la marche des évènements. Pourquoi aller à Gisors ? Dans un château en France ? *Le trésor des Templiers y serait-il enfoui ?* Il se tourne vers le professeur assis à côté de lui à bord de l'avion :

— Dites, Professeur, vous ne semblez pas emballé à l'idée que l'on se rende à Gisors, vous y êtes déjà allé ?

— Absolument, et ils ne trouveront rien, cela n'a aucun sens.

— Pourtant, vous devez en parler dans votre livre à propos des trésors perdus, c'est bien cela ?

— Oui, car le Château de Gisors possède une histoire toute particulière.

— C'est-à-dire ?

— Le Château de Gisors est un des lieux, sinon le lieu le plus mystérieux de France.

Le début de sa construction remonte à la toute fin du XIe siècle. Il a été lié aux Templiers lors de deux évènements historiques. D'abord en 1158 lorsque le nouveau roi d'Angleterre et le roi des Francs, Louis VII, ont scellé la réconciliation entre leur royaume. Le souverain capétien accorde au jeune fils d'Henri II Plantagenêt la main de sa fille Marguerite de France, âgée de seulement six mois. Il lui remet la forteresse du Château de Gisors en dot, mais dans l'attente de la célébration du mariage, la place forte est alors confiée aux Templiers. Puis, environ cent cinquante ans plus tard, en 1310, la place forte est depuis transformée en prison, et elle accueille comme prisonniers, le grand-maître de l'ordre, Jacques de Molay, et trois autres dignitaires de l'ordre : Hugues de Pairaud, Geoffroy de Gonneville et Geoffroy de Charnay. C'est de leur détention, dans ce château que les Templiers connaissaient par cœur, que sont nées de nombreuses interprétations. L'une d'elles avait abouti à une étrange affaire autour des années 1950, où un gardien de nuit du Château, Roger Lhomoy, s'était mis à creuser et avait ensuite clamé avoir découvert au sous-sol une salle comprenant plusieurs tombeaux et des trésors. Les pompiers et gendarmes avaient été réquisitionnés sans parvenir à pénétrer dans la fameuse salle. L'affaire n'avait pas fait de bruit jusqu'à ce qu'un article écrit par un certain Gérard de Sède au début des années 1960 ne fasse la une des journaux. Elle a ensuite été prise très au sérieux par le gouvernement qui a décidé d'y envoyer carrément l'armée, sur ordre du ministre français de la Culture de l'époque, le célèbre André Malraux, ancien Résistant et proche du Général de Gaulle ! L'armée française en a conclu que l'accès au sous-sol était inaccessible et que le gardien avait menti. Il sera ensuite licencié et n'a jamais voulu reparler du sujet.

— Et pourquoi donc aurait-il menti ?

— Parce qu'il était vraisemblablement membre du Prieuré de Sion.

— Le Prieuré de Sion ? s'écria Oxlade, son visage pâlissant sous l'effet de la surprise. Vous parlez de l'organisation secrète qui protège la descendance sacrée de Jésus-Christ et Marie-Madeleine, comme dans le Da Vinci Code ?

— Exactement, mais pas tout à fait comme le roman le dépeint. Le véritable Prieuré de Sion est bien plus complexe et mystérieux que ce que Hollywood nous a montré. Mais le point crucial ici est : pourquoi ici, à l'église de Gisors, un lieu qui a suscité tant de spéculations et de curiosités jusqu'au siècle dernier ? La disparition des Templiers avec leur trésor est une énigme historique qui divise profondément les experts, surtout concernant les évènements survenus entre 1307 et 1314, pendant les interrogatoires des Templiers. Je ne sais pas comment se déroulent vos interrogatoires au FBI, et je préfère rester dans l'ignorance, mais ceux du XIVe siècle étaient d'une cruauté inimaginable. Et pourtant, un des Templiers a craqué, révélant qu'un convoi avait fui avec un coffre précieux la veille de leur arrestation. Plusieurs indices ont ensuite concordé pour laisser à penser que les Templiers s'étaient arrêtés à l'Église de Gisors, où certains ont alors pensé qu'ils y avaient alors entreposé le trésor. C'est une version qui est restée dans les légendes populaires pendant plusieurs siècles, et c'est certainement ce qui avait amené Roger Lhomois à effectuer des recherches.

— Mais il avait fabriqué cette histoire, non ?

— Officiellement, oui. Mais la réalité pourrait être bien plus nuancée, emplie de zones d'ombre et de mystères non résolus.

— Les recherches avaient donc donné quelque chose ?

— Officiellement, non. Mais il subsiste de vraies incertitudes.

— Pourquoi cela ?

— Il y a plusieurs raisons. D'abord, beaucoup remettent en question la version officielle, suspectant que l'armée ait découvert quelque chose, mais ait choisi de le garder secret. L'armée française avait alors publié un communiqué dans lequel ils avaient écrit : « *Les fouilles sont terminées, elles se sont avérées négatives* », ce qui n'a fait qu'alimenter des théories alternatives puisque l'armée n'aurait de toute façon pas pu communiquer autre chose comme « *les fouilles sont terminées, nous avons découvert le trésor des Templiers* ». Ensuite, rien n'exclut la possibilité que les Templiers aient laissé des indices sur leur passage, indiquant peut-être une autre destination. De plus, l'église de Gisors recèle de nombreux symboles énigmatiques qui défient toute interprétation. Et enfin, l'absence de preuves concernant l'existence de la salle souterraine mentionnée par Lhomois ne signifie pas qu'elle n'a jamais existé. Si Lhomois disait la vérité, cela impliquerait l'existence de tunnels secrets sous le château, une thèse qui a toujours été officiellement rejetée comme étant une pure fantaisie.

— Nos pilleurs de tombes modernes ont peut-être tenté de percer le secret de cette salle souterraine, n'est-ce pas ? conjectura Oxlade sur le ton de l'évidence.

— Cela aurait été une possibilité, mais les autorités ont pris des mesures drastiques pour éviter toute intrusion. Dans les années 1960, une grande quantité de béton a été versée dans les fondations, officiellement pour préserver la structure du château, mais beaucoup croient que c'était pour empêcher de nouvelles découvertes. Et l'on pensait alors que l'affaire serait close *ad vitam aeternam*. Jusqu'en 1970, où des ouvriers ont creusé une tranchée dans une rue de la ville pour réaliser des travaux de voiries, et ont découvert dans une sorte d'ancienne canalisation 11 359 pièces de bronze et d'argent datant du XIVe siècle, c'est-à-dire l'époque coïncidant avec la fin des Templiers.

— Mais Lhomois devait donc dire vrai ? Et cela signifie donc que le trésor des Templiers était bel et bien au Château de Gisors !

— Vous avez oublié le Prieuré de Sion, mon cher Ryan.

— Que vient-il faire là-dedans ?

— Et bien justement, il a troublé le jeu. Car Pierre Lhomois était proche de Gérard de Sède et de Pierre Plantard qui s'était fait passer pour un descendant légitime des rois de France, et le Grand Maître du Prieuré de Sion.

— Attendez, cela me revient, j'avais lu diverses choses à son sujet. Visiblement, Newton, Da Vinci, ou encore Cocteau en ont notamment été les dirigeants à leur époque. Selon eux, il y aurait une descendance de Jésus-Christ avec Marie-Madeleine liée aux rois de France mérovingiens. C'est une des raisons pour lesquelles le roi de France était considéré comme un monarque de droit divin par Rome, et pour cela que la France est considérée comme « la fille aînée de l'Église ». Il semble même que les autorités françaises avaient mis la main sur un papier leur appartenant et qui est désormais dans leurs archives. J'avais vu des informations à ce sujet, car c'est à partir de ce papier que Dan Brown avait rédigé son fameux best-seller, le Da Vinci Code. Une société secrète qui comprendrait Da Vinci et Newton, de si grands esprits choisis pour veiller sur un secret aussi important : le Christ n'est pas mort sur la croix et il a une descendance vivante ! J'avais trouvé cela fascinant.

— Tout ce que vous dites, cher Ryan, est exact et factuel. À une petite particularité près.

— Ah oui, laquelle ?

— Et bien, si l'on a bien découvert en 1975, dans le dédale des salles obscures de la Bibliothèque nationale de Paris des parchemins connus sous le nom de Dossiers secrets, où figurent les noms de certains membres du soi-disant Prieuré de Sion, parmi lesquels on retrouve aussi, outre sir Isaac Newton ou Leonardo Da Vinci, Botticelli et Victor Hugo, ces faits présentés comme vrai par Dan Brown sont en réalité tout simplement faux. Le Prieuré de Sion est en réalité une association fondée en juin 1956 par Pierre Plantard, qui était alors un dessinateur dans la ville d'Annemasse, et ces fameux autoproclamés « Dossiers secrets » ont été fabriqués et même très probablement déposés à la Bibliothèque nationale de

Paris par Plantard lui-même dans les années 1960. Un journaliste français, Jean-Luc Chaumeil a démasqué l'imposture de Plantard dans les années 1980, et publié plusieurs livres sur le sujet. Il y a même eu un reportage de la BBC à la fin des années 1990 qui lui a été consacré. Tout cela n'était qu'une fiction.

Oxlade s'arrête quelques instants pour bien diriger ces informations originales et calculer les différents scénarii qu'elles offrent.

— Mais alors ce trésor ? reprend-il.

— C'est bien ça le problème. Toutes les théories développées par Plantard et ses amis s'étant avérées plutôt fantaisistes, cela a perturbé le travail des historiens, devenu un labyrinthe où vérité et fiction sont devenues indiscernables, une forteresse dont les pierres gardent jalousement leurs secrets. La découverte des pièces d'or datant du XIVe siècle renforcerait également la thèse selon laquelle le trésor des Templiers y a bien séjourné, mais sans davantage de preuves.

— Et pourquoi ce Roger Lhomois a-t-il conservé le silence ?

— Aucune idée. Et vous, qu'en diriez-vous, inspecteur ?

Ryan prend une profonde inspiration, la mécanique de son esprit s'active frénétiquement pour tout synthétiser et donner la meilleure réponse possible.

— Difficile à dire, il peut y avoir plusieurs raisons. En premier lieu, il a pu mentir sur toute la ligne, et ne voulait plus devoir affronter les conséquences de ses mensonges. Peut-être était-il même fou. S'il n'a pas menti, alors cela devient plus épineux. Peut-être était-ce ce Plantard ou ses proches qui ont exigé de lui qu'il se taise, réduit au silence par des promesses de fortune ou des menaces voilées. Ou pire, peut-être percevait-il des dangers, des ombres menaçantes, roder autour de cette vérité enfouie depuis des siècles, développe-t-il plongé dans ses propres conjectures, avant de reprendre, enthousiaste : dans tous les cas, les faits lui ont donné raison puisque non seulement il existait bien des tunnels, mails qu'ils contenaient même des pièces d'or ! Donc soit il avait entendu l'histoire et avait voulu se faire remarquer en dessinant une belle fiction autour de ces faits bien réels, soit il savait que l'histoire était vraie et la tournure des évènements lui a fait peur.

— Et bien, si j'avais eu un allié avec de tels talents d'enquêteur dans ma jeunesse, qui sait quel trésor sacré j'aurais pu découvrir ?

— Il n'est jamais trop tard, vous savez ! lui répond Oxlade.

Ils en sourient tous les deux.

— Malheureusement cela est loin derrière moi, désormais. J'ai d'autres sources d'intérêts et de curiosité depuis toutes ces années et j'en suis plutôt content.

— Et le trésor des Templiers découvert en 1970. Pourquoi n'a-t-il pas été reconnu ?

— Parce que des pièces ne font pas un trésor. Beaucoup ont considéré qu'il s'agissait plutôt de réserves monétaires. Et puis, en faire la promotion, accepter l'idée des galeries souterraines, cela serait revenu pour un pays comme la France à reparler des Templiers, dont leur fin est, nous l'avons évoqué, une page noire de son histoire dont elle a voulu s'éloigner. Il aurait fallu ensuite accepter le caractère particulier de ce château et revenir sur les fouilles à propos desquelles la version officielle n'était pas la bonne.

Le drone, étonnamment silencieux, rentre dans une zone de turbulence tandis que le soleil se fait de plus en plus rare dans l'habitacle. L'amoncellement des nuages annonce un changement de climat, comme pour bien faire comprendre aux passagers qu'à mesure qu'ils entrent dans une zone plus nuageuse, ils vont devoir affronter des choses plus sombres, plus mystérieuses. Peu satisfait des explications du Professeur, Oxlade ne lâche pas le morceau :

— Et qu'aviez-vous conclu dans votre livre au sujet du Château de Gisors ?

— Que ce lieu particulier n'a sûrement pas livré tous ses secrets, et que malheureusement, il risque de ne jamais tous nous les livrer du fait de l'intervention de l'armée et du bétonnage. La clé du mystère réside sans doute dans les archives des services secrets français, s'il en reste encore.

— Ils vont donc à Gisors pour explorer cette piste et s'ils ne trouvent rien de satisfaisant, ils continueront à chercher d'autres pistes, résume Oxlade à voix haute. D'ailleurs, Professeur, votre ouvrage pourrait-il nous faire deviner leur prochaine destination après le château de Gisors ? Cela pourrait nous donner une longueur d'avance, peut-être même sauver Sarah.

— C'est la question que je me pose depuis notre vol vers l'Espagne hier soir. Malheureusement, j'évoque près d'une centaine de lieux entre la France, la Grande-Bretagne, le Portugal, l'Italie, l'Espagne, la Judée ou encore l'Écosse. Et je ne sais pas ce qui les a poussés à retenir ces deux lieux parmi les autres.

— Sarah a-t-elle pu jouer un rôle dans ce choix ? Interroge Oxlade, de façon pointue, directe.

Le Professeur paraît pris au dépourvu, un frisson d'inconfort traversant son visage.

— Cela me paraît impensable ! se défend-il, clairement mal à l'aise.

— Elle n'était pas au courant de vos recherches ?

— Seulement de ce qui avait été publié dans le livre il y a une quinzaine d'années, rien de plus. Depuis, mes études ont pris une tout autre direction, focalisées sur l'art et l'esthétisme dans les grandes civilisations disparues avant leur chute.

Duran commence à éprouver de la fatigue à répondre aux questions de l'enquêteur, aussi sympathique lui apparaît-il. Hormis sa réputation, il réalise qu'il ne connaît pas vraiment Oxlade, il n'est pas encore parvenu à se faire une idée sur lui. Les quelques minutes qui restent jusqu'à l'arrivée à l'aéroport sont pour lui l'occasion d'en savoir plus sur cet homme qui paraît être un spécimen rare et singulier dans le monde des enquêtes. Duran, peu habitué à ce genre de dynamique intellectuelle, se trouve fasciné par le raisonnement et la vie de ces individus dotés d'une capacité d'enquête et de déduction hors du commun. Il profite d'un silence prolongé dans leur conversation pour tenter de percer le mystère d'Oxlade.

— Ryan, je suppose que votre vie personnelle est mise de côté, pas de femmes ni d'enfants ?

Le Professeur semble avoir visé juste, Ryan laisse échapper un soupir empreint de regrets.

— Malheureusement... non ! Ni femme, ni enfants, ni même de partenaire de vie.

Duran l'écoute, une pointe de sympathie dans son regard.

— Pourtant, votre aptitude à décrypter les nuances de la psyché humaine pourrait être un véritable atout dans une relation amoureuse ?

Un sourire désabusé s'étire sur le visage de Ryan.

— Théoriquement, oui, mais il faudrait pour cela vraiment le vouloir. J'ai déjà cru à un amour entier, véritable et sincère une fois, et ne suis plus sûr d'en retrouver un semblable. Je ne vous cache pas que cela restera comme une sorte de traumatisme et m'a poussé à sortir de ma zone de confort intellectuel pour regarder le monde sous un aspect différent, plus cru, plus lucide, plus réaliste. J'aurais sans doute préféré ne pas avoir à le faire, mais être tourmenté jeune m'a permis d'analyser et de décortiquer les rapports amoureux et humains avec bien plus d'acuité et de profondeur que je ne l'aurais fait sinon. J'ai ainsi pu puiser dans l'analyse de toutes les relations que je connaissais, ainsi que dans la littérature et des exemples historiques, pour mieux comprendre les sentiments et les psychologies. C'est surtout de l'incompréhension qui prédomina dans mon esprit. Depuis je me suis rendu compte qu'il ne fallait jamais présumer de ce que les gens peuvent ressentir ou vouloir. Vous ne comprendrez pas les motivations des autres personnes tant que vous calquez vos propres grilles de lecture sur les situations qui arrivent aux autres. Il faut en réalité reconstituer la psychologie, la façon de voir, de ressentir, et l'expérience d'une autre personne pour tenter de comprendre ce qui a pu la pousser à agir dans une certaine voie. Ce qui permet de deviner ce qu'elle pourrait faire par la suite.

— C'est comme cela que vous autres, les *profilers* du FBI, travaillez ?

— Plus ou moins je crois, mais je n'ai pas cette étiquette à vrai dire, je suis chargé de diriger des enquêtes, de A à Z, car il y a d'autres domaines à explorer que les simples compréhensions de la psychologie humaine.

— Vous devriez écrire des livres là-dessus Ryan, je suis sûr que vous rencontriez du succès. L'amour est la chose la moins bien comprise des hommes, je crois que chacun aurait besoin d'un guide, à chaque étape de sa vie.

— Si vous me l'agrémentez de citations historiques, et d'exemples à puiser chez les anciens et notamment dans la mythologie grecque, et que vous vous occupiez de la rédaction, je relèverais volontiers le défi, cher Professeur !

Duran sourit, ne pouvant laisser échapper une dernière fois sa curiosité.

— Vous n'avez donc jamais revu cette femme ?

— Pas vraiment. Et puis je dois être un inconnu désormais pour elle. Elle vient me rendre visite parfois, mais seulement dans mes rêves, conclut-il avec un sourire teinté de mélancolie.

— Je comprends, referme Duran, qui ne souhaite pas torturer Oxlade davantage sur ce sujet.

Les deux partagent un rire léger et complice, puis une voix annonce que le drone entame sa descente vers l'aéroport de Beauvais.

Samedi 23 septembre 2028, Aéroport de Beauvais, 13 h 30, direction Gisors

Les deux hommes atterrissent en douceur grâce au drone à l'aéroport de Beauvais. À leur descente, ils sont accueillis par une connaissance ou un ami de Ryan, dont l'accueil chaleureux est notable. Cependant, Oxlade évite de faire les présentations officielles, ce qui conduit Duran à suspecter qu'ils ne doivent pas suivre une procédure officielle. Ils grimpent à bord d'une Safrane Reloaded flambant neuve, un bijou technologique décarboné du fabricant français Renault.

Alors que le trafic se montre clément, ils arrivent en peu de temps dans la petite ville de Gisors. Situé dans l'Eure, en Normandie, la célèbre région française, le château de Gisors a été construit au XIIe siècle lorsque la France et l'Angleterre se disputaient cette province. Il reste fièrement dressé sur une butte verdoyante, comme défiant les siècles et veillant toujours sur la ville qu'il protégeait autrefois. Il est désormais encerclé d'arbres pour le préserver encore des architectures contemporaines, comme des réminiscences du siège qu'il subit il y a des siècles lors de luttes interminables de pouvoirs entre les différents royaumes. Son architecture atypique laisse une vive impression à Ryan Oxlade, qui semble un peu perdu face à l'originalité du lieu. Engagé dans sa course contre la montre, il se tourne vers le Professeur :

— Par où doit-on commencer à chercher, Professeur ? interroge Oxlade, scrutant les vastes terrains qui entourent le château.

Duran réfléchit, ses yeux balayant l'architecture historique.

— Il est probable qu'ils aient sondé les souterrains avoisinants, une tâche qui a dû leur prendre un certain temps. Mais dans tous les cas, ils ont dû se rendre à l'intérieur du château pour rechercher des indices nouveaux.

— Dans ce cas, ne perdons pas de temps, allons-y directement, réplique Oxlade avec une détermination sans faille. Il invite Duran à le suivre et fait signe à son ami de rester dans le véhicule. Duran trouve la situation quelque peu étrange et s'enquiert auprès d'Oxlade :

— Votre ami ne vient pas avec nous ?

Un sourire énigmatique se dessine sur le visage de Oxlade.

— Oh non, le moins il en sait, mieux c'est. C'est un ancien de l'armée américaine qui est désormais consultant en risques internationaux pour une société européenne qui travaille dans une tour de La Défense, le quartier d'affaires de Paris. Il sait que je suis en mission « shadow », ni officielle ni interdite. Il est plus rassurant pour lui de jouer simplement le rôle du chauffeur, transportant un ami étranger vers une attraction touristique, dit-il, son sourire s'élargissant encore plus.

Duran se dit qu'Oxlade a de sérieux amis. Il ne connaît personne qui viendrait lui servir de taxi à l'étranger sans rien lui demander. Il suspecte qu'Oxlade et Pierre partagent une camaraderie née dans des missions périlleuses, le genre d'expériences qui forgent des amitiés inébranlables.

Après avoir marché dans les chemins qui montent jusqu'au Château de Gisors, Oxlade et Duran poursuivent leur quête dans les entrailles du château, mais ne trouvent rien. Oxlade ne se sent pas particulièrement à l'aise dans cette relique ancestrale du XIe siècle. L'antique édifice semble résonner encore d'échos lointains, des secrets et des atrocités commises ici. Les passages sombres et étroits semblaient vouloir avaler la lumière et la raison. Il n'est pas habitué à de tels lieux, aussi chargés d'histoire. Il suit Duran qui les guide vers les salles principales. Duran et Oxlade remarquent un nombre important de pas dans plusieurs salles. Ils guettent des indices, mais ne trouvent rien. Duran les amène vers la Tour des prisonniers, dans la cellule même où a séjourné le grand maître Jacques de Molay avant son exécution. Le sol est un peu sableux et semble avoir été récemment emprunté près d'un mur.

— Mark, n'est-ce pas votre symbole « £ » qui est dessiné au sol ? remarque Oxlade.

Duran baisse les yeux, se tourne et discerne effectivement un signe qui correspond à peu près, sans doute a-t-il été dessiné par les pieds de Sarah qui n'a pas trouvé de moyen plus discret.

— Si, vous avez raison ! s'exclame Duran.

— C'est une bonne nouvelle, Professeur ! Cela veut dire qu'elle est en vie et que nous poursuivons la bonne piste ! s'enthousiasme Oxalde, presque étonné d'être sur la bonne voie.

En réalité, il doutait depuis le début d'être sur la bonne piste. Il sent comme une décharge d'adrénaline lui traverser le corps. Un détail semble tout de même l'interloquer. Le symbole semble être dirigé vers le mur qui est recouvert de plein de symboles. Il fait part à Duran de sa réflexion :

— Pensez-vous qu'il puisse y avoir une raison précise pour laquelle elle l'aurait inscrit ici, dans cet endroit précis du château et de cette salle ? Vers quoi pourrait-il bien être dirigé ? Est-ce qu'un des symboles présents ici aurait une signification particulière ici ?

— C'est-à-dire que nous ne sommes pas n'importe où, débute avec un sourire Duran. Nous sommes dans l'ancienne cellule de Jacques de Molay. Nous savons qu'il n'a jamais fait d'aveux concernant le trésor des Templiers, ce qui est amusant, car en réalité, une partie du trésor se trouvait juste ici, sous les pieds du prisonnier. Vous vous en rendez compte, vous emprisonnez quelqu'un pendant des années pour un trésor que vous ne trouvez pas, alors que ce trésor était juste au-dessous du prisonnier ! D'ailleurs, et c'est quelque chose qui m'avait fasciné plus jeune, il se trouve que Jacques de Molay avait inscrit ici dans sa cellule plusieurs symboles, dont un représentant le trésor sur un chariot. Un autre symbole précolombien, encore plus fascinant, semble représenter ce qui nous apparaît rétrospectivement comme des Indiens d'Amérique. Or nous sommes ici au XIe siècle, et les Européens ne découvriront les Amériques qu'à la toute fin du XVe siècle…

Dans tous les cas, on peut dire sur ce point que Jacques de Molay a obtenu une vengeance posthume puisque Philippe le Bel n'a jamais pu saisir le moindre écu du fameux trésor. C'est ironique, parce que…

— Professeur, vous connaissez un lieu qui s'appelle « Shugborough Hall » ?

— Oui bien évidemment, pourquoi ?

— Visiblement, du vandalisme vient d'y être signalé, est-ce que vous citiez ce lieu dans votre livre à propos du trésor ?

— Oui, mais il n'y a pas de trésor ! Je ne vois pas ce qu'ils feraient là-bas.

— Les faits s'y sont produits il y a une vingtaine de minutes. L'aéroport le plus proche est vraisemblablement Birmingham, si on se dépêche nous serons là-bas dans une heure et demie. Essayez de savoir quelle sera leur prochaine destination.

— Shugborough Hall ?! Mais que diable espèrent-ils trouver là-bas ?

— Vous me fournirez les détails sur le trajet. Cela fait un moment que je n'ai pas foulé le sol anglais. De plus, je connais quelqu'un là-bas qui pourrait nous apporter une aide précieuse.

— Ah oui ?

— Quoi, je ne vous ai encore jamais parlé d'Edwina ? interroge Ryan avec une lueur dans le regard.

Le Professeur remarque que c'est la première fois qu'il observe des sentiments presque heureux chez Ryan Oxlade depuis qu'il l'a rencontré. Il ne peut s'empêcher d'éprouver une certaine curiosité à rencontrer cette Edwina !

*

Aéroport de Beauvais, Samedi 23 septembre 2028, 15 h.

Ryan Oxlade et Mark Duran embarquent dans un petit avion, un jet privé que l'ami de Ryan a réussi à leur affréter dans l'instant. Les drones n'ont pas encore le droit d'effectuer des vols internationaux qui survolent des mers, les assurances n'y sont pas garanties et aucun pays ne souhaite investir les sommes importantes nécessaires à la couverture du réseau 6G dans les eaux internationales. L'ami de Ryan les conduit à l'aéroport sans poser de question. Duran n'a pas osé interroger Oxlade, mais trouve décidément son ami d'une grande efficacité.

— Professeur, selon la note que j'ai récupérée via Interpol, les actes de vandalisme consistent en la cassure de certaines parties d'un monument, qui s'appellerait les Bergers d'Arcadie, qui semblerait être une ancienne reproduction d'un artiste français, du nom de...

— Nicolas Poussin, complète Duran.

— Oui, exactement. Il semblerait que les vandales aient fait une entrée, puis une sortie, très rapides, emportant au passage plusieurs items.

— C'est absurde ! Ces œuvres vandalisées n'ont aucune valeur financière réelle. Ils doivent les avoir laissés quelque part à proximité, tout comme ce qu'ils ont fait à l'église de Montserrat, profère Duran, l'agacement se dessinant sur son visage.

— Mais pourquoi Shugborough Hall, Professeur ? Qu'y a-t-il de si spécial à cet endroit pour attirer leur attention ?

Le Professeur Duran soupire, une expression qui mélange frustration et excitation se dessinant sur son visage.

— Des mystères ! s'exclame-t-il. Ce lieu est imprégné de mystères et de légendes folles, depuis plusieurs siècles !

Birmingham Airport.
Jeudi 23 septembre 2028, 15 h 45.

Dans le ciel azuré où ils fusent, le Professeur est en train d'expliquer à Ryan les particularités de Shugborough Hall.

— Par où commencer ? s'interroge à voix haute le Professeur Duran. Figurez-vous un manoir imposant, niché dans le nord de l'Angleterre, perdu au milieu d'un parc somptueux. Ce n'est pas juste un autre bastion de la noblesse anglaise, c'est le foyer de deux des plus grands mystères non résolus de l'histoire du pays. D'abord, il y a la fortune fulgurante de Georges Anson, une ascension qui laisse même les historiens les plus perspicaces dans une impasse depuis plusieurs siècles. Cette famille, ancrée profondément dans les veines du pouvoir anglais, a toujours eu une aura d'influence, explique Duran, la gravité dans la voix.

Il marque une pause, la tension monte palpablement dans l'habitacle confiné du jet. Ryan l'écoute, captivé, ses sens affûtés vibrant sous la pression d'une intrigue qui s'épaissit à chaque mot.

— Et puis il y a le monument, continue-t-il, ses mots tranchant à travers le bourdonnement du moteur. Un édifice énigmatique érigé en 1750, gardien d'une inscription qui a défié les esprits les plus brillants de l'époque — Darwin, Dickens… tous ont essayé et échoué à déchiffrer les secrets qu'il renferme. Il y a ceux qui croient que les mystères de la fortune d'Anson et du monument sont intrinsèquement liés, cachant peut-être une vérité qui pourrait ébranler le monde tel que nous le connaissons. Georges Anson, un marin légendaire, avait prétendument trouvé un trésor inestimable en mer, une fortune d'origine espagnole. Mais la mort le rattrapa avant qu'il ne puisse en jouir pleinement, laissant à son frère Thomas le soin de transformer le domaine en un sanctuaire d'une beauté inégalée, orné de huit monuments — chacun témoignant des périples épiques de Georges à travers des terres lointaines comme l'Italie, la Grèce ou l'Égypte.

Duran prit une profonde inspiration, les rayons du soleil transperçant l'habitacle éclairant son visage d'une lueur spectral.

— Mais c'est son *monument des bergers* qui concentre toutes les attentions, nommé ainsi en hommage au tableau de Nicolas Poussin, « *Les bergers d'Arcadie* », exposé au Musée du Louvre à Paris. Cette pièce d'art se définit habituellement comme un mélange de mélancolie et d'innocence, évoquant la fragilité de l'existence.

— Mais ce qui est le plus frappant, ce sont ces dix lettres gravées dans la pierre au-dessous de la reproduction sculptée du tableau. Personne n'a jamais réussi à percer ce code, et pourtant, cela fait plus de deux siècles que tous les spécialistes en cryptographie, et experts en tous genres s'y sont essayés. Ce code comporte huit lettres :

O U O S V A V V

et est entouré au-dessous d'une lettre D placée avant, et d'une lettre M placée après. C'est ainsi que ce code est communément appelé sous le nom de « code DM ». Toutes sortes d'interprétations ont été données à ce code DM, vous pourrez vous amuser en cherchant « Code DM » sur Internet, la créativité des personnes sur ce sujet est inépuisable. Parmi les différentes interprétations plausibles, j'en mentionnais en particulier deux dans le livre. La première est une référence au livre *Les Prophéties* de Nostradamus de 1568, qui était le best-seller de l'époque, et son quatrain 8-66, une référence à une chose enfouie dans une cave, qui une fois découverte, placerait son détenteur au-dessus des lois et des rois. Ce qui pourrait expliquer les richesses soudaines du navigateur Anson. La seconde interprétation porte sur la sculpture du dessus. Elle est une copie du tableau de Nicolas Poussin, mais lui est dissemblable sur plusieurs points. Ce tableau illustre une femme et trois bergers dans un décor qui représente l'Arcadie, qui dans la mythologie grecque symbolise le paradis sur terre. Et c'est de ces dissemblances que le mystère devient très intéressant. Dans le tableau original de Nicolas Poussin, exposé au Louvre, on peut lire l'inscription suivante : ET IN ARCADIA EGO, ce qui signifie : je suis en Arcadie. L'inscription ET IN ARCADIA EGO pourrait être, selon certains, transformée en anagramme. Ainsi, en changeant l'ordre des lettres, vous obtenez : I TEGO ARCANA DEI, qui signifie littéralement : « Je cache le secret de Dieu ». Or si vous liez les idées de « richesse », de

« Dieu », de « secret » et la prophétie de Nostradamus, vous arrivez rapidement au Trésor des Templiers.

— Vous pensez que le peintre français Nicolas Poussin pouvait savoir où se trouvait le trésor des Templiers ?

— Ce n'est pas impossible, et à vrai dire Nicolas Poussin ne fait qu'épaissir les mystères, souligne Duran.

— Il était dans la liste des membres du Prieuré de Sion retrouvée aux Archives Nationales, c'était bien cela ? demande Oxlade, qui avait visiblement bien fait ses recherches.

— Absolument. Même si je considère cette liste comme farfelue, sa présence dessus indique qu'il est source de curiosité pour tous les amateurs de mystères, de sociétés secrètes et autres histoires ésotériques et mystiques. La raison d'être du tableau est assez obscure. Il lui aurait été commandé par un cardinal français, Rospigliosi, qui a ensuite été élu Pape sous le nom de Clément IX, peu de temps après la possession du tableau de Nicolas Poussin. Le tableau sera même conservé là où Nicolas Poussin vécut la majeure partie de sa vie, à Rome. Il fut inhumé dans la petite église de San Lorenzo à Lucina, dans Rome, une église spéciale, puisqu'elle abrite une salle de réunion avec, tenez-vous bien, un siège ou plutôt un trône réservé au Pape lorsqu'il y venait assister à des réunions. Et au sein de cette salle, l'on retrouve un petit monument dédié à la mémoire de Nicolas Poussin : un buste sculpté avec une épitaphe signée du célèbre écrivain français Chateaubriand, et au-dessous de cette inscription funèbre, un relief représentant le tableau des Bergers d'Arcadie, avec la fameuse inscription ET IN ARCADIA EGO. Le choix de ce tableau, parmi les centaines de tableaux du peintre, peut difficilement être le simple fruit du hasard. Et nous sommes à Rome, pas dans une ville de la province anglaise !

— Mais si personne n'a jamais réussi à percer le mystère de ce code, comment ne pas penser qu'il n'y a peut-être rien à découvrir, et que Nicolas Poussin était juste apprécié d'une certaine élite financière, religieuse et artistique de son époque ? Souligne Oxlade.

L'avion débute sa descente et commence son approche de la piste d'atterrissage.

— Je pense que si personne n'a réussi à percer le code, c'est que les éléments disponibles à Shugborough Hall sont insuffisants et qu'il faut élargir la vision. C'est d'ailleurs ce à quoi nous appelle la fin de l'épitaphe gravée dans la pierre en latin par Chateaubriand à Rome. Il y rend hommage au talent et aux œuvres du peintre de génie qu'était Nicolas Poussin, mais termine par un message énigmatique :

« Retiens tes larmes pieuses dans cette tombe où Poussin vit, il avait donné la vie sans savoir lui-même mourir. Il se tait ici, mais si tu veux l'entendre parler, il est surprenant comme il vit et il parle dans ces tableaux ».

Ainsi, Chateaubriand nous invite à décoder les tableaux de Nicolas Poussin et à regarder l'histoire d'une autre façon. La vie du tableau des Bergers d'Arcadie nous pousse aussi à croire que ses contemporains savaient que les tableaux de Nicolas Poussin recelaient d'un ou de plusieurs secrets. Pour preuve, le plus célèbre des rois de France, le « roi soleil » Louis XIV l'a détenu dans sa collection privée jusqu'à la fin de sa vie ! Dans un récent monument à Paris, dédié aux Droits de l'Homme sur le Champ-de-Mars, le jardin de la Tour Eiffel à Paris, apparaît le nom de Nicolas Poussin et celui de ce tableau. Ce monument comporte par ailleurs des symboles maçonniques et avait soulevé de nombreuses questions lorsqu'il fut érigé, sous la présidence de l'ancien Président français François Mitterrand. Est-ce à dire que Nicolas Poussin serait considéré comme une référence mise en avant par ceux qui exaltent des temples laïcs, tels les francs-maçons ? C'est compliqué d'en avoir le cœur net, mais son nom apparaît au milieu de personnages de l'histoire de France qui ont dirigé le pays, ce n'est pas anodin. Ce qui laisse à penser que oui, Nicolas Poussin avec son tableau des Bergers d'Arcadie, ne visait pas seulement une mission artistique...

Les personnages ont été délibérément inversés dans la sculpture de Shugborough Hall par rapport au tableau original des Bergers d'Arcadie, de telle sorte que les doigts posés sur les lettres de l'inscription sont différents. L'index, qui d'ailleurs a été volontairement abîmé au fil des siècles, indique clairement le N, tandis que le pouce a tendance à être sur le R, de manière à vouloir le supprimer. Or, si l'on supprime la lettre « r », vous n'avez plus « Arcadia », mais « A cadia », et il se trouve que « Acadia » est le nom d'une région du monde qu'a connu le navigateur Georges Anson. Elle se trouve dans la Nouvelle-Écosse au Canada, et avait été appelée « Acadie » par les Français, dont certains descendants y vivent toujours, une véritable curiosité de l'histoire !

Alors que le voyage aérien touche à sa fin en à peine une heure, l'avion finit sa course dans l'un des hangars du Birmingham Airport. Oxlade déboucle sa ceinture et presse le Professeur Duran de le suivre hors de l'avion.

— Mon contact est ici. Nous devrions pouvoir avancer rapidement, déclare-t-il, une étincelle d'anticipation dans les yeux.

Oxlade semble placer beaucoup d'espoirs dans son contact ! Spécule Duran, en descendant les petits escaliers de débarquement de l'avion.

Sur le tarmac, une jeune femme, environ trente six ans, plutôt grande, taille fine et à l'allure impeccable attend devant un 4x4 moderne et électrique. *Il ne fait aucun doute que cette femme est la dénommée Edwina* ! Cheveux châtain foncé, des yeux bleus placés dans un visage mince aux traits fins, elle sourit en apercevant son vieil ami Ryan descendre vers elle. Il venait de lui envoyer un message en lui réclamant de l'aide une bonne heure avant. Il n'a pas eu à insister beaucoup, Edwina s'est rendue immédiatement disponible. Pour se libérer, elle a dû prétexter qu'elle devait mener une enquête en toute discrétion. Ses résultats au sein de la police étant assez brillants, personne ne lui a demandé une quelconque explication. Tandis que Ryan porte son sac et celui du Professeur, il prolonge la discussion avec le Professeur lors de leur sortie de l'appareil :

— Pensez-vous vraiment que les kidnappeurs de Sarah suivent cette piste ? Celle d'un trésor perdu qui aurait trouvé son chemin jusqu'au Canada ? Demande Ryan, un brin incrédule.

— Je n'ai pas d'avis particulier, je la trouve à vrai dire quelque peu fantaisiste. Je la mentionnais dans mon livre uniquement parce que...

Le Professeur s'arrête net, muet, comme frappé de stupeur, son regard glissant vers le sol, en tournant ses yeux dans tous les sens, comme s'ils venaient de réaliser subitement quelque chose alors que les deux s'approchaient de la voiture d'Edwina. Ryan prolonge de quelques pas pour saluer sa collègue et amie par une accolade légère, mais chaleureuse, les deux ne semblant pas très tactiles. Puis, il se retourne aussitôt vers Duran dont les yeux continuent de fouiller le sol, à la recherche d'une réponse qui semble juste à portée de main.

— Parce que... ? Professeur ? Professeur ? répéta plusieurs fois Oxlade, qui sentait avoir perdu le Professeur, totalement ailleurs. Ne s'interdisant pas de penser, pour s'amuser intérieurement, qu'il n'imaginait pas que la séduisante apparition d'Edwina perturberait autant le Professeur.

Il laissa encore quelques secondes.

— Mais bien sûr, il n'y a pas d'autre explication ! Je sais où ils sont allés. Sarah est tellement astucieuse, c'est incroyable ! Souvenez-vous je vous avais parlé de symboles précolombiens dans le Château de Gisors, il s'agissait d'une inscription ressemblant de manière troublante à un Indien d'Amérique.

— Oui, je me rappelle, mais quel est le rapport ?

— Sarah n'a pas dessiné notre symbole devant cette inscription par hasard, mais parce que ce symbole existe dans une autre église, la Chapelle de Rosslyn, en Écosse. C'est leur prochaine destination et c'est un moyen pour Sarah de nous le communiquer. Les malfrats doivent suivre ces légendes autour des Templiers.

— Vous en parlez aussi dans votre livre ?

— Bien sûr ! La Chapelle de Rosslyn est très connue dans l'histoire des Templiers et elle est reliée à la théorie qui associe Shugborough Hall au trésor. Les Templiers auraient pris la fuite par la mer vers l'ouest de la France, probablement à La Rochelle, où ils auraient pu emporter le trésor. Ces gravures rassemblées mènent à cette théorie. Je n'y ai jamais cru, mais je ne vois pas pourquoi ils seraient allés et à Gisors et à Shugborough Hall s'ils ne poursuivaient pas cette théorie. Sarah a dû les entendre ou les comprendre et nous a laissé cet indice devant les inscriptions dans la cellule de Jacques de Molay !

— Si vous êtes sûrs de vous, il y a peut-être un moyen de les intercepter sur place. Remontons à bord de l'avion et essayons de les rattraper là-bas.

— Quelle est la grande ville autour de cette chapelle ?

— La capitale de l'Écosse, Édimbourg, vous ne pouvez pas vous tromper !

Oxlade se tourne vers le pilote, qui vient tout juste de quitter de l'appareil, s'il est possible de les diriger directement vers Édimbourg.

— Malheureusement non, j'ai juste un permis de vol vers l'Angleterre, je dois faire des démarches administratives complémentaires pour l'Écosse et attendre d'obtenir une autorisation de vol, cela sera plus compliqué et plus long. L'impact du Brexit se faisait encore sentir, avec de nouvelles régulations rendant les déplacements entre les pays du Royaume-Uni plus compliqués.

— Ne vous en faites pas, je m'en charge ! s'exclame Edwina, son visage illuminé par une détermination ardente. Elle offre un salut rapide au Professeur, qui ne peut s'empêcher de rester ébahi devant une pareille entrée en scène. Edwina monte à toute vitesse les marches de l'avion et s'enfonce dans le cockpit de l'appareil, accompagné du pilote invité à la suivre.

— Qui est-elle ? Interroge, interloqué, le Professeur.

— C'est Edwina, Professeur. Elle travaille pour la police britannique ici, une experte sollicitée pour résoudre des affaires sensibles.

Une version féminine de Ryan, donc ! songe le Professeur.

— Allez, montez, tout est arrangé ! Les interrompt Edwina, une note d'urgence dans la voix, depuis l'intérieur de l'aéronef. Le temps presse, le pilote veut bien nous rendre service, mais devra revenir rapidement en Angleterre. Ryan Oxlade et le Professeur

Duran s'exécutent, quelque peu surpris tant par l'efficacité d'Edwina que par un style autoritaire qui ne paraissait pas correspondre d'emblée à son physique.

— Edwina, je ne suis pas certain que ta juridiction s'étende jusqu'en Écosse, met en garde Oxlade, légèrement inquiet.

— Tu as raison Ryan, mais pour t'aider à résoudre des problèmes, je peux bien faire une petite entorse au règlement et aller respirer l'air frais et pluvieux d'Écosse, et puis je craindrai qu'il arrive des problèmes à deux yankees comme vous dans notre Grande-Bretagne. Le Nouveau Monde a parfois oublié bien des subtilités du Vieux Continent, réplique-t-elle, un sourire sarcastique ourlant ses lèvres.

Cette Edwina semble décidément très spéciale ! Cogite, étonné, le Professeur tandis que l'avion commence à prendre sa pleine vitesse sur la piste de décollage.

En direction de l'aéroport d'Édimbourg.
Samedi 23 septembre, 17 h.

Le pilote venait d'allumer les écrans de la cabine de l'appareil pour agrémenter le voyage de ses passagers pendant le vol. La BBC s'affiche à l'écran et la campagne américaine est à la une. Pendant qu'il s'asseyait, Ryan écoute d'une oreille peu attentive. Ses yeux étaient distraits à surveiller alternativement Edwina et le professeur.

Flash Info pour BBC World News : Pour M.Zuckberg : «Jérusalem peut perdre sa protection américain, les États-Unis doivent se retirer de la région».

Hystérie après son débat sur #FoxNewsPolitics

Hier soir, lors d'une interview télévisée, M.Zuckberg a déchaîné les passions en répondant sur les questions de relations internationales. Alors que M. Zuckberg venait de déclarer qu'«*Israël est une nation géniale, notamment pour son innovation, mais qu'elle n'avait pas de droit supérieur à réclamer des territoires appartenant à d'autres peuples*» et qu'il convenait désormais de «*laisser Jérusalem s'autogérer*». L'interviewer a alors précisé que Jérusalem était une ville trois fois sainte et qu'on ne pouvait la laisser aux d'une seule autorité religieuse. Il a alors adressé une question au candidat M. Zuckberg, lui demandant s'il considérait que laisser la situation à Jérusalem «s'autogérer», revenait à dire que les

États-Unis ne devaient plus assurer la sécurité de la ville. Le candidat a alors répondu que « *la présence américaine n'avait pas permis un maintien de la paix dans la région, et que par conséquent, il faut laisser les peuples localement décider de leur sort. La situation géopolitique et diplomatique étant déjà d'une grande complexité, la présence américaine n'était vraisemblablement pas un facteur de résolution du conflit et que les États-Unis ne doivent pas intervenir pour cette ville qui est sainte pour des croyants, mais doit être neutre pour un État qui n'a pas de lien avec l'Église de Rome comme les États-Unis d'Amérique. Les sommes dépensées en armes dans la région et en présence militaire auraient pu alimenter la recherche technologique à hauteur de milliers de milliards, mais au lieu de cela, nous sommes condamnés à vivre dans ce qui devrait déjà être notre passé* ».

La séquence se poursuivait, mais Ryan demeurait partiellement absorbé par les mouvements et les discussions qui se déroulaient à l'intérieur de l'avion, les mots du candidat résonnaient vaguement en arrière-plan. Il s'aperçoit qu'il est d'ailleurs temps de faire des présentations plus formelles :

— Professeur Duran, je vous présente Madame Edwina Lindberg, une de mes homologues des services britanniques, nous avons déjà collaboré lors de diverses opérations au Moyen-Orient. Je l'ai sollicitée pour nous assister dans nos recherches, faciliter nos déplacements et, si nécessaire, appeler des renforts.

— Ravi de vous rencontrer, Edwina.

— Enchantée également Professeur Duran. Il semble que votre réputation d'écrivain vous précède, même ici. Je dois confesser que je n'ai pas encore eu le privilège de lire l'une de vos œuvres, mais j'ai bien l'intention de combler cette lacune prochainement.

— Je vous en prie, un péché avoué est à moitié pardonné, sourit-il. Je ne peux m'empêcher de remarquer que vous partagez votre prénom avec l'épouse de Lord Mountbatten, un des esprits les plus brillants que le Royaume-Uni ait vu connu au XXe siècle. Seriez-vous par hasard relié à la famille royale ? Tente, un brin charmeur, le professeur Duran.

— Je crains de devoir décevoir vos attentes, cher Professeur, mais il n'existe aucun lien de parenté, répondit-elle avec une légère teinte d'amusement dans la voix. Cependant mon père était féru d'histoire et de diplomatie, il vouait une véritable passion au dernier vice-roi des Indes. Disons qu'il a pu choisir mon prénom en échange que ma mère choisisse celui de mon frère et de ma sœur !

Les trois esquissent un léger rire tandis que Ryan pianote, soucieux, sur son smartphone. Il paraît de plus en plus soucieux à la lecture de son écran. Il abandonne son écran et prend ensuite à part le Professeur. Il lui murmure, d'une voix basse, mais grave :

— Professeur, il faut que je vous parle. Je ne comprends pas pourquoi Sarah n'est pas restée aux États-Unis, et comment ils ont réussi à la faire passer en Europe malgré l'alerte internationale. C'est une prise de risque inconsidérée, même pour des malfrats de haut vol. Je viens de faire un point avec mes équipes, et je ne pense pas que ce soit de simples chercheurs de trésors, ou de brigands. Ils ont fait passer Sarah à la douane sous un faux passeport mexicain pour arriver en France, puis un faux passeport allemand pour parvenir à Londres, à chaque fois depuis des petits aéroports secondaires. Ils possèdent peut-être même des relais dans ces aéroports, ce qui indiquerait que nous affrontons un important réseau international. Mes équipes viennent de retrouver les listes de tous les passagers des vols, et les ont croisées. Ces personnes-là sont très fortes, aucun autre voyageur n'a pris les mêmes vols qu'elle. Mes équipes poursuivent les investigations pour essayer de vérifier toutes les identités, les caméras de vidéosurveillance, mais les aéroports qu'ils ont empruntés laissent plein d'angles morts et leurs dispositifs de sécurité ne sont pas du dernier cri. Les témoignages des personnes à Montserrat suggèrent qu'ils sont très bien équipés et qu'ils ne laissent rien au hasard. Tout cela m'amène à croire qu'ils vous ont ciblé pour une raison bien précise. Êtes-vous absolument certain que rien, au cours des dernières semaines ou des derniers mois, ne vous a impliqué dans la quête du trésor des Templiers ? Personne ne vous a posé de questions à ce sujet, ou ne vous aurait fait ne serait-ce qu'une vague allusion ? Peut-être quelque chose qui semblait anodin à l'époque, mais qui, en y repensant, pourrait paraître suspect ?

Duran, effectue un geste de recul, comme pour se protéger. Ses yeux regardant çà et là comme s'il était perdu se fixent vers Oxlade de manière presque interrogative. Puis, il commence, hésitant :

— Ce n'est pas la première fois que vous me posez la question. À vrai dire, j'y réfléchissais plus en détail lorsque nous étions dans l'avion. La seule chose notable qui me revient est une question lors d'une conférence dans une Université. Il s'agit d'une question posée par une personne dans le public lors d'une conférence que je donnais sur la chute de l'Empire romain, il y a un ou deux mois désormais, dans une Université du New Jersey. Un jeune homme m'avait demandé sur le ton de l'humour en fin de conférence : « - *Professeur, avec toute votre connaissance, toutes vos visites, vos recherches et le goût de l'aventure qui étaient présents dans votre premier livre, est-ce que vous en savez aujourd'hui plus sur la localisation du trésor des Templiers, en toute sincérité ?* ». J'ai rétorqué que si seulement c'était le cas, je ne viendrais pas donner des conférences pour gagner ma vie, et toute la salle s'était mise à rire.

— La conférence était-elle enregistrée ?

— Oui, du moins c'est ce que l'organisation étudiante qui m'avait invité m'avait indiqué. Ils prévoyaient de publier la vidéo sur YouTube quelques jours plus tard, bien que je n'aie jamais pris la peine de vérifier. En vérité, je ne vois pas en quoi cela pourrait-il avoir un lien avec la disparition de Sarah. Autant que je m'en souvienne, la question était plutôt une remarque qui se fondait dans l'ambiance de la conférence, les échanges avec les étudiants sont toujours relativement libres et légers. Pourquoi ?

— Professeur, êtes-vous vraiment sûr de ne m'avoir rien dissimulé ? Pardonnez-moi d'insister, mais je pense que les hommes qui ont kidnappé Sarah sont très puissants, leurs modes opératoires sont ceux de services spéciaux, ils peuvent être très dangereux et sans scrupules.

Duran effectue, en deux temps, un nouveau mouvement de recul sur son siège, comme s'il venait de prendre la pleine mesure de tout ce qu'Oxlade venait de dire impliquait.

— Vous pensez qu'elle est en grand danger ? le sonde-t-il.

— Il y a une forte probabilité, oui. Ces individus semblent sans scrupules, prêts à aller jusqu'au bout pour satisfaire les desseins d'une puissance inconnue, que ce soit une personne influente ou une organisation secrète. Ils n'hésiteront pas à supprimer Sarah s'ils jugent qu'elle n'est plus utile à leur quête. Leur recherche offre à Sarah un sursis, mais une fois leur but atteint, je crains qu'elle ne devienne un témoin gênant. Pour la retrouver, il va falloir que l'on ait un temps d'avance sur eux, et pour cela, il faut me dire tout ce qui peut être utile de savoir. Chaque détail peut être vital. Je vous laisse quelques instants, je dois appeler mon équipe et reviens à vous.

Oxlade se met un peu à l'écart au fond de l'avion pour téléphoner à son adjoint, l'agent Albrighton, il semble très décidé et très agité. Duran s'assoit et prend sa tête dans ses mains dans tous les sens, submergé par l'urgence et l'horreur de la situation. « *Supprimer Sarah* », c'est la première fois que Ryan Oxlade était aussi direct avec lui. Il regarde en sa direction, et cela semble le troubler davantage. Oxlade revient, s'assoit à côté de lui et sentant Duran interrogatif, le regarde en position d'écoute :

— Quelles sont ses chances... si nous ne réussissons pas à la retrouver à temps, ou à négocier avec eux ? Demande Duran, la voix tremblante.

— Je ne devrais pas alourdir davantage votre conscience, surtout que nous avons encore des chances de parvenir à la retrouver, mais je vous dois la vérité : je ne vois aucune raison pour laquelle ils laisseraient Sarah en vie. Elle détient trop d'informations sur eux, des données potentiellement compromettantes. Ayant voyagé avec eux, elle doit connaître leur nationalité puisqu'elle les a entendu parler, leur visage, leurs surnoms, leurs habitudes, leurs façons d'opérer et de se déplacer anonymement à l'étranger. Peut-être les a-t-elle entendus rendre compte à leur supérieur. Tant que nous partions de l'idée que c'était de simples aventuriers avides d'argent, je pensais qu'ils l'avaient kidnappée pour l'interroger sur le territoire américain, mais là, cela semble autre chose, ils l'ont prise avec eux et s'en servent activement pour les recherches. Ce qui ne me paraît pas cohérent avec vos explications initiales. Je ne vois que trois explications possibles : soit ils pensent qu'elle sait des choses sur le trésor parce que vous savez des choses, soit ils pensent qu'elle sait des choses par elle-même, ou bien ils se trompent. Mais je ne vois pas une organisation aussi sophistiquée prendre autant de risques en l'emmenant avec eux, s'ils n'étaient pas sûrs qu'elle leur soit utile.

Duran semble alors perdre toute contenance, un mélange de dépit et de résignation envahit son visage. Il regarde ensuite douloureusement Oxlade et lui dit d'une voix couverte de dépit, de désolation et de regrets :

— Sarah était bien plus qu'une collaboratrice à l'Université. Elle devait avoir vingt ou vingt-et-un ans quand je l'ai rencontrée. Elle était la plus intelligente que j'ai jamais eue. Elle m'a assisté dans la rédaction d'une nouvelle édition de mon livre, remettant constamment en question mes théories et hypothèses, m'obligeant à voir au-delà des évidences. Donc oui, elle pourrait détenir des informations qui les intéressent, mais rien qui devrait les amener effectivement vers le trésor. Tout cela est pour nous de l'histoire ancienne, nous avions, depuis longtemps désormais, convenu de vivre nos passions pour l'histoire en voyageant sans arrêt, moi en gagnant beaucoup d'argent grâce à mes conférences, et elle en ayant plus de temps en étant dans l'administration de l'Université, à un poste où elle reste assez libre de son emploi du temps. Encore maintenant, elle m'aide dans mes recherches comme personne d'autre ne pourrait le faire et nous partons très souvent à la découverte de ce que les hommes ont voulu laisser de leur génie à travers les siècles : à la recherche d'anciennes églises, de tableaux ou de sculptures plus étonnantes les uns que les autres. Je pense d'ailleurs que Sarah est à l'heure actuelle une des plus grandes spécialistes des civilisations disparues. Elle a même un projet fou de créer un Musée dédié aux arts et aux civilisations perdus, où l'ancien rencontrerait le présent. Sa vision allait bien au-delà des simples richesses matérielles que ces hommes pourraient chercher. Elle... elle ne mérite pas ce destin, Oxlade.

— Vous pensez donc que son aide ne s'avérerait pas décisive dans la découverte d'un trésor ?

— Je ne pense pas qu'il y ait un trésor qui puisse se localiser aussi facilement, j'y serai parvenu il y a longtemps déjà sinon. Cependant, elle peut éclairer plusieurs mystères qui entourent cette légende.

— La pensez-vous suffisamment forte pour résister à des pressions fortes, des interrogatoires, voire... certaines formes de tortures ?

— Inspecteur, elle est très courageuse, mais elle pèse 55 kilos ! Et n'a jamais pratiqué de sports la mettant en contact avec la douleur ou ce genre de choses.

— D'accord. Je me devais de vous demander. Ne m'en veuillez pas, je sais à quel point ma question peut paraître rude.

— Non, je vous en prie Ryan, faites tout ce que vous devez.

Percevant la tonalité d'une conversation qu'elle devine pesante, Edwina rompt le silence pour mettre un peu d'optimisme :

— Si quelqu'un est capable de dénouer une enquête sans preuve suffisante, c'est bien Ryan, vous avez de la chance Professeur ! Ses méthodes de résolution d'enquête devraient être enseignées comme de véritables modèles. Vous a-t-il raconté comment nous avions retrouvé l'un des principaux lieutenants du groupe terroriste le plus recherché au Moyen-Orient ?

Le professeur, visiblement intrigué, se penche en avant, écoutant attentivement.

— Edwi, s'il te plaît, cela fait quelques années désormais ! la coupe Ryan, pris au dépourvu.

— J'en suis très curieux, racontez-moi tout, reprend Duran.

— Et bien, sur la première enquête que nous menions ensemble, nous manquions cruellement d'éléments pour aller plus loin. À la suite d'un attentat kamikaze, nous avions découvert des communications sur un forum de discussion, où l'un des terroristes avait reçu son instruction par un message codé. Par la suite, ce forum s'était montré silencieux, jusqu'à une réactivation quelques semaines plus tard. Nous avions cette fois réussi à identifier plusieurs dizaines de lieux possibles de connexions du donneur d'ordre, mais aucune preuve particulière pour chacune des possibilités. C'est là que Ryan entra en scène ! Par un flair incroyable, il nous a permis de localiser et d'identifier, parmi tous les suspects potentiels, celui que nous recherchions à l'aveugle, simplement en détectant des comportements inhabituels de personnes sur lesquelles nous n'avions aucune information. Et il ne s'arrêta pas là, puisqu'il est ensuite parvenu à réunir conjointement des forces britanniques et américaines dans un hôtel au Caire, pour intervenir sans aucune preuve, mais juste sur son intuition. Il a totalement risqué sa carrière sur ce coup et m'avait convaincue de m'engager de la même façon pour convaincre nos chefs. Cela lui a valu ensuite une promotion, et moi… beaucoup d'interrogatoires de mes services ! D'ailleurs, si je leur signale que tu es là, ils seraient ravis de t'interroger, ils croient depuis le début que je leur ai caché des éléments pour romancer toute cette histoire !

— C'est donc ça, votre *special skill*, Ryan, votre intuition ?

— Il ne faut pas écouter tout ce que dit Edwi, mais c'est vrai que cette mission était risquée et qu'elle a été une belle réussite ! À vrai dire, lorsque je suis confronté à une multitude de variables qui deviennent trop grandes pour être gérées, j'inverse le raisonnement de la recherche pour aboutir à la solution.

— Pourriez-vous développer ? le sonde Duran, très éveillé.

— Bien sûr, laissez-moi vous expliquer. Dans une enquête traditionnelle, on part des faits établis pour récolter des indices, lesquels conduisent à d'autres indices, formant ainsi une chaîne jusqu'à ce qu'une preuve substantielle soit trouvée. Cela ressemble à une séquence linéaire de conséquences qui découlent des informations récoltées. Cependant, quand une affaire gagne en complexité, le nombre de chemins potentiels s'amplifie, rendant cette méthode inefficace, surtout pour les types de missions qui me sont attribuées.

— Poursuivez, je vous prie, l'invite, captivé, Duran.

— Lorsque les enquêtes sont trop complexes, à partir d'un certain niveau d'indices, j'inverse la logique. Je ne cherche plus à savoir où pourront mener des indices. Par exemple, dans le cas d'une disparition, si l'on ne dispose d'aucune empreinte ou d'aucun indice, j'essaie de déterminer les motifs qui auraient pu provoquer une disparition. En réalité, je conçois mon travail comme des énigmes humaines et politiques et non pas comme un travail de policier qui recenserait des indices.

Pour le cas que cite Edwina, j'avais repéré à chaque fois les suspects comme ceux qui devaient avoir une envie de Jihad, mais avaient d'autres fonctions qui les retenaient d'être soldats. L'un d'entre eux était un banquier qui avait réservé une chambre dans un grand hôtel de Beyrouth à une date précise, et dont le même jour, six chambres parmi les plus chères de l'hôtel venaient d'être réservées sous un nom que je soupçonnais bidon, et dont celui qui a réservé avait prévenu qu'il paierait cash la totalité en arrivant. J'en ai déduit qu'il devait s'agir du grand ponte de l'organisation, qui venait donner ses ordres et en profiter pour faire ses affaires. Je n'avais aucune preuve ni le commencement d'une preuve, et il m'aurait fallu des semaines pour les avoir. Mais il faut parfois sauter des étapes procédurières pour cerner les véritables motivations des individus, explique Ryan avec une assurance sereine.

— Oui, et c'est sans doute dans sa formation qu'il faut chercher les particularités des aptitudes de Ryan. Il n'a pas fait du Droit comme la majorité des personnes dans ce métier, rajoute Edwina, mais des Sciences humaines. Je ne sais plus exactement lesquelles d'ailleurs, de la psychologie et de la sociologie, c'est bien ça ?

— Oui, j'ai étudié la psychologie comportementale, et j'ai choisi les sciences politiques comme matière secondaire. De nombreuses situations humaines ont des précédents historiques, générant des comportements similaires. Il est crucial de savoir identifier le contexte pour comprendre les motivations des individus et savoir où chercher. Mais ne parlons plus de moi. Edwina est une femme exceptionnelle, la crème de la crème du renseignement militaire de Sa Majesté.

Edwina, légèrement gênée, esquisse un sourire timide…

*

Le pilote de l'avion indique qu'ils ne sont plus qu'à une dizaine de minutes du petit aérodrome d'Édimbourg qu'Edwina lui a indiqué, et que l'appareil amorce sa descente.

— Parfait, le remercie-t-elle. Elle prévient Ryan et Duran qu'un 4x4 les attendra là-bas et qu'ils devraient rapidement arriver sur les lieux.

— Prévient-on la police ? lance le Professeur, quelque peu inquiet.

Silence embarrassé d'Edwina et de Ryan.

— À vrai dire, aucun de nous n'est habilité à mener une enquête sur le territoire écossais, ce que nous faisons, nous le faisons en dehors de tout cadre, concède Ryan avec une voix hésitante.

— Néanmoins, si la situation l'exige, nous avons la possibilité de demander des renforts, ajoute Edwina, dans une tentative vaine de calmer les inquiétudes du Professeur.

Le téléphone d'Oxlade se met soudainement à vibrer, c'est un appel de son bureau de New York. Ryan mentionne qu'il doit prendre cet appel qui provient de ses équipes et se met quelque peu à l'écart.

— Ryan, le test que vous nous avez demandé d'opérer sur la vidéo s'est avéré positif, l'informe Albrighton au téléphone.

— Vous êtes absolument certains ? questionne-t-il, visiblement choqué.

— Absolument. Le résultat du test est fiable à 100 %. L'IA que nous avons utilisée est infaillible. Nous restons à votre disposition pour toute investigation supplémentaire, prêts à suivre vos directives.

— Merci, je vous recontacte très prochainement, promet-il.

Puis, Oxlade se rassoit sur son siège à côté de Duran, son visage a changé : son expression est grave.

— Professeur, avant que nous n'arrivions, je dois vous parler. Je crois savoir pourquoi ils ont essayé de vous enlever. Vous vous souvenez la conférence d'il y a quelques semaines dont vous m'avez parlé ?

— Oui, très bien. Pourquoi ? Vous pensez que cet étudiant était l'un des leurs ?

— Professeur, entame Oxlade, son ton s'alourdissant d'une gravité presque solennelle, nous avons retrouvé et analysé la vidéo de votre échange avec cet étudiant sur YouTube. Il vous avait interrogé sur l'emplacement du trésor, et votre réponse a été analysée par un logiciel de détection de mensonges. Le résultat est positif. Je pense que les ravisseurs de Sarah l'ont aussi et que c'est pour ça qu'ils voulaient vous avoir, et qu'ils se sont mis à la recherche du trésor en allant sur des lieux que vous avez mentionnés dans vos recherches en compagnie de Sarah.

— Mais, enfin, je ne… balbutie Duran, clairement bouleversé.

— Écoutez-moi bien, je ne vous réclame aucune justification, ni aucune explication, je ne suis pas un chasseur de trésor, je dois résoudre une enquête potentiellement criminelle pour qu'il n'arrive rien à quelqu'un qui vous est cher. Pour la mener à bien, j'ai besoin de tous les éléments, vraiment tous. Duran se détend alors très légèrement et écoute Oxlade lui dérouler la suite.

— De plus, s'ils disposent de ce type de technologie, vous pouvez être certain qu'ils l'ont déjà employé sur Sarah, et c'est probablement ce qui explique sa venue en Europe. Je vous demanderai donc de réfléchir à tout ce qu'elle peut savoir, et d'essayer de trouver un sens à l'itinéraire qu'ils ont emprunté jusqu'à présent et tenter d'anticiper quelles pourraient être leurs prochaines étapes ?

L'avion touche le sol avec douceur.

*

L'Écosse n'a pas encore validé l'utilisation des services de drones voyageurs, en grande partie à cause des grèves et des protestations violentes de la part des chauffeurs de taxis de voitures traditionnelles, le tout exacerbé par un fond de ressentiments nationalistes. C'est donc à bord de bons vieux véhicules terrestres qu'ils vont se diriger vers Rosslyn. Edwina s'est débrouillée pour qu'un SUV les attende près du hangar où leur jet s'est garé. Elle rentre les coordonnées de la cathédrale dans son GPS qui l'indique à seulement vingt-cinq minutes de route. Alors qu'elle met le moteur en marche, son style de conduite assez sportive fait légèrement grimacer le professeur. *Mark, ne dis rien, on va croire que tu as peur parce que c'est une femme qui conduit, même si tu ne la connais pas et que tu n'as jamais aimé les sensations fortes,* essaie de se convaincre le Professeur.

— Alors, Professeur, que pouvez-vous nous dire sur les spécificités de la chapelle de Rosslyn ? se renseigne Ryan.

— Difficile de savoir par où commencer. La chapelle de Rosslyn est un grimoire de pierre, une énigme architecturale à elle seule, une convergence d'histoires, de symboles ésotériques, et d'intrigues religieuses. Elle est souvent perçue comme le joyau sacré de l'ordre des Templiers. Beaucoup de théories ont fleuri sur elle, alimentant presque sans fin les spéculations, chacune ajoutant une nouvelle couche à son mystère déjà dense. Et, pour être honnête, je soupçonne que nombre d'entre elles détiennent une part de vérité.

— Comment ça ? Pourquoi est-elle considérée comme la cathédrale des Templiers par excellence ?

Voulez-vous dire que sa construction a été décidée par l'ordre des Templiers lui-même ?

— Hum, oui et non. En réalité son histoire est riche et complexe. J'avais rédigé un mémoire dessus lorsque j'étais étudiant. Tout commence par ceux qui en sont à l'origine, une lignée à l'histoire peu commune, une des plus importantes familles de la noblesse écossaise, les Saint Clair, originaires de la région française de Normandie. L'un des premiers connus de cette lignée célèbre était Henry Saint-Clair, qui participa à la première Croisade et à la

Prise de Jérusalem en 1099. Puis, par la suite, William Saint-Clair, dont le nom fut anglicisé en Sinclair, a entrepris la construction de cet édifice démentielle pour l'époque. Les premières pierres ont été posées autour de 1440, et le monument fut achevé à la fin du XVe siècle, près de cinquante ans plus tard. La construction est d'un style gothique tardif, mais aussi l'une des constructions chrétiennes les plus « extravagantes » que l'on connaisse. Sir William Sinclair, car anobli par le roi de son époque, s'était engagé dans les moindres détails architecturaux. Pour réaliser ce qui ne l'avait jamais été jusqu'à présent, il avait dû s'entourer des meilleures confréries d'architectes et de maçons qui ont conservé jalousement leurs secrets. Il était si bien intégré dans cette confrérie de maçon que le roi d'Écosse, James II, l'avait désigné Grand Maître des Maçons en 1441. Un titre héréditaire que sa lignée honora avec attention. Il mobilisa aussi des charpentiers pour faire sculpter ces éléments selon ses esquisses, en collaboration minutieuse avec les maçons. Ils avaient tellement de travail que William Sinclair leur fit construire une ville pour loger, appelée Rosline et voisine de la colline où se trouve la chapelle. Les maçons obtenaient une maison et des terres selon leur grade.

Dans cette chapelle, les murs semblent être les dépositaires d'une mémoire ancienne, empreinte d'un savoir prodigieux et fascinant. Deux de ses piliers sont de véritables chefs-d'œuvre : le pilier de l'Apprenti et le pilier du Maître, de chaque côté du pilier de l'Artisan. Selon la légende, après avoir terminé les deux premiers piliers, le maître maçon entama la réalisation de ce qu'on nomme aujourd'hui le pilier de l'Apprenti, jusqu'au jour où, ne se sentant pas capable de l'achever, le maître maçon, insatisfait de ses compétences, avait entrepris un pèlerinage à Rome pour parfaire son art, laissant le pilier de l'Apprenti inachevé. Mais, en son absence, son apprenti audacieux acheva l'œuvre d'une manière si sublime que, consumé par la jalousie et la colère, le maître ôta la vie du jeune homme à son retour, donnant ainsi naissance à la légende des piliers du Maître et de l'Apprenti.

La profusion de sculptures ornementales où se côtoient des figures bibliques et des figures païennes donne une vive impression au visiteur et au croyant. On y découvre également les armes de la famille Saint Clair, qui ne sont rien de plus qu'une... croix semblable à celles des Templiers sur un bouclier. Même si certains font remarquer qu'elle ressemble de beaucoup à une croix angulée qui ne serait pas templière, la ressemblance est trop troublante pour ne pas la remarquer. Enfin, de nombreuses inscriptions mystérieuses ou perturbantes en font un lieu privilégié pour les amateurs de codes secrets.

La voiture se dirige vers une station-service pour faire escale.

— Je vais nous arrêter là quelques instants pour que l'on puisse remettre de l'essence, si jamais quelqu'un a faim ou souhaite faire une pause, c'est le moment indique Edwina, non mécontente d'avoir pu conduire de manière sportive.

— Je vais mettre moi-même de l'essence si cela ne te dérange pas Edwi, j'en profiterai pour passer plusieurs coups de téléphone. Tu as fait routière, tu ne vas pas en plus faire pompiste !

— Très drôle. Je vais en profiter pour aller boire quelque chose à l'intérieur alors. Professeur, souhaitez-vous vous dégourdir les jambes ?

— Oui, merci, Edwina, je crois que nous ne nous sommes pas nourris avec Ryan depuis l'avion. Ryan, je vous prendrai un sandwich au passage, de ce qui pourra le plus ressembler à notre nourriture, j'ai bien observé dans les avions votre réticence à goûter l'exotisme de la nourriture britannique.

— Il n'a pas changé depuis la fois où nous nous sommes rencontrés en Afghanistan à ce que je vois ! observe Edwina, fière de sa remarque.

— Parfait, merci, Professeur, dit Ryan, en sortant de la voiture et s'en allant remettre de l'essence dans le SUV.

Edwina et le professeur Duran se dirigent donc vers le bâtiment de la station-service.

— Ryan peut paraître brusque parfois, mais croyez-moi, c'est l'un des meilleurs agents avec lequel j'ai eu à travailler, vous êtes entre de bonnes mains. N'hésitez pas à lui donner tous les éléments qui peuvent vous passer par la tête, confie Edwina sous le ton de la compassion.

Duran acquiesce et fait un geste de reconnaissance envers Edwina pour sa franchise. Mais à vrai dire, il était interrogatif sur elle et sa relation avec Ryan.

Il est vrai qu'Edwina n'est pas une fille que l'on croise tous les jours. Ses parents sont Suédois, mais elle possède depuis sa naissance la nationalité britannique. Physiquement, elle ne peut laisser personne indifférent. Un visage d'une réelle beauté, un physique élancé, de longs cheveux châtains qui ondulent, une peau claire et des yeux bleus cristallins pétillants. Ancienne mannequin, blogueuse et importante influenceuse, elle avait brillé lors de ses études d'histoire et de géographie et s'était spécialisée sur le Moyen-Orient. De mission en mission pour le Royal British Institute of Geography, partenaire de l'armée de Sa Majesté, elle avait demandé à aller sur le terrain où elle s'était montrée utile et même « très futée » selon ses supérieurs. Elle avait suivi plusieurs formations de l'armée et avait plutôt excellé. Ses accomplissements en Irak l'avaient faite particulièrement appréciée du commandement britannique qui l'avait introduite à plusieurs hauts responsables des services de renseignements qui étaient à la recherche de ce type de profils atypiques, mais efficaces. Elle avait fait la connaissance de Ryan pendant de sa quatrième mission, lors d'opérations conjointes de la coalition contre la résurgence de l'État islamique. Ils s'étaient tout de suite très bien entendus. Edwina était belle, très belle. D'une beauté intimidante même. Elle avait apprécié que Ryan ne la considère à aucun moment pour son apparence, mais s'était tout de suite adressée à son intelligence. *Elle l'intimidait pourtant, c'est certain. Comment ne pas tomber sous le charme d'une telle créature ?* Elle était de ces femmes belles pour qui les hommes pouvaient vouer toute leur vie. Elle le savait, même si elle feignait de ne pas le savoir. Elle en connaissait les dangers, c'est pour cela qu'elle privilégiait avant tout son travail et tout ce qu'elle pourrait accomplir professionnellement. Sa relation avec Ryan était donc des plus respectueuses et des plus saines.

Duran, en observateur attentif, ne peut s'empêcher de trouver la dynamique entre eux deux amusante. Il se disait que ces quelques instants seul avec elle dans ce restaurant/snack d'aire d'autoroute pouvaient être le bon moment pour aborder ce sujet quelque peu personnel :

— Dîtes moi Edwina, veuillez pardonnez mon imprudence, mais j'ai entendu dire que servir aux côtés de quelqu'un dans une zone de guerre peut souvent intensifier l'attirance, voire, et pardonnez mon expression, augmenter « le désir de s'accoupler ». C'est une réaction instinctive, presque biologique, pour perpétuer l'espèce. Cela opère souvent à un niveau inconscient, alimentant des pulsions et des désirs que l'on ne peut pas toujours expliquer rationnellement.

— Je ne suis pas certaine de comprendre où vous souhaitez en venir, Professeur. Et donc ? lui rétorqua Edwina, à la fois souriante et surprise.

— Et donc, si vous avez servi en même temps que Ryan, vous avez sûrement dû passer quelques soirées avec lui, vous l'avez vraisemblablement admiré pour son intelligence vu la description que vous en avez faite précédemment et je doute qu'il soit resté totalement insensible à votre charme. Je trouverais même à la fois étrange et dommage qu'il ne se soit rien passé.

— Professeur, votre curiosité me surprend !

— Je le sais, et je m'en excuse. Je suis conscient que cela peut être intrusif par moments. Mais je n'aurais pas été un bon chercheur universitaire sans une curiosité insatiable depuis mon plus jeune âge.

— Je peux le croire facilement, concède-t-elle. Eh bien, pour répondre à votre interrogation et finir sur ce sujet, disons qu'on s'est tout de suite bien entendu et devions travailler sur des sujets très sensibles dans un terrain où nous vivions sous une menace permanente. Envisager quoique ce soit de cet ordre-là, de son côté comme du mien, aurait été totalement inapproprié et dangereux. Nous étions tous les deux là-bas dans un cadre professionnel et militaire, et nous avons eu une très bonne entente dès le début, je pense que c'est un des rares hommes que je peux considérer comme un ami.

Duran paraissait satisfait de sa question et de la réponse qu'il en obtint.

En vérité, Edwina était consciente que, malgré sa remarquable beauté et son intelligence, dénicher l'homme parfait pour partager sa vie serait une entreprise particulièrement compliquée. Elle avait obtenu très jeune tout ce qu'une femme physiquement très attirante pouvait obtenir comme satisfactions matérielles : dîners dans des restaurants huppés, fréquentations d'hommes attirants, beaux, riches et célèbres, voyages vers des destinations somptueuses, séjours dans des hôtels luxueux, croisières sur des yachts fastueux, résidences dans de vastes appartements, circuler dans les plus belles voitures, tout en gagnant des sommes significatives grâce à sa carrière de mannequin et d'influenceuse. Mais, à un certain point, elle s'était sentie s'étioler, n'utilisant pas pleinement son potentiel intellectuel. Elle avait noué des amitiés avec des femmes du même secteur, mais ayant une quinzaine d'années de plus qu'elle. Elle s'était vite fatiguée des discussions redondantes sur des sujets futiles, des commérages constants sur les nouveaux visages du monde du mannequinat qui n'avaient pas grand-chose à offrir hormis une belle apparence, une aptitude pour le fitness et des séances photo incessantes. Elle était épuisée par les récits interminables de déceptions amoureuses avec des hommes qui savaient parfaitement comment charmer, avant de passer à la prochaine proie plus jeune quelques mois ou quelques années plus tard.

Elle ne s'était plus sentie autant à sa place qu'à ses débuts. Entre dix-huit et vingt-et-un ans, elle avait réussi à jongler entre ses sessions de photographie et ses études en histoire de l'art, qu'elle envisageait comme un préambule à des études plus poussées en histoire de la mode et marketing du luxe. Cependant, avec des opportunités toujours plus lucratives qui s'enchaînaient rapidement, elle avait fini par renoncer à ses études pour embrasser pleinement sa carrière. Bien que sa vie fût remplie d'évènements mondains palpitants et de rencontres avec des célébrités, une part d'elle regrettait ses jours d'études où elle pouvait s'émerveiller devant les œuvres de grands maîtres comme Giotto, Michel-Ange, et Da Vinci. Son affection profonde pour l'art ne s'était pas estompée, et elle aspirait à explorer les histoires et philosophies cachées derrière chaque coup de pinceau, une quête de sens et c'est à ce moment qu'elle décida de reprendre ses études en histoire de l'art, se spécialisant ensuite sur les civilisations du Moyen-Orient. Elle réussit à intégrer le Royal

British Institute of Geography, où son passé glamour, sa beauté et sa vaste culture artistique faisaient d'elle une candidate idéale pour des missions discrètes sur le terrain. Bien loin de la simple collecte d'informations, elle se retrouva souvent au cœur de zones de conflit, apportant une aide précieuse dans la prise de décisions stratégiques grâce à ses analyses fines et informées. Elle avait développé des compétences notables dans ce domaine, y trouvant une même satisfaction inattendue. *L'amour viendra quand il viendra,* avait-elle fini par se persuader. Ses attentes étaient précises : un homme au vaste intellect, capable de la soutenir dans toutes ses entreprises, qu'elles concernent l'art, la mode ou ses missions gouvernementales, et qui ferait preuve d'une élégance et d'une prévenance naturelles envers elle. Même le Prince Charmant de Walt Disney possédait moins de critères que ceux de son homme idéal…

*

Arrivée vers Rosslyn.
Samedi 23 septembre 18 h 30

Le 4x4 conduit par Edwina a donc repris à toute allure sur les routes du sud d'Édimbourg et se rapproche du point d'arrivée, la

Chapelle de Rosslyn n'est plus qu'à une dizaine de minutes selon le GPS. Edwina semble bouillir de réflexions et d'interrogations.

— Cela me dépasse, confie-t-elle. Pourquoi des individus chercheraient-ils à forcer le Professeur à révéler des informations sur le trésor de Jérusalem s'il ignore sa localisation ?

Le professeur se montre visiblement mal à l'aise, tandis que Ryan écoute attentivement sa collègue passionnée. Edwina, loin de s'arrêter, continue :

— Soit ils sont convaincus que le Professeur détient cette information, soit ils tentent de rassembler toutes les données possibles pour mener leur propre enquête, utilisant le savoir du Professeur comme s'il était en quelque sorte un consultant sur le sujet. Cela me fait me demander : existe-t-il d'autres ouvrages comme le vôtre, Professeur ? Peut-être des livres qui retracent les évènements possibles liés au trésor ? Votre livre, publié en 2000, est-il la dernière œuvre sur le sujet ? Ou pourraient-ils rechercher un autre Professeur Duran ?

Ryan est pris au dépourvu par la question d'Edwina, il se rend compte ne s'être jamais posé la question en ces termes et qu'elle est sacrément brillante. Il la regarde tout empreint d'admiration avant de se tourner intensément vers Duran, qui semble de plus en plus nerveux. Ses yeux ont tourné dans tous les sens, il glisse sa main derrière sa tête et gratte sa chevelure fine et grisonnante. Ryan remarque ne jamais avoir vu le Professeur dans cet état, même après l'enlèvement de Sarah.

Après une pause, Duran murmure :

— Eh bien… officiellement, oui. Je suis le dernier à avoir écrit sur ce sujet.

Ryan, d'ordinaire si maître de ses émotions, impassible et stoïque ne peut se retenir de cacher sa surprise. Il se tourne vers Duran :

— Officiellement ? Comment ça « officiellement » ? Riposte Oxlade, ébahi par la réponse du Professeur.

— Oui. Il n'y a eu aucune autre publication concernant ce sujet depuis mon livre, affirme Duran, semblant trouver un certain réconfort dans cette échappatoire rhétorique.

Edwina, insatisfaite de la réponse, ne peut s'empêcher de relancer :

— Attendez, il y a quelque chose que vous ne nous dites pas, n'est-ce pas ?

Un silence pesant s'installe, avant que Ryan ne prenne la parole d'un ton ferme :

— Écoutez, Professeur, ni Edwina ni moi ne nous intéressons au trésor des Templiers, à l'Arche de Jérusalem ou au Graal. Notre seul objectif est de retrouver Sarah. Nous avons besoin de toutes les informations possibles pour avoir une longueur d'avance sur ceux qui ont enlevé votre femme. Il est impératif que nous soyons au même niveau d'information qu'eux, sans quoi retrouver Sarah à temps s'avérera difficile, voire impossible.

— Ryan a raison, Professeur. Rajoute Edwina d'un ton plus calme et apaisé.

— Bon... Je ne veux être mêlé en rien à ce que je vais vous dire, car l'on m'a fait jurer de ne jamais divulguer ce que je n'aurais pas dû savoir sinon il m'arriverait de lourds problèmes. Tout ce que je peux vous dire, c'est qu'il se murmure qu'il existerait un livre interdit de publication sur le sujet. Il avait été rédigé à la fin des années 1990, écrit par un universitaire plus âgé que moi, qui avait été mon professeur d'histoire des religions et du symbolisme quand j'étais étudiant en première année. Par la suite, il avait été une sorte de mentor de mes années d'étudiants. Il connaissait mon passé et m'avait pris en sympathie à cause de mon côté jeune aventurier. Il avait même été jury de mon PHD.

— Et qu'est-ce qu'il y a précisément dans ce livre ? Une indication d'où pourrait se trouver le trésor ? Plusieurs pistes possibles ? le coupe Edwina, qui semble s'impatienter de la lenteur et de la relative confusion des explications de Duran, mais quelque peu excitée aussi d'en savoir plus sur ce mystère.

— Je ne peux pas vous le dire, je ne l'ai jamais lu moi-même, répond Duran.

— Comment pouvez-vous le savoir alors ? demande-t-elle, visiblement frustrée.

— Inspecteur Oxlade, puis-je avoir l'absolue garantie que ce que je vais vous dire ne sortira jamais de cette voiture ? demande Duran, le regard grave.

— Vous avez ma parole, ainsi que celle d'Edwina, qui ne trahirait jamais une confidence, même sous la contrainte, assure Ryan.

— Eh bien, Robert Alexander, le professeur dont je parle, a rencontré de sérieux problèmes. Quelques mois avant la soutenance de ma thèse, une sorte d'agent secret qui ne m'avait pas dit exactement pour qui il travaillait, accompagné d'un policier local est venu me voir. J'avais vingt-six ans, j'étais terrorisé. Il m'a expliqué que le Professeur Alexander était devenu dépressif, qu'il prenait depuis longtemps beaucoup de médicaments qui avaient fini par altérer sa santé mentale, et qu'il avait dû être interné dans une maison spécialisée. J'étais sous le choc, je ne pouvais pas le laisser ainsi, c'était mon mentor, la personne qui comprenait mes rêves et mes excentricités, celui avec qui je partageais mes recherches, mes découvertes, mes utopies, mes lubies. L'agent m'a dit que pour sa propre sécurité, il était dans une maison spécialisée très protégée, car ils redoutaient que son statut de professeur international ne puisse l'exposer à certains dangers. Puis, d'un air préoccupé, il m'a interrogé sur d'éventuels travaux, livres ou manuscrits non publiés sur lesquels le Professeur Alexander pourrait avoir travaillé et qui auraient pu lui causer des ennuis ou l'exposer à beaucoup de pressions. J'ai répondu que hormis le contenu des cours qu'il rédigeait et réactualisait avec un petit groupe d'étudiant dont je faisais partie, je n'avais pas connaissance de ses autres travaux, mais que je pouvais leur fournir les brouillons des cours sur lesquels on travaillait. Ce qu'ils m'ont réclamé et que je leur ai fourni. Puis, avant de partir, il s'est rassis, en me disant que s'il y avait quelque chose d'autre que je savais, je devais lui dire, car sinon il risquait d'arriver des problèmes au Professeur Alexander. Il m'a parlé de certains écrits qui pourraient « *poser un danger à la sécurité nationale des États-Unis* », et que si je ne coopérais pas, je pourrais moi-même être exposé. J'ai été très surpris, je ne comprenais pas et je l'ai assuré que je ne savais rien de plus que ce que je venais de lui dire. Ils sont repartis et je n'ai plus jamais entendu parler d'eux.

— Vous ne disiez pas toute la vérité à l'époque, n'est-ce pas ? insiste Edwina avec douceur.

— C'était la vérité... du moins, à ce moment-là. Plus tard, j'ai réalisé que le Professeur Alexander m'avait effectivement confié un briquet, qui devait donner accès à son manuscrit scellé, soigneusement dissimulé et qu'il voulait préserver à tout prix. Il m'avait demandé de le mettre en lieu sûr et de n'en parler jamais à personne. Il m'avait expliqué que trois maisons d'édition qui avaient accepté de le publier lui avaient soudainement et sèchement renvoyé le manuscrit par porteur UBS, sans plus jamais répondre à ses sollicitations. Il m'avait expliqué que c'était probablement une censure du gouvernement qui voulait préserver certains mensonges historiques. Il m'avait chargé de le conserver de la façon la plus sûre que je pourrai et ne l'ouvrir que d'ici quelques années s'il n'avait rien publié qui changerait la face du monde d'ici là ou s'il lui arrivait quelque chose. Sur le moment, j'avais plutôt cru à une remarque exagérée teintée d'humour de sa part et que son document devait contenir des travaux qu'il voulait ne pas voir disparaître s'il lui arrivait quelque chose. Comme j'avais sa confiance par nos passions communes, j'avais trouvé normal qu'il me les confie. Puis, quand je me suis souvenu de sa remarque, mise en parallèle avec « *la sûreté nationale des États-Unis* » dont parlait l'agent qui m'a interrogé, j'ai fait le lien avec ses travaux. Le refus ne devait pas être parce qu'il défendait quelque chose de politiquement incorrect, mais parce que les éditeurs avaient eux-mêmes dû subir des menaces sérieuses ! explique Duran, les mots s'entrechoquant comme s'il essayait de rassembler des morceaux épars d'un puzzle complexe.

— Qu'est-il arrivé au Professeur Alexander après ça ? questionne Edwina, sa voix se faisant encore plus douce, presque réconfortante.

— Les détails restent flous. Environ trois mois après, j'ai reçu un mail collectif du chef du département de mon université disant : « *L'Université vient d'être informée de la tragédie de la mort du*

Professeur Alexander, d'un arrêt cardiaque dans son sommeil, à l'hôpital qui s'occupait de lui depuis plusieurs mois. Le personnel a précisé qu'il n'avait pas souffert, et qu'il n'avait jamais recouvré ses esprits à la suite de *sa grande dépression. Je sais combien vous l'appréciez tous. Nous sommes tous peinés en ce jour…* ».

Duran marque un temps d'arrêt, à la fois ému, révélant une tristesse sincère et profonde, mais aussi de l'hésitation. Il semble sombrer dans un souvenir torturé, sa voix tremblante révélant la profondeur de son chagrin et de sa perplexité. C'est comme s'il était submergé par une vague de regret et de douleur refoulée.

— Ce message a été comme un coup de poignard, admet-il enfin. Non seulement il m'a annoncé la perte d'un mentor précieux, mais il a également éveillé en moi la suspicion que son décès était inextricablement lié à ce manuscrit, à ces vérités cachées qu'il avait peut-être découvertes.

— Avez-vous lu ce manuscrit ? Questionne Ryan.

— Vous plaisantez ? J'étais terrifié ! Au début, j'avais juste suivi les instructions du Professeur en dissimulant le briquet. Une fois informé de son décès, j'ai immédiatement mis un terme à mes investigations sur le trésor de Jérusalem. C'est la vraie raison de l'abandon de mes recherches après plus d'une dizaine d'années. Je n'en suis pas fier. J'avais toujours envie de savoir ce que le Professeur avait découvert, mais j'étais trop effrayé de terminer comme lui. Je n'ai jamais cherché à obtenir ce manuscrit interdit et maudit.

— Pourriez-vous nous indiquer où il se trouve ? demande Oxlade, adoptant une intonation quasi officielle.

— Je suis prêt à le faire si cela peut contribuer à retrouver Sarah. Mais je tiens à préciser que je ne souhaite être impliqué d'aucune manière et j'exige votre engagement à ne pas exploiter ce manuscrit, pour éviter tout danger, rétorque Duran, la prudence transparaissant dans chaque mot.

— Vous avez ma parole, lui clame Oxlade en levant sa main droite, en se demandant secrètement si le Professeur n'en rajouterait pas un peu.

— Ne cherchez pas à en savoir plus de ma part, je vous ai tout dit. Et ne parlons plus jamais de cette discussion qui n'a jamais eu lieu. La seule chose que j'ai en ma possession et qui doit renfermer des indications sur ce manuscrit qui a causé la mort du Professeur Robert Alexander est donc cet objet. Il sort de sa poche un petit briquet blanc avec des inscriptions et le tend à Ryan Oxlade, mais ce dernier dévie la main du Professeur vers Edwina pour qu'il lui remette à elle.

— Si jamais on se fait arrêter ici, les services d'Edwina devraient l'empêcher de se faire trop fouiller, précise-t-il. *Décidément, Oxlade pense toujours à tout,* se dit le Professeur.

Sentant une certaine gêne commençant à s'installer, Edwina range le briquet et annonce qu'ils ne devraient plus tarder à arriver. *Un homme mort pour avoir rédigé un livre sur le trésor des Templiers ?!* songe-t-elle, décidément, *cette mission semble vraiment particulière,* elle n'a jamais rien vécu de pareil. Malgré tout, Ryan et elle ont surmonté d'autres épreuves ensemble, se rassure-t-elle.

Ils arrivent sur la Colline de la Collégiale qui héberge la Chapelle de Rosslyn. Edwina approche leur voiture de la chapelle et scrute les alentours pendant qu'elle se gare.

— Rien ne semble indiquer qu'il y ait eu quelque chose de particulier ici, pas de SUV, pas de berlines, pas de voitures à proximité immédiate, observe-t-elle.

— Cela signifie que nous devons être encore plus prudents, prévient Oxlade.

Edwina sort de la boîte à gant deux pistolets automatiques, dont un qu'elle donne à Ryan. Ils placent chacun leur arme à la ceinture, dissimulée sous un manteau pour Oxlade, et une veste élégante pour Edwina. Ils entrent tous trois dans la vieille église par l'entrée principale, une grande porte en bois entourée d'imposantes colonnes de pierres anciennes et ornée d'une très belle croix sculptée dans la pierre. Edwina et Oxlade balaient du regard devant eux, tels des commandos, pour s'assurer que la zone est bien sécurisée. L'un et l'autre sentent le danger approcher. Duran, visiblement excité, se précipite vers un des murs de l'église, couvert de nombreuses petites gravures.

— La dernière fois que je suis venu ici, j'avais vingt ans ! confie Duran à Oxlade qui l'accompagne. Regardez ces fresques, ces détails minutieux. L'on dit que les Templiers sont venus dans la région, une fois chassés du royaume de France et punis par l'Église de Rome et qu'ils y auraient laissé leur empreinte de plein de manières.

Oxlade étudie attentivement les petites inscriptions dans les murs lorsqu'il en repère une semblable à celle de Gisors qui rappelle les Indiens d'Amérique.

— Professeur, que pensez-vous de cela ? Est-ce que ce serait un symbole comme celui de Gisors qui ressemble aux indigènes d'Amérique ? J'ai lu dans votre livre que vous les aviez décrits comme des curiosités qui rappelaient des types de peuples croisés lors du chemin vers Jérusalem, mais vous n'avez jamais pu penser sérieusement que cela pourrait être autre chose ?

Duran hésite, les yeux se plissant, son regard dérivant lentement vers Oxlade.

— À vrai dire, et puisque la vie de Sarah est en jeu, je dois admettre avoir délibérément omis certains passages et interprétations dans mon livre. C'est pour cela que je n'avais pas évoqué tous les liens pouvant être faits entre la propriété de Shugborough Hall, l'Acadie de Nicolas Poussin, ou encore de toute l'histoire du Château de Gisors, ni même de Kensington, parce que…

— Ryan, on a de la compagnie ! interrompt Edwina, alarmée, ayant remarqué plusieurs individus à l'entrée de la chapelle. Le danger est imminent.

— Allons par ici ! Leur lance le Professeur Duran, quelque peu apeuré, on devrait pouvoir s'échapper par une autre issue.

Les regards d'Edwina et Ryan se croisent, cherchant une meilleure solution, mais rien ne leur vient à l'esprit. Ryan acquiesce par un hochement de tête et suit le Professeur, tout en vérifiant qu'Edwina est bien à leurs côtés. Tous deux saisissent le pistolet qui est à leur hanche, prêts à faire face à tout danger.

Ils se dirigent vers une porte latérale et découvrent une pièce ornée de tableaux anciens et de symboles templiers en tous genres. Le Professeur Duran se tourne vers Ryan et Edwina pour savoir quoi faire :

— Ils sont cinq et ont un physique de commando, si ça barde, je pense que ce sera avec perte et fracas pour nous aussi ! prévient Ryan en regardant le Professeur, comme pour lui faire comprendre qu'il faut trouver une autre solution.

Le Professeur Duran ouvre alors une porte très ancienne qui révèle un escalier :

— Cet escalier mène à une crypte, nous devrions trouver une sortie alternative, précise-t-il.

L'escalier étant plongé dans une obscurité totale, Ryan sort une lampe torche de sa poche, la maintenant de sa main gauche tandis que sa main droite tient fermement son pistolet.

— Avançons, mais restons sur nos gardes, ils peuvent apparaître de n'importe où, avertit-il.

Il commence à descendre les premières marches quand il entend frapper tout à coup derrière la porte qui les séparait de la grande salle de la chapelle. Il s'agit de Perkins et de ses hommes.

Alors qu'ils commencent à descendre, un bruit sourd résonne derrière la porte qu'ils venaient de franchir. Il s'agit de Perkins et de ses hommes.

— Professeur Duran, nous savons que vous êtes là. Nous voulons vous proposer un marché, gronde une voix autoritaire depuis l'autre côté de la pièce. Ryan et Edwina échangent un regard, ils se savent cernés.

*

— Vous avez deux options : soit vous venez volontairement avec nous, répondez à nos interrogations, récupérez Sarah, et dans quelques heures, Sarah et vous serez libres, soit nous devrons venir vous chercher, et si les policiers qui vous accompagnent tentent de faire barrage, alors nous tirerons. Dans ce cas, Sarah, devenue inutile à nos yeux, sera éliminée. Edwina et Ryan échangent un regard grave. Ils se sentent pris au piège !

À l'évocation d'une éventuelle « élimination de Sarah », Duran est submergé par l'horreur, son sang se fige dans ses veines. Une peur dévorante l'envahit de toutes parts. Il demeure paralysé un instant, perdu et physiquement abasourdi. Cependant, la détermination surgit peu après, supplantant sa peur. Il fait face à Edwina et Ryan, qui avaient commencé à descendre les marches, comme s'il s'apprêtait à leur annoncer quelque chose d'important.

Professeur, vous êtes conscient, tout comme nous, qu'il n'existe qu'une seule sortie après la crypte, et nous y avons déjà déployé plusieurs de nos hommes, le coupe la voix, devenue encore plus menaçante.

Nous sommes vraiment cernés, ressentent Edwina et Ryan !

— Je crains qu'il n'ait raison, chuchote avec dépit le Professeur Duran envers Edwina et Ryan qui le regardent en silence. Pardon, mes amis, reprend-il, mais vous comprendrez que je ne peux pas prendre le moindre risque qu'il arrive quelque chose à Sarah par ma faute. Ma vie est trop liée à la sienne. Vous pourrez continuer l'enquête sans moi. Bonne chance et merci pour tout ce que vous avez fait !

— Professeur, non ! Nous pouvons trouver une autre solution... tente désespérément Edwina, mais le Professeur s'enfuit dans un geste brusque et claque la porte du haut des escaliers pour empêcher Edwina et Ryan de le retenir.

— Ne m'empêchez pas, ne prenons pas le risque de verser du sang inutilement, ils ont raison, ne m'en veuillez pas, leur crie-t-il avant que ses pas ne s'éloignent définitivement.

— Enfin quelqu'un de raisonnable, vous ne le regretterez pas, Professeur. Vos deux amis ont-ils eux aussi choisi de coopérer ? lance Perkins.

— Ils sont enfermés derrière et ne vous seront d'aucune utilité. Allons-y comme vous l'avez promis avant que cela ne dégénère, ils sont armés, mais ne seront pas coopératifs si vous ouvrez cette porte. Ne faisons pas couler de sang.

— En effet, ils ne me serviront à rien. Vous seul serez d'une grande utilité. C'est précisément la raison pour laquelle nous vous avons conduit ici.

Conduit ici ?? Même éloignés, Edwina, Ryan et Mark Duran marquent la même surprise sur leur visage. *Comment est-ce possible ?! C'est eux qui les poursuivaient et pas l'inverse* !

— Lorsque nous nous sommes rendu compte que vous nous poursuiviez, nous avons alors décidé de vous attirer ici afin de vous récupérer, Professeur. Après Gisors et Shugborough, Rosslyn était la destination la plus logique si l'on se réfère à votre livre. Nous étions alors sûrs de pouvoir vous cueillir ici. Cependant, vous êtes arrivés plus vite que prévu, nous avons bien failli vous manquer. Quel dommage pour vous que non seulement vos amis ont été incapables de bien mener leur enquête, mais en plus, vous ait livré à nous. Heureusement pour vous, nous sommes bien plus professionnels qu'eux et tout cela prendra fin plus rapidement à présent.

Ryan ne pouvait retenir toute sa frustration et sa colère. *Comment ai-je pu être aussi naïf, au point de livrer une proie directement à ses ravisseurs ? Bravo Ryan !!*

*

Ryan et Edwina entendent les ravisseurs et Duran s'éloigner tandis que Ryan essaie frénétiquement de défoncer la porte, sans succès. Il demande alors à Edwina de reculer dans la crypte pour pouvoir tirer sur la serrure afin de la forcer à s'ouvrir. Celle-ci obtempère, mais lui fait remarquer que c'est une porte ancienne, avec une serrure qui n'a rien de commun avec les serrures des immeubles américains qu'il connaît et qu'il vaut mieux pour lui s'éloigner de la porte lorsqu'il tirera, car il devra probablement tirer plusieurs balles et que certaines risquent de ricocher. Placé à une douzaine de marches de la cible, Ryan Oxlade tire sur la serrure comme s'il exécutait une cible. Au bout de la sixième balle, la porte se met à bouger légèrement. Il n'en faut pas plus pour que Ryan fonde sur elle en assénant un violent coup de pied frontal, fracassant finalement la serrure et ouvrant la porte. *J'ai de beaux restes*, se dit-il en s'activant pour partir à la recherche du Professeur.

Il court le plus rapidement possible vers la grande porte de la chapelle, mais les quelques dizaines de secondes d'avances des ravisseurs ont été déterminantes. Il regarde impuissant trois *Range Rover* coupées noires disparaître au loin.

Edwina le rejoint et tente de le rassurer.

— Tu ne pouvais rien faire Ryan, nous étions piégés, ils avaient choisi l'endroit et étaient plus nombreux que nous. Nous allons devoir nous creuser les méninges pour les retrouver.

— Je doute qu'ils gardent le Professeur et Sarah en vie bien longtemps.

— Je partage ton inquiétude...

Ils se hâtent vers leur 4x4, démarrant le moteur sans tarder. Mais à peine les premiers mètres de la voiture parcourus, un bruit assourdissant se fait entendre dans le véhicule qui tremble terriblement.

— Ce doit être nos pneus, réalise Ryan. Je vais regarder, ne bouge pas.

Ryan descend de la voiture et constate avec dépit que les deux pneus arrière sont à plat.

— Edwi, ils nous ont crevé nos deux pneus arrière, nous ne pourrons pas les rattraper ! déplore-t-il. Peux-tu essayer de les faire arrêter aux aéroports environnants, ils ne devraient pas avoir beaucoup d'options.

— Oui, je contacte immédiatement mon coordinateur des affaires transfrontalières à Interpol et fais émettre une notice rouge internationale pour l'enlèvement de Mark Duran. Dans le même temps commande un Uber, je ne peux pas faire appel à un véhicule hors du territoire pour une mission à l'extérieur non signalée, sauf si tu as une autre solution.

— Très bien. Je ne peux pas non plus, et pour les mêmes raisons.

Oxlade lance son application et commande aussitôt un véhicule. Il reçoit dans la foulée la notification suivante :

Votre voiture arrivera à Rosslyn Chapel dans.... 29 minutes.

— Nous ne sommes pas près de les rattraper, lâche Ryan à la fois dépité et fou de rage.

Retour au point mort de l'enquête, cette fois sans le Professeur, et avec une personne kidnappée de plus. Tout semble irrémédiablement perdu !

*

Aussitôt installés dans la voiture, ils font route vers l'aéroport. Edwina s'est assurée que quelqu'un de son service basé en Écosse puisse changer les pneus et récupérer la voiture dans les prochaines heures, pour ne laisser aucune trace de son escapade écossaise. Sur la route qui les amène à l'aéroport international d'Édimbourg, l'Edinburg Airport, Ryan ne dit pas un mot et ne cesse de réfléchir. Il s'en veut. Edwina a envoyé toutes les demandes de soutien qu'elle pouvait solliciter. Puis, elle réfléchit à haute voix, quelque peu dépitée :

— Pourquoi vouloir à tout prix retrouver maintenant ce trésor, qui est en réalité un tas d'antiquités religieuses, alors même que partout en Occident la religion perd du terrain ? Cela semble absurde. Il faut vraiment être à rebours de l'histoire pour vouloir à tout prix mettre la main sur des symboles en déclin ! lance-t-elle, d'une voix teintée d'irritation

— Comment ça ? Pourquoi dis-tu cela ? s'étonne Ryan.

— Parce que je ne comprends pas. Je n'arrive pas à saisir les raisons pour lesquelles ces chasseurs de trésor déploient autant de moyens coûteux et sophistiqués dans l'espérance de récupérer des objets issus de la Chrétienté ou du Judaïsme d'il y a plusieurs siècles ou plusieurs millénaires ! Prolonge-t-elle, moins irritée.

— Je n'ai pas eu le temps d'y réfléchir vraiment tant nous avons été pris de court dans cette course-poursuite, mais tu as raison ! Ryan plonge son regard dans celui d'Edwina, élargit soudainement ses yeux, un sourire naissant sur ses lèvres.

— Comment ça ? Sur quoi j'ai raison ?

— Eh bien, ils doivent vraiment avoir une raison très puissante ! Reprenons la situation : qui peut être assez fou pour vouloir voler des reliques sacrées dans un autre pays ? Soit, nous avons affaire à des marchands d'arts au marché noir, mais dans ce cas-là, il faut être sacrément financé et bien équipé, et être sûr que l'on a déjà des acheteurs prêts à payer des dizaines de millions d'euros pour des pièces qu'il serait difficile d'exposer, soit, à des acteurs plus officiels. Et quel type d'acteurs officiels pourrait bien avoir envie de prendre autant de risques pour de telles reliques ? Autrement dit, qui tireraient un bénéfice de récupérer des reliques sacrées, catholiques pour la majeure partie ?

Edwina semble perdre le fil de la discussion, agacée.

— Ryan, je ne suis pas sûre de bien suivre ton raisonnement... dit-elle, haussant légèrement la voix, avant de s'arrêter brusquement, parcourue par un vertige étrange et violent.

Elle commence à prendre conscience de l'ampleur des enjeux. Elle se sent tiraillée entre la peur et l'excitation, entre l'envie de se retirer et la curiosité de découvrir ce qui les attend. Elle serait certainement hantée toute sa vie de savoir ce qu'elle pourrait découvrir plus loin. Un frisson parcourt son échine, une montée d'adrénaline l'envahit, lui suggérant de persévérer aux côtés de Ryan. Peut-être est-ce le moment de redéfinir son chemin, de choisir la direction qu'elle voulait donner à sa vie ? Comme si toutes ses expériences passées l'avaient préparée à cette aventure extraordinaire. *Et si la quête du trésor des Templiers, à travers la recherche du couple Duran, était l'aventure la plus exaltante de toute sa vie ? Cela reste l'un des plus grands mystères de l'histoire de l'humanité depuis sept siècles déjà !* Soudain, elle sent comme rupture intérieure, comme si son désir d'aventure était en train de prendre le dessus sur tout ce qu'elle avait construisait depuis plusieurs années. Elle sait qu'elle a déjà outrepassé très largement ses prérogatives. Elle tente de se rassurer en pensant aux vies de Sarah et de Mark Duran qui sont en jeu, mais elle ressent de la culpabilité. Elle hésite. Elle regarde Ryan et réalise que sans elle, ses chances de réussites seraient probablement moins élevées et qu'il se trouverait probablement en danger lui aussi. Elle a déjà perdu plusieurs camarades d'opérations, elle ne s'était jamais pardonné leur disparation. Elle ne se pardonnerait pas davantage s'il arrivait quoique ce soit aux Duran et à Ryan.

Elle reprend ses esprits, puis se tourne vers Ryan, qui reprend :

— Nous savons que nous avons à faire à un groupe d'hommes qui sont à la recherche du trésor des Templiers, nous savons qu'ils sont très bien équipés, ce qui réclame certains moyens financiers, qu'ils agissent comme de vrais professionnels, et qu'ils n'hésitent pas à enfreindre toutes les règles en kidnappant la femme d'un professeur et désormais un professeur lui-même pour les accompagner de force dans leur quête. Les éléments laissés par eux sont trop faibles pour que l'on puisse deviner leur identité, mais cela ne nous empêche pas d'essayer de deviner qui peuvent-ils être par déduction en se posant la bonne question : qui pourrait avoir intérêt à faire cela ? J'aurai tendance à écarter la piste de mercenaires avides d'argent pour revendre cela au marché noir, et pour une raison simple : qui d'un particulier ou d'un État aurait le plus à gagner à posséder une relique sacrée comme le Saint Graal ou l'Arche d'alliance ? Un État bien sûr !

— Ça y est, je commence à voir où tu veux en venir. La religion est souvent utilisée comme un outil politique plutôt que comme un levier spirituel.

— Et donc ? la poussa Ryan.

— Donc, ce sont probablement des services secrets d'un État qui ont enlevé Sarah puis le Professeur Duran pour retrouver le trésor. Ce qui explique qu'ils avaient toujours plusieurs longueurs d'avance sur nous depuis le début et qu'ils aient pu voyager si facilement avec Sarah malgré l'avis de recherche. Cela n'est pas rassurant pour autant. Ils risquent non seulement de mettre la main sur un trésor millénaire, mais aussi effacer toutes les preuves de leur passage…

— Tu as parfaitement raison Edwi.

Mais par où commencer les recherches ? Ryan ressent une solitude inhabituelle, comme si le monde lui devenait hostile. Tous ses efforts ont abouti à un échec cuisant. Il repense à tous les évènements depuis sa nomination comme responsable de l'enquête jusqu'à présent : l'escapade en Espagne, la découverte d'une coupe semblable au Saint Graal, les traces des ravisseurs dans l'Église de Gisors, puis vers Shugborough Hall, et leur idée brillante de se jeter dans la gueule du loup en allant à Rosslyn. Avec Sarah qui laisse des signes pour marquer sa présence et ne devrait pas en savoir plus que ce qui a été écrit par le Professeur Duran dans son livre. Lui-même qui n'en sait pas plus, ou plutôt n'a jamais voulu en savoir plus, à cause de son mentor universitaire qui avait disparu… *Mais c'est bien sûr !*

— L'indice que Duran t'avait donné à propos de son mentor, tu l'as toujours ? demande-t-il excité.

— Le briquet ? Euh oui, je pense.

— Très bien regarde ce que c'est, je vais rassembler de mon côté tout ce que je peux et tenter de percer les liens qui ont pu m'échapper.

Edwina acquiesce du regard et ouvre sa poche pour prendre le briquet. Elle marque un temps d'arrêt en le regardant avec attention.

— Ryan, le briquet indique... un lieu.

— Un lieu ?

— Oui, l'indice évoqué par Duran... Il est inscrit « *Union Station, Washington D.C.* », ce qui signifie que le manuscrit interdit de son mentor se trouverait à.... Washington D.C. !

Excédé de ses propres actions, Oxlade se prend la tête à deux mains, et se remue dans tous les sens. Il parvient difficilement à dissimuler sa colère.

— J'avais donc un indice important à quelques kilomètres du New Jersey, et il a fallu que j'entraîne un témoin clé, et pas n'importe lequel, un VIP, en dehors de toutes les procédures autorisées, en Europe pour qu'il me le donne et se fasse kidnapper dans la foulée !! Comment ai-je pu faillir à ce point ? Je ne suis pas fait pour ce travail, ce n'est pas possible ! Ils vont non seulement me virer, mais me faire condamner ! Et je pourrais difficilement leur donner tort ! Washington D.C. ! Si seulement Duran m'avait informé plus tôt, nous aurions pu éviter tout ce périple et son enlèvement. C'est la mission la plus désastreuse de ma carrière, et par ma faute, tu es également impliquée ! Je suis tellement désolé, Edwi.

— Ne sois pas si dur avec toi-même Ryan, les choses ne paraissaient pas comme elles le sont maintenant. Cette enquête est loin d'être ordinaire et nous affrontons probablement des agents de services spéciaux très compétents. Il n'y a pas de temps pour les remords, il faut faire avec ce que l'on a. Comment souhaites-tu procéder ?

Ryan laisse passer quelques instants avant de reprendre avec un ton qui marque la fin de toute hésitation et le retour de sa lucidité :

— Si cela te convient, rends-toi à Washington pour récupérer l'indice laissé par le professeur. Pendant ce temps, je retournerai à mon bureau à New York pour collaborer avec mon équipe et approfondir notre enquête. C'est là que je pourrai être le plus efficace. Ça te va ?

— Oui. À ton bureau de Federal Plaza ?

— Absolument. Je vois que tu es bien renseignée.

— Cela fait partie de notre formation, mais je n'y suis jamais encore allée.

— Cela tombe bien, je risque d'avoir besoin de toi une fois sur place. Aussitôt que tu auras pu récupérer cet indice, tu m'y rejoindras. Et je te promets que dès que nous aurons retrouvé le Professeur, tu auras droit à une visite très privée du 26 Federal Plaza, nous irons ensuite prendre un verre au *Saint-Cloud Social Rooftop* sur Times Square, avant de dîner au *Betony* à Manhattan, tu vas adorer.

— Tu n'essaierais pas de profiter de la situation, cher Ryan ? dit-elle comme pour détendre l'atmosphère avant de se rendre que ce n'était pas vraiment le moment. Mais tu as raison, il faut toujours se fixer des récompenses, conclut-elle.

Arrivés à l'aéroport, Ryan et Edwina se séparent, chacun prend un vol différent. Direction J. F. Kennedy Airport à New York pour Ryan, Washington-Dulles Airport pour Edwina.

*

Union Station Washington D.C.
Dimanche 24 septembre 2028 - 10 h du matin

À la descente de l'avion, Edwina vérifie qu'elle a bien le briquet sur elle. Le tenant dans ses mains, elle le contemple et s'interroge. *Que renferme ce « Manuscrit interdit » pour avoir entraîné la mort d'un universitaire ?*

Elle se rend à la gare principale de Washington, comme indiqué sur le briquet « *Union Station, Washington D.C.* ». Un autre détail attire son attention — le numéro 137 gravé au bas du briquet. Elle peine à saisir sa signification. *Serait-ce en lien avec un espace de stockage, une consigne ou un coffre-fort ?* Elle se renseigne auprès d'un agent d'accueil qui lui indique que la gare possède bien une bagagerie. Là, on lui explique les diverses options de location d'espaces de rangement, allant d'une semaine à dix-huit mois et qu'il existe la possibilité d'entreposer de plus petits bagages pour une plus grande durée, payables à l'avance uniquement. *Ça doit être ça,* pense-t-elle, excitée.

— Les casiers sont-ils numérotés ? Existe-t-il un casier numéro 137 ? demande-t-elle, le cœur battant. L'employé de la bagagerie, un peu blasé, consulte ses registres.

— Il semblerait bien que oui, depuis plusieurs années visiblement. La personne avait payé pour trente ans. En même temps vu le prix, ça ne faisait pas tant que ça. Je peux vous y emmener, mais il vous faut le code pour l'ouvrir. Vous avez bien le code du casier ?

— Un code ? Quel code ? s'exclame-t-elle, prise au dépourvu.

Elle le voit ranger ses papiers, une opportunité qui semble filer entre ses doigts. Elle réalise qu'elle doit rapidement trouver ce code.

— Bien sûr, je dois avoir le code quelque part avec moi, balbutie-t-elle, essayant de gagner du temps. L'agent, clairement ennuyé, consent finalement à l'accompagner au sous-sol. Il lui indique où trouver les casiers et lui donne cinq minutes pour revenir avec le code, sinon elle devra partir. *Les clientes les plus jolies sont souvent les plus exigeantes !*

Il se résigne et l'invite à l'accompagner. Il lui entrouvre une porte, l'accompagne dans un couloir au sous-sol de la gare et lui indique une salle au fond :

— Les deux salles sur votre gauche et votre droite sont pour les gros bagages, vous trouverez les petits casiers, dont le vôtre, dans la salle du fond. Si vous n'avez pas le code, je reviendrais d'ici cinq minutes pour vous demander de partir.

Ouf, cinq minutes de gagnées.

Arrivée devant la rangée de casiers, elle trouve sans mal le numéro 137. *Ce n'est pas le moment de tarder, Edwina.* Elle examine le cadenas qui requiert un code à quatre chiffres. C'est alors qu'une idée lui traverse l'esprit : pourrait-il s'agir du numéro inscrit sur le briquet, agrémenté d'un chiffre supplémentaire ? Sans hésiter, elle essaie 1370. Un clic sonore lui indique qu'elle a réussi !

Le cœur palpitant, elle ouvre le casier pour y découvrir un sac fin et élégant contenant un objet assez volumineux. Impatiente, elle l'ouvre pour y trouver un manuscrit intact datant de 1999, intitulé « *L'histoire interdite de l'Occident* ». Elle le replace rapidement dans le sac et s'empresse de quitter les lieux. Elle emprunte à nouveau le couloir de la bagagerie et remonte au premier étage, avec l'impression d'avoir une bombe à l'intérieur de son sac. Elle salue non sans fierté l'agent d'accueil qui ne paraît pas mécontent de la voir partir. Elle commande et trouve un Uber avec chauffeur très rapidement, et se dirige direction l'hôtel JW Marriott, réputé pour son haut niveau de sécurité. Les grands hôtels sont trop bien sécurisés et trop bien équipés en caméra de surveillance pour qu'on puisse venir l'y chercher. C'est un des hôtels les plus proches de la Maison-Blanche, le niveau de sécurité devrait y être plus élevé qu'ailleurs. Et puis, et en réalité surtout, le chef de la sécurité Adam Stuart est un ancien collègue d'Edwina.

Le chauffeur, qui porte une coiffe comme ceux d'autrefois vient lui ouvrir la porte et lui pose toutes les questions pour veiller à son confort. Depuis que les Uber autonomes sont en circulation, les chauffeurs doivent justifier leur présence par un supplément de confort en ouvrant les portes, forcer des sourires et veiller à remplir tous les *desiderata* des clients. Certains surjouent la carte du chauffeur bien habillé en portant une coiffe à l'ancienne. Leur métier n'a plus vraiment de raison d'être, mais ils s'accrochent en se montrant toujours davantage aimables, car ils savent qu'un client qui commande une fois une voiture autonome ne revient jamais en arrière.

Sur le chemin, sur Louisiana Avenue puis Pennsylvania Avenue, elle regarde par la fenêtre en se demandant ce qu'elle pourrait bien trouver qui causa la mort du mentor de Duran. Elle se souvient avec précision la peur dans son regard lorsqu'il évoqua ce sujet puis une sorte de soulagement d'avoir transmis ce briquet. Elle pense à Ryan, aux dernières vingt-quatre heures écoulées qui l'ont amené ici sans qu'elle le veuille particulièrement, mais prise dans le tourbillon de l'enquête, elle devait bien cela à Ryan. Après tout, l'enlèvement a eu lieu en Écosse, peut-être aurait-elle pu l'empêcher d'une façon ou d'une autre. Impatiente, elle ne peut résister à l'envie d'explorer le manuscrit. Elle feuillette plusieurs dizaines de pages en diagonale. Elle s'attarde de longues minutes sur certains passages. Elle revient en arrière puis retourne à d'autres passages du manuscrit. Ces pages révèlent des secrets qui la laissent à la fois stupéfaite et incrédule. Elle compare rapidement les informations du manuscrit avec des recherches Internet sur son smartphone, l'intensité de ses découvertes ne faisant que s'accroître. Tout à coup, le chauffeur l'interrompt, annonçant qu'ils sont arrivés à destination.

— C'est bien ici, Madame ?

Edwina lève ses yeux bleus vers le chauffeur, puis vers la façade de l'hôtel Marriott de Pennsylvania Avenue. Après avoir remercié le chauffeur, elle se dirige vers la porte coulissante de l'hôtel, les jambes flageolantes. Les révélations du manuscrit résonnent dans son esprit, la laissant se demander avec effroi : *et si tout cela était vrai ?*

*

Siège du FBI, 26 Federal Plaza, New York.
Dimanche 24 septembre 10 h du matin.

Ryan, tout juste arrivé au Bureau, est convoqué en urgence dans le bureau de son chef, une instruction qui lui avait été relayée dès son atterrissage. Franchissant le hall imposant du bâtiment, il s'efforce d'atteindre le 17e étage le plus rapidement possible. Le temps passé dans le bureau de son supérieur ne l'aidera pas à résoudre l'enquête. Et s'il ne résout pas l'enquête très, très rapidement, il sait que Sarah et Mark Duran auront une faible espérance de vie, et sa carrière professionnelle aussi par la même occasion. Il sent que beaucoup de choses lui ont échappé et lui échappent encore et voit comme un défi intellectuel inédit la résolution de cette affaire et de tous les mystères qui l'entourent…

Malheureusement pour lui, il a d'autres choses auxquelles penser. Il est en effet bloqué au siège du FBI où il doit expliquer la façon peu orthodoxe d'avoir mené son enquête.

James Coldwell, son supérieur et directeur adjoint du FBI, est furieux. Ryan a outrepassé toutes les normes réglementaires en emmenant le mari d'une victime d'enlèvement à l'étranger, hors de la juridiction du FBI, dans le cadre d'une enquête non officielle. Leur témoin clé, un professeur renommé, a été kidnappé, exacerbant davantage la situation.

— Vous rendez-vous compte de la pagaille que vous venez de mettre agent Oxlade ? De quoi peut bien avoir l'air le Bureau désormais ? Qu'on soit incapable de résoudre l'enquête est une chose, mais qu'on emmène un témoin clé à l'étranger se faire enlever en est une autre, bien plus grave ! Vous savez que vous avez violé toutes les règles et tous nos protocoles en agissant comme vous l'avez fait, vous auriez dû requérir un accord écrit au Directeur du FBI, ou tout au moins à un Directeur adjoint. Il y a des cas où on peut fermer les yeux, mais pas là, car d'ordinaire on n'emmène pas un témoin se faire enlever !

— Je sais bien, chef… Ce qui s'est passé est plus grave que je ne l'avais envisagé, nous n'avons pas affaire à des voleurs ou à des criminels classiques. Ce sont sûrement des agents de services spéciaux étrangers.

— Et bien, c'est pour parer à ce type de cas de figure que l'on a établi des procédures, figurez-vous ! Comme cela, si les choses tournent mal ou sont plus compliquées que prévu, on ne repart pas de zéro et on n'a pas empiré la situation, le sermonne-t-il.

— Si vous me laissez trente-six heures, je pense que je peux découvrir qui sont-ils et retrouver le professeur Duran et sa femme.

— Vous laisser trente-six heures ?! Mais enfin, vous n'y songez pas ! Vous n'avez plus le droit d'enquêter ! Vous êtes suspendu jusqu'à votre passage en commission de discipline et je vais devoir confier l'enquête à quelqu'un d'autre d'ici la fin de la demi-heure. Je vous conseille vivement de vous trouver de bons avocats, car vous risquez une lourde peine de prison. Et j'espère bien pour vous qu'il n'arrivera rien au Professeur Duran ni à sa femme, sinon cela rendrait votre cas indéfendable ! Bon sang, mais comment avez-vous pu faire une série d'erreurs pareilles, Ryan ! Vos récents succès ont dû vous monter à la tête, vous n'avez respecté ni le règlement ni la réalité de ce qu'il était possible de faire pour le bien de l'enquête.

— Sir Coldwell, je comprends votre colère, et elle est entièrement justifiée.

— Merci Ryan ! Mais si vous l'ouvrez pour autre chose que des excuses, j'ose espérer que c'est pour trouver une solution et me dire ce que vous savez pour que l'on puisse reprendre cette affaire dans les meilleures conditions, et sauver la face du Bureau par rapport à ce qui risque de nous attendre.

— J'allais y venir. Mettez l'agent Albrighton dessus, il a coordonné avec son équipe toutes les recherches depuis le siège lorsque j'étais à l'étranger, il sait mieux que quiconque où nous en sommes. Et le temps joue contre nous, je pense qu'ils liquideront Sarah et Mark Duran lorsqu'ils auront obtenu les réponses qu'ils voudront, il nous reste très peu de temps.

— Êtes-vous sûr de votre coup pour Albrighton ?

— Affirmatif à 100 %. Le temps qu'un autre enquêteur s'empare du dossier et atteigne le même niveau d'informations qu'Albrighton dessus, il sera sans doute déjà trop tard.

— Bien, faisons comme ça. Vous irez voir Albrighton en sortant de mon bureau pour lui donner toutes vos dernières informations sur l'enquête pour qu'il puisse avancer au mieux. Vous remettrez ensuite votre badge et votre carte du Bureau à l'accueil, je m'occuperai de la partie administrative de votre suspension. Mais dans le même temps, vous allez devoir vous faire oublier.

— Parfait, il disposera de toutes les dernières informations qu'il ne possède pas déjà. Cependant, j'ai peut-être une solution à notre problème général, même si elle ne va pas vous plaire au premier abord, je vous demande de la considérer.

— Dites toujours !

— Vous et moi avons la même volonté, et le même intérêt : retrouver au plus vite Sarah et Mark Duran. Certes, pour des raisons d'efficacité, je me suis affranchi de quelques règles, et certes, le Professeur Duran s'est fait enlever à son tour sans que l'on puisse intervenir. Mais…

— « On puisse intervenir » ?! Qui est-ce « on », Ryan ? Parce qu'en plus vous n'étiez pas seul dans votre périple ?!

— Non, l'agent Edwina Lindberg, des services britanniques, nous a accompagnés sur place, Monsieur. J'avais servi avec elle à Bagdad en 2022, et j'ai une pleine et entière confiance en elle.

— J'espère pour elle que ce n'est pas mutuel…

— Vous avez raison de faire du sarcasme, mais cela ne nous permettra pas de retrouver la trace des Duran. Je vous disais que nous n'avions pas pu empêcher l'enlèvement du professeur Duran, car nous avions face à nous de grands professionnels, très probablement des membres de services spéciaux étrangers. Je viens de passer les trente-six dernières heures avec lui, je connais suffisamment bien le dossier pour être utile. Je vous rappelle que depuis que je suis arrivé au Bureau, j'ai un taux d'élucidation de 100 % sur les sept affaires sensibles que vous m'aviez confiées.

— Je sais bien, c'est cela qui me chagrine le plus Ryan, croyez-le bien.

— Je vous propose que vous me suspendiez pour investigation interne, prenant effet demain, et non pas pour manquement. Je poursuivrai en parallèle ma recherche du Professeur et avertirai

Albrighton aussitôt que je les aurai découverts. Si cela fonctionne, vous n'aurez qu'à signer rétroactivement mon autorisation d'enquête à l'étranger. Je sais que c'est border, mais ce n'est pas la première fois que le Bureau procèderait ainsi. Et de vous à moi, si je n'ai pas demandé l'autorisation, c'est que je savais qu'il m'aurait fallu une semaine pour l'obtenir, or nous n'avons pas une semaine sur ce dossier, et l'activisme de ceux que l'on recherche l'a bien démontré. De plus, je n'ai rien dissimulé au Bureau de mes faits et gestes.

— Et si cela échoue ?

— Je prendrai la pleine et entière responsabilité de cet échec, et je répondrai à la convocation du Bureau et des juges éventuels. Vous ne risquez rien, je vous demande juste d'envisager ce scénario si je parviens à retrouver la trace des Duran et qu'Albrighton est conciliant si tel est le cas.

James Coldwell est un homme d'expérience avec de l'ancienneté au Bureau. Il est de la vieille école et n'apprécie guère que l'on touche aux protocoles dont il est le garant. Il a beaucoup de responsabilités vis-à-vis de sa hiérarchie et la gestion de l'enquête va retomber sur ses épaules. Il ne peut pas se permettre d'accepter la proposition de Ryan. Cependant, il est tiraillé. C'est lui qui avait recruté Ryan Oxlade il y a quelques années et il n'avait jamais été déçu de ses services. Il s'était battu à l'époque contre sa hiérarchie, car il croyait en son potentiel et percevait l'utilité d'avoir une personne aux qualités atypiques comme lui dans ses effectifs. S'il le lâche maintenant, ce sera au fond un aveu d'échec pour lui. Sa hiérarchie lui fera remarquer qu'elle avait eu raison de douter de son recrutement depuis le début, et par extension de son propre discernement. Dans les deux cas, il risque de se retrouver perdant. Malgré ses hautes responsabilités, il reste un humain dirigé par ses propres émotions, et craint notamment la pire de toutes : avoir eu tort. Bien malgré lui, il sent qu'il doit laisser à son protégé une dernière chance.

— Accordé, soupire-t-il. Mais vous avez sacrément intérêt à justifier la réputation de petit génie que vous êtes parvenus à vous forger jusqu'à présent.

— Merci, je file voir Albrighton. J'ai par ailleurs la certitude de pouvoir trouver la solution, je ne vous décevrai pas.

— Oui, filez et ne commettez plus aucune imprudence ! Autrement, vous vous retrouverez avec toutes les instances du Bureau sur le dos, et je ne pourrai pas vous protéger. Vous savez comme moi que le FBI ne tolère aucune violation de ses directives.

Coldwell a raison. Le Bureau est une vieille institution cofondée en 1908 par Edgar J. Hoover, qui en a longtemps été le directeur emblématique, le Président Théodore Roosevelt et le procureur Charles Joseph Bonaparte, le petit-neveu de Napoléon Ier. Il a toujours mis l'accent sur le respect des règles. Cela évite des conflits avec d'autres agences et ne voit pas l'étendue de ses pouvoirs rognés par le Congrès. Le lobbying pour réduire ses prérogatives n'a jamais diminué avec le temps. Il faut faire très attention à tout ce qui peut paraître hors cadre.

Cependant, et là où Ryan a su toucher la corde sensible, c'est que le FBI déteste encore plus rater une enquête et avoir la réputation de ne pas savoir mener à bien sa mission. Le Directeur-adjoint, James Coldwell sait pertinemment que si le Professeur et son épouse sont retrouvés sains et saufs, personne ne viendra s'intéresser à la petite escapade d'Oxlade en Europe. Toutefois, même si Oxlade a gagné un peu de temps, il va falloir se mettre au travail, car la certitude qu'il a avancée de pouvoir trouver la solution, à vrai dire, il ne l'a pas. Il n'est pas plus avancé qu'auparavant. Ryan se dépêche de sortir de peur que Coldwell ne change d'avis et se dirige vers le bureau d'Albrighton.

Frank Albrighton est ce qu'on pourrait imaginer de mieux comme subordonné pour un enquêteur. Intelligent, vif, toujours enthousiaste, il est de nature à galvaniser son supérieur en lui trouvant des solutions. Il lui manque une vue d'ensemble des évènements, ce qui l'empêche souvent de parvenir à la phase ultime de résolution de l'enquête, là où Ryan excelle. Il est trop procédurier pour jouer avec les concepts, les hypothèses, les profils psychologiques des différentes personnalités du tableau, les faits et les contextes.

— Bonjour, Ryan, je suis contente de te revoir ! Je commençais à m'inquiéter. Tu as bien reçu mon message ? Il faut que tu ailles voir Coldwell le plus tôt possible !

— Merci Frank. Oui. Je sors de son bureau à l'instant. J'ai une bonne et une mauvaise nouvelle à te communiquer. La mauvaise, c'est que je dois opérer en marge de l'enquête. Comme le Professeur Duran s'est fait enlever, Coldwell préfère ne pas prendre de risque. Je vais donc suivre en off mes différentes pistes.

— Et la bonne ?

— La bonne, c'est que tu récupères l'enquête. Je vais donc te raconter plus en détail les moments clés de notre périple en Europe. Tu vas poursuivre l'enquête avec les moyens du Bureau, et nous nous tiendrons informés aussitôt une information importante récupérée.

— D'accord. Tu sais que tu peux me faire confiance.

Ryan commence alors à informer Albrighton de tous les détails de l'affaire depuis son départ pour l'Espagne jusqu'à l'enlèvement de Duran dans la chapelle de Rosslyn, omettant volontairement de mentionner le briquet et les progrès potentiels réalisés par Edwina.

— Voilà, je te laisse avancer comme tu peux, tu as toutes les clés en main. Je vais pour ma part essayer d'y voir plus clair et tenter de voir si je n'ai laissé filer aucune piste intéressante au passage.

— Comme tu sens Ryan, tu restes le boss pour moi.

Vraiment galvanisant cet Albrighton, se dit-il.

— Merci. Je te laisse travailler, bon courage, et n'hésite pas à mettre tous les moyens matériels dans cette enquête, il ne faut rien négliger, ce ne sont pas des amateurs en face et nous devons absolument retrouver les Duran vivants !

— Bien entendu Ryan, je m'y mets tout de suite avec toute l'équipe. Bon courage à toi !

Ryan quitte Albrighton après une courte, mais franche accolade.

*

Hôtel JW Marriott, Washington DC.
Dimanche 24 septembre, 11 h du matin.

Edwina descend de la berline, tenant fermement le sac qui contient le manuscrit. Elle reste sonnée par ce qu'elle vient de lire. Sa silhouette d'ancien mannequin conjuguée à une démarche incertaine la ferait presque passer pour une jeune fille rentrant d'une fête un peu trop arrosée. Elle reprend de son assurance en parvenant à la réception dans le hall aussi luxueux que spacieux de l'hôtel. Elle demande à la charmante jeune fille face à elle de parler à Adam Stuart.

— Pas de problème, nous allons l'appeler, qui devons-nous annoncer ?

— Dites-lui que Claire, son amie de lycée est ici et souhaiterait le saluer s'il vous plaît.

— Bien, pas de problème, Madame Claire.

Quelques instants après, Adam Stuart arrive. Il est grand, une tête sympathique et un très beau costume bleu foncé qui couvre des muscles épais. Le regard intelligent, et un sourire aux lèvres, il salue chaleureusement Edwina :

— Hey, quelle surprise de te voir ? Ravi de voir que tu n'oublies pas les amis quand tu viens à Washington. Tu es arrivée il y a longtemps ?

— Bonjour Adam, fidèle à toi-même je vois, répond Edwina avec un sourire complice. Je suis en ville pour le travail, je viens d'arriver ce matin.

Elle le prend légèrement par le bras pour s'éloigner de la réception et s'enfoncer un peu vers le couloir. Un peu à l'écart des touristes et des réceptionnistes, elle lui glisse plus doucement :

— Je suis sur une enquête très délicate, j'aurais besoin de rester quelques heures en sécurité et un peu isolée si c'est possible. Peut-être au restaurant ?

— Je comprends, reprend Adam d'un ton très sérieux. Suis-moi.

Il la conduit vers un petit ascenseur dissimulé derrière les bureaux de la réception. L'accès semble restreint par l'utilisation d'une clé spéciale. Il ouvre avec sa clé et invite Edwina à entrer, la suivant immédiatement.

— Je vais t'emmener à un entre-deux étages qui n'est accessible que par moi et mon staff de sécurité, même le personnel de nettoyage doit être accompagné pour y accéder. Nous réservons cet étage pour les personnalités VIP ou les chefs de gouvernement. Nous avons plusieurs chambres de libres, je vais t'installer dans l'une d'entre elles. Tu y seras en sécurité et au calme. Tiens voici ma carte, tu m'envoies juste « out » par messagerie sécurisée et je viendrai te chercher aussitôt.

— Merci infiniment, Adam. J'aimerais pouvoir t'en dire plus, mais plusieurs personnes sont en danger et nous avons affaire à des personnes qui sont très professionnelles et suréquipées.

— Ne t'en fais pas, je sais ce que c'est. Tu n'hésites pas si je peux t'aider d'une manière ou d'une autre. Suis-moi, la chambre est par ici.

Edwina se retrouve seule au milieu d'une chambre offrant une vue spectaculaire sur Washington DC. *Pas si mauvais ces Américains pour construire une ville*, pense-t-elle de manière chauvine. Elle pose son sac sur le canapé avant de s'installer à un bureau en bois élégant pour continuer sa lecture du manuscrit. Prendre des mesures de sécurité supplémentaires, elle bloque la porte de la chambre avec une chaise. *On n'est jamais trop prudent.* Elle extrait le livre de son sac et, confortablement installée à la table, reprend sa lecture avec sérieux.

Après un gros quart d'heure d'une lecture troublée, elle ne parvient pas à contenir sa nervosité. Elle se lève et laisse échapper :

— Oh mon Dieu ! C'est tout simplement irréel, c'est insensé...

Il faut que je parle à Ryan au plus vite, songe-t-elle. Elle sort son smartphone et lui envoie :

Je viens d'avancer significativement,
rappelle-moi au plus vite,
Edwi.

Puis repose le livre comme pour réfuter la réalité troublante que dévoilent les pages.

Edwina sent la vibration de son téléphone à travers son perfecto noir. Elle a un message de la part de Ryan :

Je suis coincé au bureau pour un débrief...
Je t'appelle dans une heure.

Edwina ne tarde pas à lui envoyer sa réponse :

Très bien, fait au plus vite, je crois savoir
ce qu'avait découvert le mentor de Duran.
Je continue d'avancer de mon côté, fais-moi confiance
Ton amie Edwina

« Ton amie Edwina ». *Qu'est-ce qu'elle a bien pu découvrir pour parler ainsi et demander implicitement qu'on lui fasse confiance,* s'interroge Oxlade, perplexe, en lisant ce message. Edwina continue de naviguer entre la lecture du livre, des recherches sur Google et des annotations sur un carnet fin et élégant. Elle est saisie par une excitation quasi juvénile alors qu'elle déchiffre le manuscrit, oscillant entre l'émerveillement et la confusion.

Deux heures plus tard, son exploration est interrompue par la sonnerie de son téléphone.

— Allo.

— Edwi, c'est Ryan, tu as pu avancer ?

— Oui, mais je n'ai pas fini, je continue mes recherches, il me faut encore deux ou trois heures pour y voir plus clair. *Le Manuscrit interdit* du Professeur Alexander est incroyable. Cela est bien plus grave et bien plus important que nous ne pouvions le penser.

Plus grave et plus important que nous le pensions ? Qu'est-ce qui pourrait être plus grave qu'ils ne le pensaient ? songe Ryan, se sentant de moins en moins maître de la situation.

— Très bien, continue tes recherches, je pars bientôt, je peux te rejoindre d'ici une petite heure, le temps de me dégoter un drone.

Tu m'envoies l'adresse de ton hôtel par message ? S'assure Ryan avant qu'ils ne raccrochent.

Edwina se replonge dans ses recherches. Elle inscrit sur son carnet des symboles, des noms et des noms de lieux.

*

Ryan réserve son drone autonome aussitôt après avoir raccroché avec Edwina au téléphone. Il trouve facilement une liaison pour l'emmener de New York à Washington. Il lui reste trente minutes avant de devoir partir de son bureau. Il en profite pour descendre au sous-sol, à la salle de sport où il pourra prendre une douche. Ne sait-on jamais, un peu d'eau froide lui remettra peut-être les idées en place. De toute façon, il n'a pas eu un moment de répit depuis son voyage en Espagne.

Dans le drone, il en profite pour solliciter par téléphone plusieurs services du Bureau pour savoir s'ils ont pu obtenir des informations ou des détails supplémentaires sur le passé récent de Sarah ou de Mark Duran, mais leur vie semblait chacune réglée comme une horloge banale depuis plusieurs années, strictement rien de suspect. Toujours aucune trace de lui dans aucun aéroport au monde et son signalement en Écosse auprès des autorités locales et d'Interpol n'a rien donné. En parallèle, il essaie de reconstruire deux histoires distinctes : les péripéties du Professeur jusqu'à son kidnapping, et toutes les informations qu'il avait recueillies concernant le trésor des Templiers. *Il y a forcément un détail ou une connexion que j'ai laissé passer !*

*

Washington D.C.
Dimanche 24 septembre 2028, 16 h

Arrivé à Washington, Ryan Oxlade s'extrait de son engin avant-gardiste à toute vitesse avec un élégant sac italien en cuir. Il traverse au téléphone le Washington Executive Airpark de Hyde Field, un aéroport au sud-est de la capitale américaine qui est pour l'instant le seul à accepter des liaisons inter-États dans la capitale américaine. Il rencontre un agent de location de voitures de luxe qui l'attend sur le parking de l'aéroport privé.

— Bonjour, Monsieur Oxlade, j'espère que vous avez fait bon voyage. Vous devez être un client important, on ne m'a jamais demandé de me rendre aussi rapidement sur un lieu de rendez-vous pour un client.

— Je vous prie de m'excuser pour la hâte, répond Ryan en souriant, mais mon emploi du temps professionnel est assez chargé. J'ai précédemment rendu quelques services à votre patron, qui espère sans doute que je continue à le faire dans le futur, répond-il en souriant.

— Voici donc votre véhicule, le nouveau Roadster, il n'a que 10 000 miles au compteur et ses batteries sont chargées à plein, vous pourriez parcourir 600 km avec, à condition de ne pas conduire trop vite, bien entendu.

La Roadster est le must des voitures sportives électriques et possède son propre caractère. C'est un petit plaisir que Ryan s'est permis dans cette véritable course contre la montre.

Ryan prend le papier et fait une signature biométrique avec son pouce sur le téléphone du chargé de clientèle du loueur, avant de prendre le volant et de remonter à toute allure vers le centre de Washington D.C.

Une vingtaine de minutes plus tard, Ryan gare son petit bolide Roadster dans le parking du JW Marriott Hotel, où Edwina lui a donné rendez-vous. *Elle a décidément des goûts de luxe, trop pour moi !* Il se présente comme convenu au chef de la sécurité, en présentant son badge et sa carte d'identité. Adam l'enjoint de le suivre et lui fait emprunter l'ascenseur privé qui l'amène à l'entre-deux étages où se trouve Edwina. Il l'accueille avec une sorte de méfiance bienveillante. *Dans ces métiers-là, moins on en sait, mieux c'est.* Cependant, Adam ne parvient pas à cacher totalement sa curiosité : Ryan serait-il un petit ami d'Edwina, un collègue ou même un type qu'elle a connu dans l'armée ? Au même moment, Ryan se pose exactement les mêmes questions, et c'est lui qui décide de briser la glace :

— Vous avez connu Edwina à l'étranger ? lance-t-il à Adam.

— Et vous, vous travaillez pour le Gouvernement ?

— Quelque chose comme ça, oui.

— D'accord, sourit-il. J'ai effectivement connu l'agent Lindberg sur le terrain dans une autre vie à l'étranger, lui confie Adam sans vouloir donner davantage de précisions. Nous voilà arrivés, suivez-moi. Après lui avoir expliqué comment faire pour sortir et les dispositifs de sécurité en vigueur dans l'hôtel, il toque à la porte d'Edwina qui leur ouvre et remercie chaleureusement Adam. Elle prie Ryan de rentrer au plus vite pour le débriefer. Edwina est ravie de le retrouver. Elle dissimule difficilement son empressement à lui partager ses découvertes. Elle ne sait par où commencer, son cerveau est en pleine ébullition. Chaque pensée lui procure une profusion d'idées et de pistes nouvelles. Voulant garder les choses claires, elle décide de lui présenter ses découvertes par ordre chronologique. Edwina installe une deuxième chaise à côté du bureau où le manuscrit est posé et invite Ryan à s'asseoir à côté d'elle.

— Ryan, commence-t-elle, le briquet du professeur Duran était la clé pour accéder au fameux manuscrit interdit. Il était entreposé dans un coffre numéroté à la gare de Washington. Je l'ai lu en entier. J'ai eu beaucoup de mal à croire ce que j'ai lu. Le livre romance l'histoire des derniers Templiers avant leur exécution par le roi Philippe le Bel, et le prolongement de leur empire jusqu'à aujourd'hui.

— Leur prolongement jusqu'à aujourd'hui ? Pardon ! rétorque spontanément Ryan, choqué par ce qu'il vient d'entendre. Mais Edwina, les Templiers ont disparu en 1314 avec la mort de leur dernier chef, Jacques de Molay. Cela fait maintenant plus de sept cents ans !

Ryan ne revient pas de ce qu'il vient d'entendre. *« L'histoire des Templiers jusqu'à aujourd'hui » ? Comment serait-ce possible ? Mais de quoi peut-il bien s'agir ?*

Edwina poursuit :

— Je t'assure, leur histoire est incroyable. Le livre décrit la continuation secrète de l'empire des Templiers jusqu'à nos jours, mentionnant divers lieux en exemple. Au départ, j'ai cru que ces endroits étaient fictifs, mais non, ils existent bel et bien. Il reste cependant quelques mystères que nous allons devoir résoudre si nous souhaitons avoir une chance de parvenir au lieu du trésor avant les ravisseurs et sauver Sarah et Robert Duran. Mais Ryan, tu dois comprendre que si ces informations se révèlent exactes et sont révélées au grand jour, cela bouleverserait notre perception de l'histoire et de l'avenir du monde, indéfiniment. Plus personne ne regarderait le passé et le futur de la même manière.

Ryan semble sceptique, restant silencieux un moment avant de répondre.

— Tu es sûre de ce que tu dis ? Es-tu certaine que ce que tu as lu n'était pas les délires d'un vieil universitaire dépressif ?

— Les quelques recherches que j'ai menées me poussent à croire que tout ce qui est écrit est vrai.

— Des recherches ? Sur quoi exactement ? questionne Ryan.

*

Arrivé de Duran à Washington D.C.
Dimanche 24 septembre, 15 h

L'avion du Pr Duran atterrit enfin à Washington D.C. et se dirige vers un des terminaux secondaires de l'aéroport. Les ravisseurs ont emprunté une liaison privée par une compagnie du Golf après une escale où ils ont pu passer les contrôles sereinement.

Le professeur Duran est escorté en toute discrétion à la sortie de l'aéroport par Perkins et ses hommes qui lui tiennent compagnie depuis la Chapelle de Rosslyn. Interrogé lors de son enlèvement à Édimbourg pour savoir où était le trésor, il a conclu un marché avec ses ravisseurs : il leur indiquera ce qu'il croit savoir de manière formelle sur la localisation du trésor, lorsqu'il aura revu Sarah.

— Ne vous inquiétez pas, votre Sarah nous attend au parking, si vous vous comportez bien, tout se passera bien, l'assure un des ravisseurs avec confiance.

— Je souhaite coopérer, leur affirme Duran, qui ne pense qu'à Sarah non-stop depuis son enlèvement en Écosse.

En réalité, Duran doute fortement que ses ravisseurs les laissent, lui et Sarah, indemnes. L'aéroport emprunté a un service des douanes plutôt expéditif et le voilà aussitôt arrivé sur le parking de l'aéroport. Il est invité à monter dans une minivan Mercedes noire tout dernier cri aux vitres teintées. Aussitôt monté dedans, il se retrouve face à face avec Sarah, qu'il ne peut s'empêcher de serrer dans ses bras malgré la volonté de leurs gardes de les rasseoir. Une fois assis à bord du minivan, le chef des ravisseurs sort un appareil et attache des fils autour du bras de Duran avant de s'installer en face de lui. Un détecteur de mensonges réalise Duran.

— Qui êtes-vous réellement ? Et pourquoi êtes-vous si déterminés à trouver ce trésor ? essaie Duran.

— Disons Monsieur le Professeur, que certains dans votre métier et dans le mien sont souvent amenés à collaborer pour des bénéfices mutuels, lui répond Perkins, très serein. Vous pouvez nous considérer comme les méchants, mais certains de vos collègues nous considèreront comme des aventuriers, voire des héros, dont ils auront à étudier plus tard les découvertes et les exploits. Si nous étions venus vous proposer de l'argent, vous l'auriez repoussé comme une proposition vulgaire. Nous sommes venus à votre domicile en pensant vous y trouver pour vous faire travailler avec nous sous la menace en utilisant Sarah comme moyen de pression, hélas, elle était seule et cela ne s'est pas passé comme prévu. Nous avons découvert sur le moment qu'elle nous mentait et devait donc en savoir plus que nous ne le pensions, c'est pour cela que nous l'avons alors prise avec nous et avons enclenché notre phase plus active de recherches. Lorsque nous avons compris que vous nous suiviez, nous nous sommes dit que nous allions suivre la piste logique pour vous récupérer à Rosslyn, et à notre grand étonnement, vous êtes tombés en plein dans le piège !

Maintenant c'est à votre tour de vous exprimer. À présent, deux choix s'offrent à vous : soit vous nous donnez une adresse, soit vous sacrifiez la vie de votre femme. Ne vous inquiétez pas pour le trésor, nous sommes actuellement les seuls capables d'assurer sa protection. Vous ne devriez pas nous voir comme des ennemis.

Duran se sent de plus en plus acculé, il réalise que ces hommes sont en effet tout sauf des amateurs et risquent de parvenir à leurs fins. Il doute cependant que leur professionnalisme leur permette d'atteindre le trésor pour autant. Duran est frappé de l'assurance du ton employé.

— Professeur, nous avons tenu notre engagement, reprend Perkins, d'un ton ferme. Maintenant à vous de tenir le vôtre. Je vais allumer le logiciel *Safety Truth*, de détection des mensonges par votre pupille, vos clignements d'yeux, votre changement de voix, de respiration et de mouvement de votre gorge, et vous, vous allez nous dire la vérité. Je le rappelle, Professeur, nous n'avons aucune raison personnelle de vous en vouloir et nous sommes désolés de vous avoir mêlés, Sarah et vous, à cette histoire. Nous ne faisons qu'exécuter des ordres qui nous dépassent, pour une cause et dans un but qui nous dépasse tous. Si tout se passe bien, vous serez libres à la tombée du jour.

Duran vacille un peu sur ces certitudes. Le ton calme et professionnel de cet homme l'étonne. Il s'exprime un peu comme Oxlade, avec un côté petit génie en moins, remplacé par un aspect plus militaire en mission. Ces hommes doivent vraiment être des services spéciaux, mais il est impossible de savoir de quel pays tant leur anglais semble impeccable. Duran serait presque tenté de leur faire confiance, et à leur leader en particulier. Un homme qui paraît à peine âgé de quarante ans, un regard vif, une calvitie légèrement entamée et des muscles saillants. Seulement, s'ils ont fait irruption chez lui, kidnappé Sarah et lui désormais, il ferait bien mieux d'être totalement sur ses gardes. Mais que peut-il donc désormais espérer si ce n'est prier le ciel qu'Oxlade vienne les secourir si cela tournait mal ? Avec un peu de chance, Edwina et lui sont allés chercher le *Manuscrit interdit* qu'il avait refusé de prendre après la disparition du Professeur Alexander et seront bientôt en mesure de découvrir le lieu où le trésor est caché. Peut-être pourraient-ils les intercepter si le manuscrit mène les ravisseurs près de là où il pense que le trésor se trouve. *Certes les probabilités ne sont pas très hautes, mais je n'ai pas d'autres solutions !* Il ne peut s'empêcher de se demander, avec une curiosité inédite, ce qu'ils ont bien pu découvrir dans le manuscrit ! *Et si ?*

Mais, ce n'est pas le temps des rêveries, il doit se ressaisir. Il est couvert de nombreux fils et s'apprête à être passé au détecteur de mensonges. Il est sur le point de leur dévoiler les derniers secrets qu'il détient à propos du trésor, après cela, il sait qu'il ne sera plus d'aucune utilité à ses ravisseurs qui risquent fort de le liquider avec Sarah pour qu'ils ne parlent pas. Il a beau faire un tour d'horizon très complet, il manque d'alternatives, il est coincé.

— Je répondrai à toutes vos questions, tant que vous garantissez que vous nous libérerez avec Sarah.

— Vous avez ma parole, Professeur, réplique Perkins

Même s'il ne croit pas vraiment aux paroles de Perkins, Duran note que sa voix ne trahit aucun doute. *Si Perkins ment, il est incroyablement doué dans cet exercice.*

— Le dispositif est activé. La moindre hésitation de votre part nous sera signalée. Dites-nous tout maintenant. Pourquoi nous sommes-nous rassemblés ici à Washington ? Qu'est-ce qui vous fait penser que le trésor est caché ici ?

Duran marque une pause, inspirant profondément pour maintenir son calme pendant sa réponse :

— Tout remonte à l'époque où je terminais mon doctorat. Je travaillais en étroite collaboration avec le Professeur Robert Alexander, un éminent spécialiste des Templiers et des sociétés secrètes. Il m'avait pris sous son aile pour l'assister dans ses conférences et ses publications. Un jour, je lui demandais s'il pensait possible que le trésor puisse avoir été entreposé à Oak Island, comme les mystères autour de l'île le suggéraient. Il me répondit que c'était en effet une piste sérieuse, mais que cela avait dû évoluer. Je savais qu'il rédigeait un livre, mais il ne voulut pas m'en dire plus. *Moins tu en sais, mieux c'est*, m'avait-il conseillé. Comme j'avais compris que son livre parlait des Templiers et des francs-maçons, qu'il concernait le trésor et qu'il ne m'avait pas contredit sur la préservation du trésor aux États-Unis, j'avais émis l'hypothèse que le trésor pourrait être caché dans le grand temple maçonnique de Washington. Il avait semblé très étonné par ma déduction. Quand il m'avait demandé comment j'en étais venu à cette conclusion, je lui avais expliqué que j'avais simplement connecté les points entre ses différents domaines d'expertise. Il m'avait souri, avouant que j'étais très proche de sa propre théorie, et que j'étais le premier à établir un lien aussi proche avec ses conclusions.

Sarah Duran regarde son mari avec un grand étonnement. *Comment se fait-il qu'elle ait partagé sa vie avec cet homme pendant tant d'années sans connaître ce lourd secret ?* Ils ont partagé tant de choses ensemble, mais cela, jamais ! Malheureusement, ni le lieu ni le moment ne sont propices à une scène de ménage. Elle écoute donc attentivement son mari continuer son récit.

— C'est à ce moment-là qu'il me confia que son livre pourrait raviver la quête du trésor des Templiers et du Saint Graal, et d'entraîner des répercussions mondiales incontrôlées. Je l'écoutais avec distance, je ne pensais pas que l'un de mes professeurs pouvait réussir là où des milliers de personnes avaient échoué depuis des millénaires. Il me confia qu'il faudrait que je lise son manuscrit, et ajouta subir de nombreuses pressions. Il redoutait que son livre ne puisse finalement pas être publié, ou qu'il lui arrive quelque chose. À ce moment-là, je l'avais trouvé un peu paranoïaque et ne l'avais pas pris très au sérieux.

— Jusqu'ici vous semblez dire la vérité, Professeur Duran, continuez ainsi, c'est très bien !

— J'ai ensuite appris la disparition du Professeur Alexander, et son livre n'est jamais paru. Depuis je n'ai jamais tenté de retrouver une quelconque trace de son manuscrit, de peur qu'il m'arrive la même chose qu'à lui.

— Vous ne savez donc pas ce qu'il y a dans ce livre ?

— Non, je n'en ai aucune idée.

— Et connaissez-vous une personne qui l'ait lu ?

Duran sent monter la pression en lui, s'il dissimule qu'il a donné l'indice permettant de retrouver le manuscrit et qu'il se fait prendre, il risque de passer un sale quart d'heure, et Sarah également. Mais en même temps, la question ne mentionne pas la possibilité que quelqu'un d'autre ait pu le lire par la suite, et de bonne foi il peut dire qu'il ne connaît pas quelqu'un qui l'ait lu. Il tente ainsi :

— Non, je ne connais personne qui ait lu le livre, et ignore tout de son contenu.

Son interlocuteur vérifie avec attention l'écran de son appareil. Tout semble normal. *C'est passé,* se dit Duran ! Puis une nouvelle question :

— Quel est donc selon vous, l'endroit le plus probable où peut être caché le trésor des Templiers ?

Le Professeur marque un moment de silence. Le professeur hésite, tiraillé entre l'envie de protéger Sarah et la crainte des répercussions que pourrait avoir la révélation de l'emplacement du trésor. Le Professeur Alexander l'avait quand même averti que la découverte du trésor des Templiers risquerait de changer la face du monde à tout jamais. Même s'il sait toute la valeur marchande et symbolique de ce trésor, il ne parvient pas à comprendre comment ces reliques sacrées pourraient transformer le monde… Il doit prendre une décision. Finalement, son amour pour Sarah et son instinct de survie l'emportent.

— Au House of Temple à Washington D.C., avoue-t-il, le soulagement perceptible dans sa voix. Le Professeur Alexander m'avait parlé d'une légende concernant une porte ancienne et secrète. C'est tout ce que je sais.

— Et savez-vous où pourrait-on trouver une trace du manuscrit ?

La tension redouble, cette fois Duran se sent piégé, il ne peut pas jouer avec la vérité comme lors de la précédente question. Il doit lâcher ce qu'il sait, après tout, il ne sait pas où cela a bien pu mener Edwina et Ryan, son aveu ne devrait donc pas les exposer.

— Je ne sais pas. Comme seul indice pouvant éventuellement y mener, le Professeur Alexander m'avait donné un briquet, sur lequel il devait y avoir des indices. Mais je n'ai jamais regardé dessus, car j'avais peur de ce qu'il lui était arrivé.

— Et où est ce briquet ?

— Je l'avais toujours conservé sur moi pour qu'il ne tombe pas entre de mauvaises mains. Jusqu'à hier.

— Comment ça, jusqu'à hier ? Qu'est-il devenu depuis ?

— Je l'ai remis à l'inspecteur du FBI qui m'accompagnait.

L'application ne semble pas satisfaite de la réponse de Duran. L'on entend des bips qui se dégagent de l'application. Son ravisseur lui lance un regard menaçant.

— Professeur, je vous rappelle que ce logiciel a une fiabilité de 100 %...

Il est désormais totalement coincé. Il sait qu'il n'a d'autres choix que d'avouer. Après tout, Oxlade sera probablement en mesure de mieux se défendre que lui-même s'il s'entête dans des mensonges. Il reprend, et déclare de manière plus assurée. Essayant d'évacuer sa responsabilité dans les informations qu'il est sur le point de révéler :

— Ce n'était pas exactement à l'agent du FBI, c'était plutôt à celle qui l'accompagnait, en présence de l'inspecteur Oxlade.

— Et qui l'accompagnait ? Et qui était cette personne ? Un autre agent du FBI ?

— Pas vraiment, visiblement un agent britannique.

— Quel est son nom ?

— Elle s'appelle Edwina Lindberg.

— Merci Professeur. C'est tout ce dont nous avons besoin, termine Perkins.

Il prend à part deux de ses hommes, visiblement les plus aguerris d'entre eux, et les lance sur la piste de cette Edwina Lindberg dont il vient d'avoir connaissance. Puis, toujours à part, il demande des informations sur elle à un complice au téléphone.

— Oui, je peux la localiser. Attendez quelques instants. Je peux même capter ses dernières conversations. C'est bon vous pouvez noter l'adresse ? murmure Perkins en pleine conversation téléphonique.

Entendant à demi-mot la conversation, Duran se met à regretter lourdement d'avoir dit la vérité. *Avais-je un autre choix ?* Il cherche Sarah du regard et espère un regard d'approbation, mais celle-ci sent qu'il vient de se passer quelque chose qui risque d'avoir de terribles conséquences. Elle semble tout aussi désemparée que lui.

*

La vraie découverte des Amériques,
Dimanche 24 septembre 2028, 16 h

Ryan et Edwina travaillent ardemment. Difficile pour Edwina de restituer les dernières heures écoulées de lecture et de recherches en quelques minutes alors que le temps joue contre eux. Malgré les nombreuses découvertes qu'elle a faites, elle a l'impression qu'il lui manque une pièce cruciale du puzzle. Elle a besoin des talents d'enquêteurs de Ryan, mais ne sait pas par où commencer. Prenant une grande respiration, elle se lance :

— Dis-moi, Ryan, est-ce que la pierre de Kensington, située dans le Minnesota, te dit quelque chose ?

Ryan la regarde, manifestement perdu.

— Edwina, je ne suis pas sûr de bien suivre de quoi me parles-tu ?

— Sois patient et écoute-moi ! prévient-elle. Dans le Minnesota, près de Kensington donc, une pierre runique gravée de symbole avait été découverte, et elle...

— Une pierre runique ? La coupe Ryan, qui a décidément du mal à suivre.

— Oui.

— Qu'est-ce que ta pierre runique de Kensington ? De quoi s'agit-il ?

— C'est une très longue histoire. À la fin du XIXe siècle, une pierre plate rectangulaire en « grauwacke », c'est-à-dire une roche sédimentaire de la classe des arénites, qui est couverte de runes sur sa face et son côté a été découverte à Solem Township (Comté de Douglas) près de Kensington, dans le Minnesota.

Ryan est dépassé par ce qu'il entend, mais sent qu'il doit s'accrocher, car il sent qu'Edwina a flairé quelque chose d'important.

— De runes ? lui demande-t-il de préciser.

— Oui, la rune est un système d'écriture, et son nom est formé à partir de ses six premières lettres. C'est un alphabet qui a été utilisé pour l'écriture de langues germaniques, et utilisé par les Scandinaves, les Frisons et les Anglo-Saxons notamment. Ses systèmes d'écriture parents sont notamment le Phénicien, l'Étrusque, le Latin ou le Grec ancien. Ce système d'écriture date du IIe siècle apr. J.-C..

— D'accord, je ne te savais pas experte en langues anciennes.

— L'essentiel est expliqué dans le livre et j'ai croisé avec des recherches sur Google, cette histoire est insensée.

— Et donc, une pierre avec cet alphabet runique a été retrouvée aux États-Unis ?

— Oui, cela a donné lieu à de nombreuses contestations d'ailleurs. La pierre avait été retrouvée et déterrée en 1898, or ces pierres datent principalement du premier millénaire, même si l'usage s'est perpétué jusqu'au XIVe siècle, car les Vikings en avaient planté beaucoup. Selon la tradition, ces pierres servaient à honorer les morts. Et donc, un beau jour de 1898, près de la ville de Kensington, dans le Minnesota, un fermier du nom d'Olof Öhman a fait la découverte de cette pierre sur un terrain qu'il voulait labourer. Il appela les autorités, qui ont longuement débattu sur la véritable origine de ces pierres. Du fait de ses ascendances scandinaves, Olof Öhman a été soupçonné d'avoir produit des faux. La pierre en question était assez imposante, elle mesurait près de 80 cm et pesait près de 90 kg !

Ryan se penche en avant, de plus en plus captivé.

— Mais ce qu'il y a de plus intéressant avec cette pierre, reprend-elle calmement, c'est la signification du texte et les interprétations scientifiques. Les traductions du texte runique mentionnent que des explorateurs scandinaves, à l'époque où la Norvège et la

Suède vivaient sous le même royaume, étaient parvenus jusqu'en Amérique du Nord :

« Huit Goths de Scandinavie et vingt-deux Norvégiens dans un voyage d'exploration venant du Vinland allant vers l'ouest. Nous avons établi des abris sur deux îles rocheuses à un jour au nord de cette pierre. Nous avons pêché une journée. Quand nous sommes rentrés nous avons trouvé dix de nos hommes en sang et morts AVM (Ave Maria) délivre-nous des démons ! », et : « Envoyé dix hommes vers la mer pour aller chercher notre bateau quatorze jours de trajet depuis ici. An 1362 de notre Seigneur ».

— Comment ? S'écrie Ryan ? Attends, tu as bien dit : « An 1362 » ! Soit cent trente ans avant l'expédition de Christophe Colomb et la date officielle de 1492 de la découverte des Amériques ?! Mais c'est impossible !

— Et ce n'est pas tout, plusieurs études scientifiques concluent à la vraisemblance de cette version. Selon elles, les inscriptions dans la pierre auraient bien plus de six siècles d'ancienneté. Certaines inscriptions sont d'ailleurs propres à la pierre et n'ont jamais été déchiffrées. L'une d'entre elles fascine d'ailleurs toute la communauté des chercheurs de mystères sur Internet. Une lettre ou un symbole ressemblant à un « X » figure sur la pierre, une marque qui n'a été observée nulle part ailleurs, excepté… dans la Chapelle de Rosslyn où nous nous trouvions hier.

— Un X ?

— Oui, regarde ça, lui glisse-t-elle en penchant vers lui son écran d'iPhone après avoir pianoté rapidement sur Google.

Ryan se souvient que le Professeur Duran s'était arrêté devant un symbole similaire dans la Chapelle de Rosslyn.

— Je ne sais vraiment pas quoi te répondre sur cette lettre, Edwina, souffle Ryan désemparé. Si l'on reprend et que ta version est juste, tu es en train de me dire qu'il existerait une preuve de la découverte des Amériques avant Christophe Colomb par des Européens ? Et que cette preuve était entreposée pendant des siècles au fin fond du Minnesota jusqu'à ce qu'un fermier la déterre un jour par hasard ?! Ryan se sent vraiment dépassé.

— L'hypothèse n'est peut-être pas si fantaisiste, les Vikings étaient réputés pour leurs capacités supérieures de navigation. Il ne serait donc pas étonnant qu'ils aient pu organiser une expédition au-delà du Groenland. J'ai effectué des recherches, et cela a souvent été évoqué dans la culture scandinave.

— Je comprends, mais c'est tout de même incroyable ! Cela signifie que toute l'histoire depuis le XIVe siècle aurait pu être tout autre s'ils n'avaient pas pris le chemin du retour ! Et que les États-Unis d'Amérique tels que nous les connaissons n'auraient jamais existé ! Cela soulève également la question de savoir pourquoi ils n'ont pas tenté de fonder un nouveau royaume scandinave ici, régi par leurs propres lois. Et donc, qu'est-ce qui fait qu'ils soient repartis ?

— Oui, les conséquences de la pierre runique de Kensington sont immenses, et changent même la façon dont toute l'humanité devrait considérer les États-Unis d'Amérique.

— Mais du coup, si Christophe Colomb n'était pas le premier à venir en Amérique, est-ce qu'il savait où il venait ? Et est-ce que d'autres explorateurs que ces Vikings sont venus en Amérique avant Christophe Colomb ? s'enthousiasme Ryan.

— C'est une bonne question, mais il n'y a pas que la pierre de Kensington. Te souviens-tu, lorsque nous étions sur la route en direction de Shugborough Hall, le Professeur avait mentionné une théorie répandue concernant cette propriété. Il expliquait que la sculpture inspirée du tableau de Nicolas Poussin qui ornait les jardins de la propriété contenait un code qui pouvait se traduire par « Je suis en Acadie ». Je n'y ai pas particulièrement prêté attention sur le moment, mais depuis ce que j'ai lu concernant la découverte de l'Amérique avant Christophe Colomb, je trouve qu'elle fait sens et peut nous donner la trace du trésor des Templiers.

— En Acadie ? Comment cela ? Ryan écarquille ses yeux qui luisent d'un enthousiasme presque juvénile.

Edwina s'apprête à lui répondre, en rassemblant soigneusement ses notes quand elle entend soudainement vibrer son smartphone. Elle jette un regard furtif sur l'écran et aperçoit un SMS de la part d'Adam :

Vous risquez d'avoir de la visite, trois agents vous recherchent. Je ne pense pas pouvoir les esquiver très longtemps. Derrière l'ascenseur il y a un escalier qui mène à sept étages au-dessous, échappez-vous par là puis prenez directement l'escalier vers le parking sous-terrain où Ryan s'est garé.

À la lecture du message, Edwina ramasse d'un seul geste le manuscrit et ses notes.

— Ryan, prends tes affaires, nous devons quitter cette chambre immédiatement. Nous avons été retrouvés !

Il ramasse aussitôt la veste qu'il avait posée sur le dossier de la chaise et se dirige vers la porte pour quitter la chambre en compagnie d'Edwina.

Comment ont-ils pu être retrouvés si facilement ?

Descente dans l'hôtel,
Dimanche 24 septembre 2028, 16 h 30

Edwina exécute les consignes à la lettre et se rue vers l'escalier, suivi sans poser de question par Ryan qui ne comprend pas comment ont-ils pu en arriver là. Elle entrouvre la sortie de secours située derrière l'ascenseur comme Adam l'a indiqué. Puis descends à toute vitesse les sept étages. Ryan la suit au même rythme, étonné au passage par l'excellente condition physique d'Edwina. *Sûrement une hygiène de vie sportive héritée de ses années de mannequinat !*

Arrivés sept étages plus bas, ils se retrouvent dans le couloir du 17e étage de la tour et cherchent la porte menant aux escaliers principaux pour rejoindre le parking. En avançant dans le couloir, ils entendent le bruit de l'ascenseur qui s'arrête à leur étage alors que personne n'était dans le couloir à l'attendre. Ils se retournent et voient sortir trois hommes qui paraissent peu commodes et fondent sur eux en les voyant. Au même moment, Ryan repère les escaliers et les indique à Edwina.

Ils ne savent pas à qui ils ont à faire, mais il s'agit de Perkins, le même qui avait enlevé Sarah à Trenton, puis Mark à Rosslyn. Il est accompagné de deux de ses agents et ne compte pas les laisser s'enfuir. D'un geste rapide, Perkins dégaine son pistolet et le pointe en direction d'Edwina et de Ryan.

— Arrêtez-vous ou je tire, menace-t-il.

Edwina et Ryan s'arrêtent aussi net. Ryan a bien son arme avec lui, mais la sortir risque de lui coûter très cher, un pari à trois contre un qu'il serait inconséquent de risquer.

— Vous avez un manuscrit qui ne vous appartient pas, donnez-le-moi immédiatement et tout ira très bien.

Edwina, cernée encore une fois, réalise qu'elle n'a pas d'autre choix que de leur donner le manuscrit sinon ils tireront pour l'obtenir. Elle pourra toujours avancer de son côté grâce à toutes les notes qu'elle a prises ces dernières heures. Seul problème, toutes ses annotations sur le livre se trouvent dessus et ils les confisqueront lorsqu'ils s'approcheront pour récupérer le livre. Or, sans ses notes, plus aucun espoir d'avancer dans l'enquête et de parvenir à récupérer les Duran, et encore moins le trésor avant eux. Elle répond en un éclair :

— Ce livre ne m'est d'aucune utilité, attrapez-le !

Aussitôt sa phrase prononcée, elle lance en direction de Perkins le *Manuscrit interdit*. Comme elle s'en doutait, celui-ci abaisse son arme pour rattraper le livre qui lui est si précieux. Dans le même temps, elle s'engouffre dans les escaliers, suivi par Ryan qui, aussitôt la porte des escaliers passée, déplace un immense pot contenant une plante devant la porte, et le cale à hauteur de la poignée de la porte pour la bloquer derrière eux et gagner de précieuses secondes.

Depuis qu'ils ont quitté leur chambre, Ryan essaie de comprendre comment ces hommes ont pu les retrouver. Il en conclut que leur localisation n'avait pu provenir que de leur téléphone.

— Edwi, donne-moi ton téléphone tout de suite, ce doit être par nos téléphones qu'ils nous ont repérés, ordonne-t-il.

Celle-ci ne peut s'empêcher de grimacer en entendant cela, mais s'exécute aussitôt pendant qu'ils descendent à toute vitesse les marches des escaliers.

— Descends, je te rejoins tout en bas ! lui glisse Ryan tandis qu'il s'échappe par la première porte.

Elle aimerait lui dire non et lui demander ce qu'il compte faire, mais le temps joue contre eux et ils risquent d'être rattrapés d'une seconde à l'autre. Elle continue de dévaler à toute vitesse les seize étages lorsqu'elle entend trois étages plus bas, Ryan rejoindre à nouveau les escaliers derrière elle.

— Continue, lui lance-t-il. Je leur ai balancé nos téléphones dans un ascenseur que j'ai envoyé tout en haut en appuyant sur tous les étages à partir du 20e, l'on devrait leur échapper pour quelques minutes.

Arrivé tout en bas, essoufflé, Ryan ouvre à toute vitesse la porte du parking et déverrouille à distance les portes de sa Roadster. Edwina s'engouffre par le côté passager tandis que Ryan allume rapidement le moteur vrombissant du véhicule sportif dernier cri.

La voiture sort de l'hôtel à une vitesse modérée pour ne pas éveiller de soupçons. À peine quelques mètres passés, Ryan fixe son rétroviseur central et prévient Edwina :

— Nous sommes suivis, boucle bien ta ceinture !

*

Washington D.C.
Dimanche 24 septembre 17 h

Ni Edwina, ni Ryan, n'auraient imaginé qu'enquêter sur un enlèvement se transformerait en une chasse au trésor, puis un voyage dans le temps pour découvrir des secrets que l'histoire semble avoir conservé jalousement, et encore moins en une course-poursuite effrénée en plein Washington D.C.

— Ryan, tu préviens tes collègues de la police ?

— C'est-à-dire que…

— C'est-à-dire que quoi, Ryan ? l'interroge-t-elle, avec une certaine nervosité.

— Je viens d'être suspendu du FBI à cause de l'enlèvement de Duran. Je ne peux pas intervenir ni les faire interpeller, avoue-t-il, embarrassé.

Il enfonce sa voiture sur 15 th Street avant de prendre à droite sur la grande artère qu'est New York Avenue, et s'arrête au feu rouge à l'angle avec la 9th Street, au rond-point où se situe la Carnegie Library. Il est rapidement pris en tenaille par deux 4x4, l'un à sa droite et l'autre à sa gauche.

— Ryan, nous sommes pris, s'affole Edwina.

— Es-tu sûre ? Je pense qu'on a un meilleur moteur et une meilleure accélération, sourit-il en restant sous pression.

— Tu penses ? demande-t-elle, nerveuse.

— Il n'y a qu'un seul moyen de s'en assurer, renchérit-il en maintenant appuyé son embrayage tandis qu'il regarde le trafic du rond-point arrivant par sa gauche. Il déclenche une violente accélération qui cloue Edwina à l'arrière de son siège et zigzague entre les voitures avec succès pour se dégager à toute vitesse du rond-point. Son plan fonctionne à merveille puisque les deux SUV qui ont essayé de le suivre ont tous les deux percuté des voitures au rond-point, et sont restés coincés par les voitures percutées qui restent en travers de la route. Le rond-point étant assez carré, les hommes des deux SUV perdent rapidement de vue le petit bolide de Ryan et Edwina. Plutôt que de poursuivre tout droit dans le prolongement de New York Avenue et s'éloigner davantage d'eux, Ryan tourne à nouveau à gauche sur le rond-point, à un virage des deux SUV.

— Ryan, tu es sûr de toi ? Nous ne devrions pas plutôt nous éloigner pour les semer ?

— Fais-moi confiance ! tente-t-il de la rassurer en s'engouffrant dans un parking sous-terrain de la Library of Congress.

— Mais nous ne sommes qu'à quelques dizaines de mètres d'eux, c'est insensé, poursuit-elle, en ne faisant clairement pas confiance à Ryan pour son plan.

— Justement, si. Ils pensent comme toi et doivent déjà être partis à notre recherche dans les grands axes après le rond-point et ne nous chercheront jamais ici. De plus, une bibliothèque peut nous être un lieu utile pour continuer nos recherches.

— Tu es fou, mais tu n'as peut-être pas tort, concède Edwina. Lorsque je leur ai lancé le manuscrit, c'était dans le but de protéger mes notes, dit Edwina en montrant à Ryan toutes les annotations qu'elle a faites pendant sa lecture du manuscrit. Si l'on croise toutes les notes avec ce que le Professeur nous a dit et approfondissons certains éléments, nous pourrons peut-être deviner leur prochain mouvement.

La Carnegie Library, financée par Andrew Carnegie et construite à la fin du XIXe siècle, se dresse majestueusement dans un style inspiré des beaux-arts classiques. Pendant longtemps, ce monument riche en histoire a servi de bibliothèque principale pour les habitants de Washington.

— Non, mais c'est une blague ! s'esclaffe Ryan en lisant un panneau « The Apple Carnegie Library », la grande bibliothèque a été transformée en.... Apple Store ! Ryan n'en croit pas ses yeux.

— Vous autres, Américains, m'étonnerez toujours ! Tu es sûr que la Maison-Blanche n'a pas non plus été transformée en Fast Food depuis ta dernière venue ici ? Enchaîne Edwina, malicieusement.

— Très drôle, reprend Ryan, imperturbable. Ce n'est pas grave, il y a une bibliothèque encore plus grande et même plus agréable pour les touristes étrangers, la Library of Congress. Si tu veux, tu pourras même faire un joli post pour tes réseaux sociaux, ajoute-t-il, taquin.

La Roadster redémarre et s'échappe ni vue ni connue hors du rond-point, s'enfonce vers la 6th Street, puis par Constitution Avenue pour atteindre l'entrée du parking de la fameuse bibliothèque.

La Library of Congress a été édifiée tout au long du XIXe siècle et doit sa naissance à l'ancien Président des États-Unis, Thomas Jefferson. Elle compte plusieurs salles et une rare et riche collection de livres anciens. Son architecture est un mélange d'influences grecques et romaines, avec des colonnes grandioses en marbre et des teintes vives, érigées en hommage au savoir.

À leur arrivée, Edwina et Ryan quittent le parking pour emprunter l'ascenseur menant à l'accueil de la bibliothèque. Sans attirer l'attention, Ryan exhibe discrètement son badge pour éviter toute complication avec le personnel d'accueil, et ils se dirigent vers la section dédiée à l'histoire médiévale. Par chance, un agent de sécurité qui reconnaît le badge de Ryan propose son aide et les conduit à la salle principale, la sublime salle de lecture principale du Thomas Jefferson Building.

Ils s'installent, côte à côte, à l'une des longues tables modernes en bois, disposées en arc de cercle, légèrement éloignées des quelques étudiants présents dans le secteur. Edwina, quelque peu émoustillée par ce qu'ils viennent de vivre ces dernières minutes. Elle n'est pas habituée à de tels dangers et de telles décharges d'adrénaline. Elle aimerait faire une pause et se mettre à l'abri, mais sait combien le temps leur manque. Sa meilleure façon de se protéger est de transmettre tout ce qu'elle sait à Ryan, et vite. Elle s'apprête à lui récapituler silencieusement certaines parties du manuscrit.

— Bon, débute-t-elle, le Professeur Alexander a mentionné plusieurs lieux et faits historiques méconnus dans son manuscrit qui devraient changer notre perception de l'histoire. Deux lieux en particulier peuvent nous donner de précieuses indications sur ce qu'a pu devenir le trésor. Cependant, malgré ces révélations et ces informations, je ne trouve pas véritablement de réponse, il s'agit plutôt d'indices, nous allons donc avoir besoin de tes talents d'enquêteurs. Il faut donc que tu suives avec la plus grande attention.

Ryan rassemble toute sa concentration, non sans une certaine excitation. Il sent qu'il doit se surpasser, la vie des Duran, le secret des Templiers et, accessoirement sa carrière, en dépendent.

— Le premier est un endroit surréaliste potentiellement lié aux Templiers, reprend Edwina. C'est une île mystérieuse qui a vraisemblablement fasciné beaucoup de monde depuis sa découverte. Elle se trouve en Nouvelle-Écosse, une région qui a été administrée par un certain Isaac de Razilly, un chevalier hospitalier, un ordre qui se situait dans la tradition et la continuation des... Templiers. Mais surtout, la Nouvelle-Écosse est la région d'Amérique la plus facilement accessible depuis le nord de l'Europe. Les premiers colons français s'y sont installés vers 1605, dans la partie appelée Acadie. L'île dont je te parle s'appelle d'Oak Island, qui signifie l'île aux chênes. Elle est située au bout d'une rivière appelée la « Gold River », dont le nom laisse supposer la présence d'or dans la région. Le Pr Alexander ne fait que de la mentionner brièvement, mais ce que j'y ai découvert dans de vieux articles de presse sur Internet me paraît encore plus étonnant ! L'histoire est très surprenante, pour ne pas dire hallucinante. En 1795, un homme y découvre un trou au milieu de la terre, il se met à creuser avec deux de ses amis, dans l'espoir de trouver un trésor enterré par des pirates, selon une vieille légende. Au lieu de cela, ils ont découvert une cavité d'une dizaine de mètres de profondeur, construite en bois, qui menait à une autre structure similaire en dessous. Malheureusement, leurs efforts pour obtenir de l'aide auprès des villageois voisins ont été vains, l'île étant réputée maudite depuis des générations, aucun des villageois ne voulait prendre de risque. Nos trois hommes sont alors retournés à leur vie d'avant et ont mis fin à leur chasse au trésor. Mais, une décennie plus tard, un nouveau groupe, informé de cette découverte insolite, a repris les fouilles avec des équipements plus sophistiqués, bien que nous ne fussions encore qu'au début du XIXe siècle.

— Et ces forages ont révélé quelque chose cette fois ?

— Oui et non ! Ils ont mis à jour d'autres cavités souterraines d'environ trois mètres de profondeur, similaires en forme, construites avec des matériaux comme le bois, les fibres de noix de coco et le charbon, mais très élaboré tout de même. Ils ont creusé jusqu'à vingt-sept mètres avant de trouver une pierre marquée d'inscriptions.

— Quel type d'inscription ? s'étonne Ryan.

— J'aimerais en savoir plus ! Malheureusement, on sait juste qu'elles étaient dans une langue inconnue. Ils ont déplacé cette pierre espérant trouver quelque chose d'autre, mais n'ont rien trouvé autour. Ils sont revenus le lendemain pour continuer les fouilles, et, à leur grande surprise, ils ont constaté que l'endroit était inondé à plus de dix-huit mètres de hauteur en partant de cette fameuse pierre. Celle-ci était en fait une pierre d'alerte, la partie d'un mécanisme complexe, très, très élaboré. Une fois cette pierre d'alerte atteinte, toute la partie creusée qui avait été découverte est devenue aussitôt inondée par un mécanisme de défense sophistiqué, déclenchant l'inondation du site pour prévenir l'intrusion de non-initiés.

— C'est très étonnant, je n'ai jamais rien entendu de tel de toute ma vie. Je pensais que ce genre de système n'était prévu que dans des pyramides égyptiennes ou des films hollywoodiens... Et depuis ? interroge Ryan, tout ébahi.

— La pierre n'a jamais été retrouvée. L'île a alors été l'objet de très nombreuses recherches, qui ont, au XIXe siècle et jusque dans les années 1970, mobilisé de nombreux hommes et beaucoup de moyens techniques et financiers. Un homme en particulier avait fait de ce mystère l'une des obsessions de sa vie : le futur Président des États-Unis d'Amérique, Franklin Delano Roosevelt. Lorsqu'il était jeune, il s'était rendu lui-même sur les lieux, mais, selon la version officielle, il n'y aurait rien trouvé. Ce qui est probablement vrai, mais démontre combien cette île occupe une place importante.

Ce n'est que récemment que les chercheurs ont découvert que l'inondation du puits était provoquée par un ingénieux système de tunnels reliant le puits profond de trente mètres à la mer, destiné à protéger les secrets du puits des non-initiés. À ce jour, aucun indice concernant l'origine ou le but du puits n'a été mis au jour.

— Excuse-moi, Edwina, mais d'où tiens-tu toutes ces informations ? Sont-elles dans le *Manuscrit Interdit* ?

— En partie, oui, mais j'ai complété par des recherches. Tu peux chercher en tapant dans Google ou sur YouTube : « Oak island », il y a beaucoup de résultats disponibles sur cette île qui n'en finit pas d'alimenter des théories toujours plus poussées. Cependant, Le Pr Alexander raconte dans son manuscrit que l'ancien peintre français Nicolas Poussin était au courant des expéditions dans cette région. Pour résumer : nous avons un système piégé, telles les antiques pyramides égyptiennes, une haute maîtrise des techniques hydrauliques, une connaissance profonde des arts de la construction et de la navigation, ainsi qu'un ordre français frère des Templiers sur l'île depuis sa découverte officielle. Et dans le même temps, tu te souviens les inscriptions de Nicolas Poussin que le professeur Duran nous avait indiqué : « *Et in Arcadia Ego* » qui se traduit par « Je suis en Arcadie » avec la variation « Je suis en Acadie », dans le domaine de Shugborough hall. Quelques grosses pièces du puzzle se dessinent, mais il manque une. Je ne trouve pas d'autres indices dans les tableaux sur l'Arcadie, c'est…

— Attends Edwi, tu en oublies une, coupe Ryan. Le Professeur Duran avait insisté sur un mystère de l'histoire concernant Nicolas Poussin, son épitaphe à Rome : « *Vois comme il vit dans ses tableaux* ».

— Ah oui ? Et donc ? rétorque-t-elle, peu sûre de bien saisir.

— Je pense avoir compris, « *Il vit dans ses tableaux* » est probablement une incitation à regrouper ses différents tableaux pour comprendre un message qu'aurait voulu faire passer ce peintre, qui semble à la croisée de Rome, de la navigation et donc de la découverte précoce de l'Amérique !

— Nous devons regarder s'il n'y a pas d'autres messages portant sur les Templiers, l'Écosse, l'Angleterre, Jérusalem ou même l'Amérique.

— Tu as peut-être raison, mais il a dû composer plus de deux cents tableaux pendant sa vie, cela risque d'être un peu long.

Ryan dépose sa tablette numérique sur la table qu'Edwina puisse également la voir. Il entre dans *Google Pictures* « Tableaux Nicolas Poussin », et les deux survolent aussi vite qu'ils le peuvent les centaines de tableaux qui apparaissent. Edwina et Ryan font alternativement défiler les images sur la tablette quand Edwina s'arrête soudainement sur un tableau en particulier.

— Ryan, regarde celui-ci ! Rien ne t'intrigue ?

— Euh, je ne vois pas vraiment. Pourquoi ?

— Regarde bien le titre, insiste Edwina.

— C'est… C'est *la destruction du Temple de Jérusalem,* par Nicolas Poussin, 1638.

— Absolument. C'est bien le Temple de Jérusalem d'où pourrait être issue une partie du trésor que l'on recherche, n'est-ce pas ?

— Selon Duran, oui. Acquiesce Ryan.

— Que vois-tu dans ce tableau ? Vois-tu une destruction ?

— Non, le tableau représente sans doute ce qui s'est passé avant la destruction, à savoir l'invasion du site et des combats, avant que les Romains ne le détruisent.

— Exactement, pourtant le nom du tableau est bien « Destruction ». Ryan, regarde maintenant à la gauche du tableau, les hommes qui descendent les marches du Temple avec des objets précieux dans les mains. Te paraissent-ils habillés comme les Romains de l'époque ?

— Non, l'on dirait plutôt des Juifs, qui s'enfuient avec des objets précieux du Temple avant que les Romains ne le détruisent, défend Ryan. En regardant l'écran en diagonale, Ryan indique à Edwina une autre image, il s'agit d'une sculpture qui reprend les mêmes éléments. Il s'agit du célèbre *Triomphe de Titus*, gravé dans la paroi intérieure de l'arc de Titus, à Rome, qui montre des prisonniers juifs, entourés de soldats romains, portant la Ménorah, la table des pains de proposition, les Tables de la Loi et l'Arche d'Alliance.

— Exactement, ajoute Edwina !

Un regard de stupéfaction s'échange entre Ryan et Edwina, comme s'ils venaient de recevoir un message à leur attention, mais écrit il y a près de cinq siècles. Il reprend lentement :

— Cela signifie que Nicolas Poussin a réalisé ce tableau pour nous dire que le Trésor du Temple de Jérusalem n'a pas été détruit, et que contrairement à la gravure des Romains, il a été sauvé puis conservé par les Juifs. Le Professeur Duran avait d'ailleurs écrit dans son livre que, selon la légende, le trésor historique des Juifs était sous le Temple de Salomon, là où les chevaliers Templiers avaient résidé.

— Oui, ce qui est la version admise communément, ajoute Edwina. Poussin a dépeint la destruction du Temple de Salomon à travers plusieurs tableaux, explorant différents angles de la même narration. Il a tenu à mettre en scène sous des angles différents la même histoire. Chaque perspective met nettement en lumière différents artefacts juifs échappant à la destruction. Le message est on ne peut plus clair. Et cela ne s'arrête pas seulement à ce tableau regarde ici, l'Arche d'Alliance est aussi présente et mise en scène, plus ou moins subtilement dans le tableau « *La Peste d'Asdod* » ou « *La Madone à l'escalier* ». Je crois que le message gravé dans le rocher des Bergers d'Arcadie correspond au trésor des Templiers. Dans le « Et In Arcadia Ego », le « je » doit correspondre au trésor. De toute façon, si la source de qui s'exprime n'est pas identifiée dans la gravure, c'est qu'elle n'est pas une personne. Et le tableau des Bergers d'Arcadie représente le paradis terrestre. Or, qu'est-ce qui peut mieux conduire au Paradis que des reliques religieuses sacrées ?

— Tout cela se tient. Mais nous ne faisons que spéculer, il faudrait pour étayer cette théorie des preuves plus tangibles, concrètes d'une venue des Templiers en Amérique, or nous n'en disposons pas.

— C'est le deuxième lieu dont je voulais te parler, situé dans l'état de Rhode Island. Malheureusement, je n'ai pas encore pu approfondir mes recherches à ce sujet. Il s'agit de...

— La Tour de Newport ! coupe un jeune homme au physique peu avantageux et aux lunettes qui lui donnent l'apparence parfaite d'un rat de bibliothèque.

Il se trouve assis sur la table de derrière et semble avoir tout écouté de leur conversation depuis le début. Edwina et Ryan se sentent un peu idiots d'avoir débordé autant d'enthousiasme au point de n'avoir pas plus prêté attention à ce jeune étudiant installé juste derrière eux.

— Qui êtes-vous ? Cela fait longtemps que vous nous espionnez ? le rabroue instinctivement Edwina.

— Je suis désolé, mais vous entendez d'autres personnes ici, dans l'espace dédié à l'histoire médiévale, vous ?

Edwina et Ryan se rendent compte que le jeune étudiant a raison.

— À vrai dire, je préférerais avoir tout un tas d'amis ici avec qui partager plein de recherches, mais tous ceux avec qui je partage mes découvertes me prennent au mieux pour un adolescent attardé, au pire pour un complotiste fou qu'il faut dénoncer au gouvernement fédéral. Donc, oui, quand on est seul, on écoute plus facilement les conversations des autres, je suis désolé.

— Comment vous appelez-vous ? Vous êtes étudiant ? Lui demande Ryan en lui jetant un regard interrogateur.

— Je m'appelle Phil Patricks, je poursuis un PHD sur les civilisations précolombiennes. Je ne sais pas ce que vous cherchez, mais je serai ravi d'en savoir plus.

— C'est une enquête du FBI désolé fiston, mais il vaudrait mieux que tu retournes à tes livres.

Edwina se tourne alors discrètement vers Ryan, et lui glisse :

— Nous ne sommes pas en abondance de personnes qui peuvent nous aider là tout de suite, et s'il sait des éléments sur notre sujet, cela peut nous être très précieux et nous aider à aller plus vite. Ryan semble se résigner devant la logique implacable d'Edwina.

— Nous serions ravis d'avoir votre avis, Phil, reprend Edwina, avec douceur. Que savez-vous sur la Tour de Newport, donc ?

*

La Tour de Newport.

Ryan écoute attentivement en espérant qu'Edwina ait vraiment flairé un indice qui peut s'avérer décisif dans la recherche du couple Duran. Il ne se pardonnerait pas la disparition du Professeur. Il trouve le jeune homme très loufoque, mais en même temps, le sujet semble s'y prêter et leur salut peut provenir de ce genre de personne.

— Vous avez de la chance, je suis incollable sur cette Tour ! s'exclame Phil, ravi à l'idée de partager ses connaissances. Il s'agit d'une petite tour ancienne, très ancienne dans la ville de Newport, dans l'éta du Rhode Island. Pour certains, c'était un moulin à vent, un simple moulin à vent semblable à ceux que l'on pouvait trouver en Angleterre il y a quelques siècles. Le problème, c'est qu'il y n'a aucun moulin de ce type en Amérique et que cette structure est en réalité beaucoup plus sophistiquée qu'un simple moulin à vent. Elle a suscité de nombreuses controverses depuis sa découverte et en particulier depuis que l'on s'est aperçu de certaines de ses caractéristiques. Aucun consensus n'a jamais émergé à son propos, et toutes les explications restent très controversées.

La façon de s'exprimer de Phil déconcerte Ryan, il a l'impression de se retrouver face au Professeur Duran avec vingt-cinq ans de moins.

— Une petite tour plus complexe qu'un moulin à vent ? L'interpelle Ryan avec scepticisme, visiblement peu à l'aise avec le sujet.

— Oui. Tout d'abord, les moulins à vent de cette époque ne contenaient que six pieds, là où la tour de Newport en contient huit. Et d'ailleurs, beaucoup d'architectes, y compris des Américains aujourd'hui, soulignent désormais que, d'un point de vue stylistique, la tour de Newport date de l'époque médiévale. Sa structure est celle d'une forme circulaire, c'est une forme beaucoup plus complexe à construire que les structures classiques des moulins à vent, ce qui soulève fatalement la question de sa raison d'être.

— Quelle pourrait donc être sa raison d'être alors ? le relance Edwina.

— La structure de la Tour de Newport ressemble en fait aux églises que bâtissaient les Templiers. Ce type de structure est d'ordinaire recouvert d'un déambulatoire, c'est-à-dire d'une galerie couverte soutenue par des piliers, dans le prolongement de l'église ronde de Cambridge ou de l'Église du Temple de Londres par exemple. On peut faire de la fiction à l'infini dessus, mais si l'on s'en tient à une approche scientifique, on ne peut que constater une filiation architecturale. De plus, si la tour suscite de nombreuses interrogations depuis plusieurs siècles, de nouvelles recherches ont mis en évidence des motifs rouges décolorés incrustés dans la roche. Ce qui tend à valider l'hypothèse d'un toit au-dessus. Mais ce n'est pas le principal. En réalité, la tour de Newport recèle le secret absolu de la construction de notre monde moderne. Tout le monde peut la voir, elle est répertoriée partout, et pourtant personne ne s'y intéresse. Elle devrait être une relique sacrée, vénérée par des centaines de millions de gens à travers le monde tant elle détermine et symbolise à elle seule la vie de la planète d'aujourd'hui.

— Un secret majeur ? Ryan intervient, de plus en plus curieux d'en savoir davantage.

— Oui, la tour a un calendrier médiéval gravé dans ses pierres, qui indique les cycles saisonniers et les périodes de l'année, explique Phil. Cette conception circulaire n'est pas fortuite, elle comporte des ouvertures permettant au soleil d'indiquer le moment de l'année, servant ainsi de calendrier basé sur les alignements célestes, une pratique courante au Moyen Âge. Cependant, après le XVe siècle, l'évolution scientifique a rendu ces structures obsolètes. De plus, aucune des expéditions menées par Christophe Colomb ou ses successeurs n'est censée être arrivée à Newport, encore moins y avoir apporté ce type de constructions désuètes. Cela soulève donc la question : pourquoi les découvreurs d'un Nouveau Monde amèneraient-ils une technologie dépassée ?

— En effet, murmure Ryan, plongé en pensées et conjectures en tous sens.

— De plus, la Tour de Newport comporte d'autres secrets se rapportant encore au soleil. La construction permet au soleil de pénétrer la tour au lever du jour pour illuminer la clé de voûte, afin que les fidèles connaissent l'heure de la prière tous les matins.

Chaque mois de décembre, à chaque solstice d'hiver, le soleil traverse la fenêtre qui permet d'illuminer une pierre en forme d'œuf. Peu de chance que ce soit un hasard. Pour certains c'était une clé pour déchiffrer un message venant du passé. Cela pourrait être plus simple, la tour de Newport, devait servir d'édifice religieux et a été bâtie de la même façon que les autres édifices religieux de son époque. C'est-à-dire qu'elle date probablement du XIVe siècle. Ce qui ferait d'elle la toute première église sur le continent américain !

Edwina et Ryan s'échangent un regard incrédule. Ils sont sidérés non seulement par les informations révélées, mais aussi par l'aisance avec laquelle ce jeune homme, au physique rebutant de prime abord, leur raconte tout cela avec une certaine éloquence. Comme s'il était animé par ce qu'il racontait.

— Est-ce historiquement plausible ? Interroge Ryan, très concentré.

— Totalement, et c'est ce qui rend cette théorie fascinante. Chaque civilisation qui arrive sur un nouveau territoire cherche non seulement à le marquer avec ses croyances et ses lois, mais également à ériger des structures propres à revendiquer la propriété du lieu. Ceci est valable pour tous les monothéismes à travers les âges, qui ont construit des édifices religieux sur les terrains qu'ils colonisaient. Ceci est même vrai pour les astronautes qui lors de leurs premiers pas sur la Lune ont planté le drapeau américain ! Leur architecture représentait en quelque sorte leur signature. Il faut comprendre qu'ainsi, cet édifice serait aussi une balise laissée par les premiers arrivants, pour que les prochaines générations d'aventuriers la reconnaissent et sachent qu'ils sont sur le bon continent. Leur style architectural était en quelque sorte leur empreinte. Et nous pouvons constater aujourd'hui, avec tous les documents accessibles facilement par Internet, que cette structure est semblable à celles construites par un ordre religieux mystique de l'époque, l'Ordre des Cisterciens. Il doit son développement à un moine, Bernard de Clairvaux, qui avait été notamment très influent pendant les Croisades en exhortant les fidèles à combattre pour défendre la Terre sainte de Jérusalem.

Mais son influence ne se réduit pas à son implication pendant les Croisades, puisque l'Ordre Cistercien est à l'origine de la construction de centaines d'édifices religieux à travers l'Europe du Moyen Âge. Et ces édifices contiennent une structure particulière que l'on retrouve à l'identique dans... la Tour de Newport ! Les murs ont de la mémoire. Ils parlent, ils s'expriment, ils prouvent et relaient des messages. Souvenez-vous de la citation célèbre de l'ancien Président des États-Unis d'Amérique, Thomas Jefferson :

« Je vais intégrer mes secrets dans la géométrie des bâtiments, car je sais que les livres peuvent être brûlés, mais les bâtiments pas aussi facilement. »

— Et la Tour de Newport serait donc en fait les fondations d'une église inspirées de l'Ordre des Cisterciens ?

— Oui, une Église qui a commencé à être bâtie ici, et que pour une raison que l'on ignore, n'a pas pu être terminée.

— Hum... répond Ryan de manière très dubitative. Quelque chose me dérange dans ce raisonnement. Cela signifierait que des chrétiens sont venus presque deux siècles avant Christophe Colomb en Amérique et qu'ils n'en ont parlé à personne ? Ils ont juste commencé à bâtir une église puis sont repartis sans rien dire à personne. Comment auraient-ils pu trouver ce continent avec le savoir de l'époque alors que l'on sait que Christophe Colomb lui-même, réputé un des meilleurs navigateurs de son temps, a découvert par hasard, ou plutôt par erreur, ce continent alors qu'il devait se rendre vers les Indes ?

— Là-dessus, je ne peux pas vous en dire beaucoup plus.

— Merci beaucoup, Phil, pour ces informations, maintenant nous devons avancer avec mon collègue.

— À votre service, si vous avez besoin de moi, je ne suis pas loin, je vais à la cafétéria en bas, lui répond-il en prenant son blouson et s'éloignant d'eux.

— Qu'y a-t-il ? demande Ryan, interrogatif, à Edwina.

— Je me souviens que le Pr Alexander en parlait très précisément dans son livre. Je ne peux pas te resituer mot pour mot ce qu'il a écrit, mais je me souviens du contenu, je pense avoir la réponse à ta question sur Christophe Colomb.

— Ah oui ? Et donc ? Comment ces chrétiens ont-ils pu bâtir une église à un endroit que Christophe Colomb ne découvre par hasard que près de deux siècles plus tard ?

— Hé bien, toi qui es plutôt un bon enquêteur, tu as découvert beaucoup de choses par hasard alors que tu te trompais de direction à 180° ?

— Euh non, pourquoi ?

— Parce que si Christophe Colomb est un bon navigateur, alors il est très peu probable qu'il ait découvert l'Amérique par hasard. De plus, sur ce sujet, nous savons trois choses fondamentales : les Templiers avaient une connaissance supérieure des astres, de la géométrie et des arts de la navigation, cet édifice-ci est semblable aux églises qu'ils avaient bâties et...

— Et ? Prolonge Ryan interrogatif.

Edwina s'arrête net dans son explication, elle tape sur Google une requête reprenant le nom d'un tableau mentionné par le Pr Alexander. Puis elle tend la tablette vers Ryan.

— Ryan, regarde ce tableau représente le *Santa Maria,* le bateau célèbre avec lequel Christophe Colomb a découvert l'Amérique.

— Oui, et bien ?

— Et bien, regarde avec attention les voiles du bateau.

Ryan se penche vers la tablette et scrute avec attention la croix rouge sur fond blanc dressée sur le mât du Santa Maria dans le tableau.

— Tu reconnais ce symbole ?

— C'est une croix. Une croix qui… non ! C'est le symbole des Templiers ! Une croix comme celles sur leurs boucliers, comme Duran les montrait dans son livre.

— Parfaitement, et c'est mon troisième point. Le bateau qui emmena Christophe Colomb à la découverte de l'Amérique selon la version officielle avait comme étendard l'emblème des Templiers. Donc tout concorde. Les Templiers sont venus ici, ils ont commencé la construction de l'église de Newport autour de la période de leur déclin, ce qui pourrait également expliquer pourquoi elle reste inachevée.

— Et qu'en est-il du trésor ?

— Selon le Pr Alexander, une partie du trésor des Templiers, du moins son esprit, se trouve là-bas, dans la Tour de Newport.

— L'esprit du trésor ?

— Ce trésor ne serait pas que physique ou matériel, mais résiderait dans leur savoir en géométrie, en astronomie, en architecture et dans cette preuve qu'ils ont découvert l'Amérique. Il y aurait eu d'un côté un trésor matériel, avec des items en or, des bijoux, des pièces de monnaie et des objets vénérés dans les religions du livre comme le calice du Christ, mais l'essentiel de ce trésor n'était pas là. Qu'avons-nous découvert depuis le début ? Des bâtisseurs d'Église qui savent naviguer, et construire des églises selon une astronomie stricte et savante. Des mêmes navigateurs qui ont usé de leur connaissance pour découvrir « officiellement » les États-Unis, selon le mythe communément admis de Christophe Colomb.

— Oui, je me souviens que le Pr Duran insistait sur un point : que c'est l'ensemble de techniques ancestrales de construction, de navigation, d'arts militaires et sans doute aussi leur fonctionnement politique et financier qui avait octroyé aux Templiers leur puissance. Le secret de leur organisation aurait donc été un moyen de préserver cette puissance de l'extérieur. Ce qui s'est vérifié lorsqu'ils ont été frappés de disgrâce par le roi Philippe Le Bel, le vendredi 13.

— Tu ne crois pas si bien dire, Ryan. Les Templiers étaient une organisation qui préservait des savoirs par le secret. Le Pr Alexander a, à ce propos, une théorie très précise sur le prolongement des Templiers jusqu'à aujourd'hui. Sous une autre forme.

— Les Templiers pourraient-ils s'être perpétués jusqu'à notre époque au sein d'une organisation secrète différente ? questionne Ryan, qui a du mal à intégrer toutes les données qu'il vient d'entendre ces dernières minutes.

— Oui. Réfléchis bien, et il n'y a absolument rien de complotiste là-dedans, sourit-elle.

House Temple, Washington D.C.,
Dimanche 24 septembre 2028, 19 h

House of Temple est un bâtiment déroutant qui comporte à la fois des colonnes antiques classiques, une grande bibliothèque, des statues égyptiennes, et même des exemplaires accessibles en vitrine de *Processus contra Templarios,* un livre des archives du Vatican sur les procès contre les Templiers. Un livre dont la présence devrait intriguer. Quelques heures plus tard, le minivan Mercedes arrive dans le centre-ville de Washington D.C. L'atmosphère y devient de plus en tendue à l'intérieur, où Perkins et ses hommes semblent bien décidés à passer à l'action et à récupérer le trésor coûte que coûte.

— Professeur, étant donné vos fonctions, vous avez sûrement été amené à rencontrer de hauts dignitaires de l'ordre des francs-maçons ? Et dites-nous tout de suite la vérité, ne m'obligez pas à rebrancher *Safety Truth* ! Indique Perkins d'un ton ferme.

— Je n'ai jamais voulu en faire partie, mais il m'est arrivé d'y donner une conférence à propos de la symbolique maçonnique comparée en Europe et aux États-Unis.

— Avez-vous un contact à House of Temple ?

— En effet, je connais leur directeur de la communication et porte-parole, Monsieur Jonathan Smith-Endford.

— Très bien, alors nous allons lui rendre une petite visite. Vous ferez tout ce que nous vous dirons, sinon il arrivera malheur à Sarah.

House of Temple est le plus grand temple maçonnique de Washington. Il est situé à une centaine de mètres seulement de la Maison-Blanche. C'est à la fois leur siège social et leur quartier général. Il date du tout début du XXe siècle et a été l'œuvre du célèbre architecte John R. Pope, le même qui conçut des bâtiments aussi importants que la *National Gallery of Art* ou encore le *Jefferson Memorial.* Il s'inspira, pour la construction de House of Temple, du mausolée d'Halicarnasse, le tombeau de Mausole, qui date du IVe siècle avant J.-C., et qui était considéré dans l'Antiquité comme la cinquième des Sept Merveilles du monde. On y retrouve des exemplaires de la sainte Bible, de nombreux objets autour des institutions américaines, comme des copies de la Constitution des États-Unis d'Amérique. Sur le mur de l'entrée, il est indiqué : « Rite maçonnique écossais ».

— Nous voilà arrivés, Professeur. Une fois à l'intérieur, vous allez demander à parler à M. Smith-Endford le plus rapidement possible, à propos d'une urgence. Lorsque nous serons avec lui, vous lui ferez mention de la porte cachée que vous soupçonniez. Nous dirons que nous sommes du FBI et montrerons ces insignes. *De vrais-faux insignes du FBI visiblement* ! Nous dirons que nous vous accompagnions, car nous pensons qu'elle est en danger. Vous ne prendrez aucune initiative, Sarah restera sous bonne compagnie jusqu'à ce que l'on sorte de cette rencontre. N'essayez surtout pas de jouer les héros.

— Je coopérerai tant que Sarah sera bien traitée, vous n'avez aucune inquiétude à vous faire dessus.

Ils sortent du véhicule et se rendent dans le bâtiment de House of Temple.

Après s'être présenté à la réception, le Professeur Duran est reçu, accompagné par Perkins et un de ses hommes, dans le bureau du porte-parole de House of Temple.

— Bonjour cher Jonathan, cela faisant longtemps, trop longtemps que nous ne nous sommes pas vus.

— Vous avez tout à fait raison, trop longtemps. Alors que puis-je pour vous ? Vos études récentes vous ont-elles incitées à accepter favorablement notre proposition ?

— Ah, sourit Duran, quelque peu gêné, malheureusement non. Je viens pour un sujet de préoccupation, qui n'est pas seulement le mien, mais est partagé par ces messieurs qui sont du FBI.

Les deux hommes qui escortent Duran montrent alors chacun un badge du FBI identique en tout point aux vrais badges.

— Il s'agirait d'une porte discrète, pour ne pas dire secrète, qui se trouverait dans le bâtiment et donnerait un accès sous-terrain à une galerie, annonce Perkins. Nous avons toutes les raisons de penser que cette porte est menacée par des ravisseurs armés et malintentionnés, des gens très recherchés. Il en va de la sécurité nationale. C'est pour cela que nous vous demandons de bien vouloir nous y accompagner pour nous assurer qu'il n'y a rien à signaler autour de cette porte.

— Mais enfin, je ne peux pas vous communiquer ce genre d'informations, et encore moins vous accompagner dans des endroits réservés aux seuls initiés de très haut grade.

Le Professeur Duran se trouve alors partagé entre la satisfaction de voir cet homme ne pas rentrer dans le piège tendu par ses ravisseurs et la déception de ne pas en savoir plus. *Il ne nie pas qu'il existe une porte secrète, j'avais bien raison*, pense-t-il.

— Nous comprenons vos réticences, Monsieur Smith-Endford, mais c'est une question de sécurité absolue, à la fois pour le pays et pour votre organisation. Pardonnez-nous d'avoir dû utiliser le Professeur Duran, il fait des consultations en off pour le Bureau et nous nous devions de vous contacter dans la plus stricte discrétion.

Ces hommes sont épatants, j'ai presque envie de les croire, songe médusé le Professeur Duran, tandis que Smith-Endford semble encore sur ses gardes.

— Nous sommes tous des agents expérimentés ayant fait serments envers la Constitution américaine et n'utiliserons rien de ce que nous apprendrons ici aujourd'hui contre votre ordre, notre seul but est de protéger, et des menaces très lourdes pèsent sur vous, notamment à cause de cette porte. Nous devons l'inspecter et nous assurer qu'elle soit suffisamment protégée des deux côtés. Une fois que cela sera fait, nous repartirons aussitôt, ni vu, ni connu.

Cette fois, l'argument semble avoir eu raison de ses réticences. Duran est sidéré par l'efficacité de Perkins.

— Bon d'accord, mais j'aurais besoin de votre absolue discrétion, et de votre promesse de garder le secret sur tout ce que vous verrez.

— Bien entendu, vous avez notre parole, lui promet Perkins d'un ton rassurant.

Smith-Endford les guide alors vers un escalier, prêt à les conduire plus loin dans le bâtiment.

*

Un nouvel ordre Templier ?
Dimanche 24 septembre 2028, 21 h

— Les Templiers n'étaient pas simplement un ordre religieux et militaire, mais une sorte de société secrète qui conservait cachées des connaissances scientifiques anciennes, poursuit Edwina auprès de Ryan. Seuls les initiés de haut grade pouvaient avoir accès à l'intégralité de ces secrets, et c'était le grand-maître qui décidait de leur utilisation. Or un autre ordre célèbre a eu le même fonctionnement dès son origine : il s'agit des francs-maçons. Le Pr Alexander rappelle dans *le Manuscrit interdit* que cette confrérie a vu le jour grâce à la collaboration d'artisans bâtisseurs, les maçons, qui souhaitaient mutualiser et transmettre leurs connaissances. Leur organisation se devait de les préserver de manière indépendante, quels que soient les régimes politiques et leurs organisations. Mais il va aussi beaucoup plus loin, en affirmant que les Templiers ont, à un moment donné, croisé leur chemin et échangé leurs savoirs avec les francs-maçons. Il explique que le but était au début strictement maçonnique, c'est-à-dire autour des arts de la construction et du bâtiment. Mais que, peu à peu, les savoirs transmis par les membres se sont étendus notamment à la navigation, les astres, et sans doute à des questions spirituelles et religieuses.

— La religion ? Pourtant il me semble que les francs-maçons ne sont pas religieux, objecte Ryan.

— Certes, et la partie du Manuscrit qui en parle est particulièrement intéressante. Il explique ainsi, poursuit-elle en lisant quelques lignes qu'elle avait recopiées du manuscrit :

Puisque les Templiers et les francs-maçons ont uni leurs savoirs pour construire des églises, puis des édifices non religieux, sur plusieurs continents, il fallait partager une base commune de certains principes de la religion chrétienne. Ces principes s'appelaient croyance ou crédo chez les Templiers, et valeurs humanistes ou universelles chez les francs-maçons.

Ryan écoute avec une attention toute particulière et semble en pleine réflexion, avant d'ajouter :

— Mais il me semble que les francs-maçons sont allés plus loin, concernant l'Église. Lorsque j'étais étudiant, je suis allé plusieurs fois à des conférences données dans leurs temples sur des sujets sociaux divers d'actualité. J'avais même été particulièrement étonné que cela soit si ouvert, j'en avais l'image d'une secte fermée, un groupe secret alors que la réalité était bien différente. D'après ce que j'ai compris, ils s'opposaient à l'idée qu'une église puisse exercer du pouvoir sur un État.

Ton souvenir est exact, rétorque Edwina. Or, regardons la fin des Templiers, telle qu'elle est relatée dans le *Manuscrit interdit* :

« Ce n'était pas les musulmans, mais le royaume catholique de France qui a mis fin à l'Ordre des Templiers, avec l'inaction du Pape Clément. Leur chef s'est fait exécuter en place publique à Paris, à quelques mètres de Notre-Dame. Dès lors, toute organisation qui se réclame des Templiers n'a pu qu'éprouver, sinon de la révulsion, du moins une grande méfiance vis-à-vis de l'Église et des institutions monarchiques. La franc-maçonnerie a incontestablement joué un rôle dans l'histoire moderne. Ce serait mentir de le nier comme ce serait puéril d'y voir un grand complot mondial. Elle a participé à ce que les Européens abandonnent leurs rois et l'Église catholique romaine, mais

abandonner les institutions ne signifiait pas abandonner les principes et les valeurs ni se livrer à un nouveau roi ou à un nouvel ordre religieux».

— Cela fait sens, en effet, commente à voix haute Ryan.

— Et, écoute bien ceci maintenant, l'alerte Edwina, tu devrais voir où peut nous emmener le Pr Alexander :

«Les francs-maçons doivent être reconnus pour leur contribution significative à l'édification politique des États-Unis d'Amérique. Ils représentent le passé, le présent et une partie de l'avenir du pays. Mais avant cela, ils ont grandement influencé les sociétés européennes. Comme nous pouvions le lire déjà au XVIIIe siècle en France, la franc-maçonnerie a effectivement joué un rôle contre l'ancien régime : "C'était une dénonciation indirecte, réelle pourtant et continue, des iniquités, des misères de l'ordre social ; c'était une propagande en action, une prédication vivante", peut-on lire dans des livres d'histoires du XIXe siècle. En 1776, le Grand Orient de France, fondé lui-même depuis trois ans à peine, ne comptait que cent quatre-vingt-dix-huit loges en activité, dont trente-cinq à Paris. En 1789, le nombre total s'élevait à six cent vingt-neuf et celui des loges parisiennes à soixante-trois. Les francs-maçons ont, non seulement, prospéré en Europe après la Déclaration d'Indépendance des États-Unis d'Amérique, mais ils ont aussi contribué à la Révolution française qui a eu la tête du roi et de la reine de France, et abattu la "superstition religieuse" de l'Église. Cette Révolution est considérée, non sans logique comme une réplique de l'attaque du Roi Philippe le Bel contre les Templiers et l'inaction du Pape.»

— Hum... médite Ryan, qui répète le début du passage lu par Edwina : *« Les francs-maçons ne devraient être négligés dans leur contribution de la construction politique des États-Unis d'Amérique. Ils en sont le passé, le présent et une partie du futur».* Qu'est-ce qu'il a bien pu vouloir dire par là ? Pourquoi le passé ? Et pourquoi l'avenir ? À quel passé des francs-maçons pouvait-il faire allusion ?

— Et bien, tu ne devineras jamais où et quand sont nées les premières loges de francs-maçons.

— Je ne sais plus, en Angleterre ? En Europe ? Au début du XIXe siècle ?

Edwina se dirige vers le premier écran d'ordinateur, situé à quelques mètres d'eux, toujours dans le même rayon de la bibliothèque.

— Tiens, toutes les informations là-dessus sont officielles.

Après quelques requêtes sur Google, elle tourne l'écran pour que Ryan puisse lire par lui-même :

La première loge maçonnique date de la toute fin du XVIe siècle, en Écosse, dans la banlieue d'Édimbourg. Elle est surnommée la Lodge of Edinburgh Mary's Chapel Number 1, ou encore The Ancient Lodge of Edinburgh Mary's Chapel. Officiellement, la plus ancienne loge maçonnique connue dont on puisse clairement établir qu'elle était structurellement distincte de la corporation locale de maçons fut celle dite de Mary's Chapel, fondée en 1599 sous l'autorité d'un membre de la famille Sinclair : William Sinclair. Il est intronisé grand maître des maçons au XVe siècle par le roi d'Écosse. Il est le descendant de Henri Sinclair, un chevalier qui avait participé à la libération de Jérusalem au XIe siècle auprès des forces templières. En 1736, le premier Grand Maître de la loge d'Écosse, s'appelait encore William Sinclair of Rosslyn, un descendant d'Henri et de William Sinclair.

— Ce qui signifierait que ce William Sinclair a fait la jonction entre les anciennes sociétés des maçons et les Templiers pour créer la franc-maçonnerie et fusionner ainsi tous leurs secrets, appuie Edwina.

— Cela paraît surréaliste ! réagit Ryan.

— Et pourtant c'est la stricte vérité. Et ce n'est pas une théorie alternative, c'est même la théorie officielle. Tiens regarde, si nous recherchons la première loge de francs-maçons dans Google Pictures, nous trouvons même des photos de signes maçonniques dans la chapelle de... Rosslyn pour l'illustrer ! Tout semble lié, Ryan, lis ici ! lui enjoint-elle en lui soumettant quelques lignes qu'elle avait prises en note depuis le Manuscrit interdit du Professeur Alexander.

Depuis la France, le berceau des Templiers, Jérusalem, Gisors, l'Écosse, la Chapelle de Rosslyn, Oak Island et la Tour de Newport, l'Ordre a exercé son influence et s'est prolongé. Difficile d'y voir leur main à travers toutes ces frontières et tous les siècles, mais c'est pourtant la vérité. Peu de communautés dans l'histoire ont détenu autant de pouvoir et fondé autant de sociétés dans de si nombreux pays. Le prolongement de l'empire des Templiers jusqu'à aujourd'hui est un secret dont le monde doit avoir connaissance. Nulle vérité n'est bonne à cacher pour la compréhension et le progrès de la science.

Tout paraît limpide à présent. Cela paraît même insensé que personne ne s'en soit rendu compte avant !

— Te rends-tu bien compte de la portée d'une pareille découverte ? commente Ryan.

— Oui, cette découverte est explosive. Seule la disparition du Pr Alexander a pu empêcher sa révélation, et je commence à saisir pour quelles raisons.

Edwina se lève et tient sa tête dans ses mains, elle se sent submergée d'idées.

— Edwina, j'aurai une dernière question par rapport à tes recherches.

— Je t'écoute.

— Si des Européens ont effectivement laissé une trace d'une tour ancienne avant Christophe Colomb, comme dans le Rhode Island, et d'autres des traces d'écritures anciennes comme à Kensington sur une roche, il devrait y avoir d'autres traces du même type, laissées quelque part. Cela confirmerait qu'il ne peut s'agir de coïncidence, objecte Ryan, non mécontent d'avoir trouvé un point qui pourrait soit confirmer, soit infirmer la théorie développée par Edwina.

— Tu as sans doute raison. Je ne me suis pas épanchée plus que cela sur cette piste, mais il existe bien une autre inscription runique dans une roche, elle se situe dans la baie d'une ville dont je n'avais jamais entendu parler : « Narra-gasset », je crois.

— Narragansett ?! Corrige le jeune Phil qui venait de revenir de sa pause cafétéria.

Edwina et Ryan le regardent à moitié énervés et à moitié rassurés de le voir revenu, mais néanmoins quelque peu amusés de l'absurdité de la situation.

— Oui, c'était cela, je crois : Narragansett. Pardonne-moi, d'Angleterre, ce n'est pas la ville la plus connue, ajoute-t-elle en se tournant vers Ryan.

— Narragansett se situe non seulement également dans le Rhode Island, mais de l'autre côté de la baie de Newport, complète Phil.

— Ce serait tout simplement stupéfiant, fait Ryan, en se précipitant de taper « Narragansett runestone » sur Google Images pour voir si une telle roche existe bel et bien.

De son côté, une idée fulgurante traverse l'esprit d'Edwina. Elle se dirige avec une certaine excitation vers l'imprimante pour sortir une partie d'une mappemonde. Elle y note les lieux dont ils viennent de parler : Edimbourg, Oak Island, Newport, Narragansett. Elle retourne ensuite vers Ryan, le visage illuminé d'une révélation soudaine.

— Ryan, regarde bien, dit-elle en lui montrant la carte. Voici les lieux que nous venons de mentionner, et voilà ce qui se passe si on les relie par une ligne droite. Saisissant un stylo, Edwina trace une ligne reliant ces points avant de le tendre à Ryan. À ton tour, Ryan. Prolonge la ligne et dis-moi ce que tu découvres !

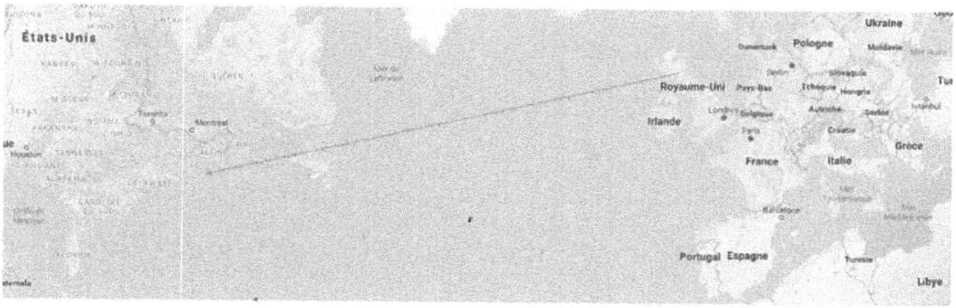

Il se lance dans l'exercice sans hésitation. Une fois arrivé à Oak Island, il trace une ligne en direction de Rhode Island, puis continue encore un peu plus loin.

— New York ? Interroge-t-il ? Les Templiers se seraient rendus jusqu'à New York ?

— C'est toi l'Américain ici, mais de mémoire, la ville historique était plutôt une autre, me semble-t-il.

Ryan se replonge dans la carte et descend encore puis termine son trait.

— Washington D.C. ! Ce serait donc ici même que nos explorateurs auraient terminé leur grande expédition il y a plusieurs siècles pour fondeur leur nouveau royaume ?

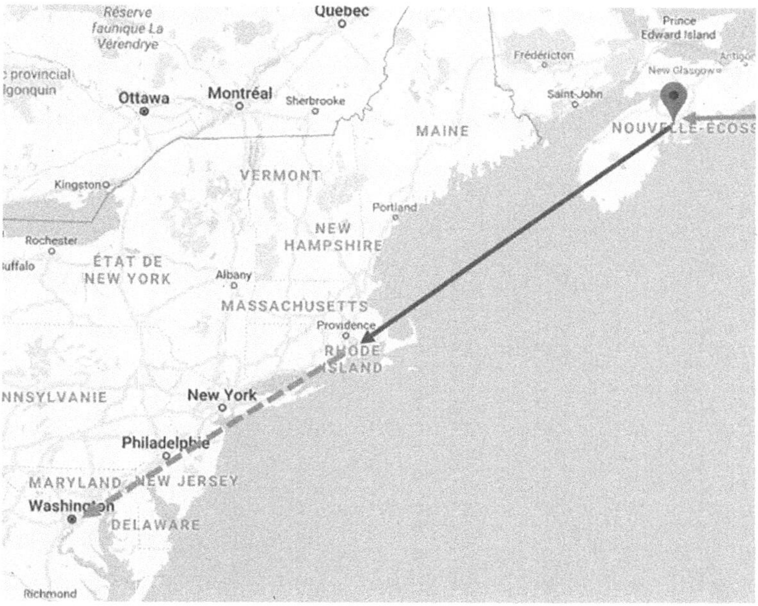

La géométrie savante de Washington, Washington D.C., Dimanche 24 septembre 2028, 20 h 30

Washington D.C. n'est pas une capitale ordinaire, elle n'est pas que le centre administratif et politique d'un pays, mais aussi une sorte de cœur culturel et de sanctuaire laïque. Peu de personnes ont conscience de son histoire, Edwina et Ryan sont en train d'en faire l'expérience. Bien qu'elle soit la plus jeune parmi les grandes capitales du monde, elle puise ses fondations, son architecture et ses symboles dans une histoire profonde, millénaire même. L'un des monuments les plus connus, le Capitole, que beaucoup considèrent comme un monument d'État, est en réalité un monument d'ordre religieux. Il a été bâti selon la légende du grand Temple de Salomon de Jérusalem. Les amateurs pourront admirer son architecture, faite pour en imposer aux yeux et aux âmes. N'oublions pas que l'on retrouve sur le plafond du Capitole une peinture ne représentant rien de moins que « L'Apothéose de Georges Washington », c'est-à-dire l'élévation au rang de Dieu du premier Président américain qui fait l'objet d'un culte quasi religieux. Le Dieu auquel il est fait référence sur les billets de dollars « In God we trust » est largement inspiré du Dieu de la Bible, mais la référence n'est pas explicite. C'est une sorte de religion qui provient de l'Église catholique, mais s'en est quelque peu émancipée, exactement comme l'avaient été les Templiers. Cependant, si elle ne contient pas d'édifices directement consacrés aux Templiers, la ville de Washington D.C. recèle de bâtiments dédiés aux francs-maçons, notamment le majestueux House of the Temple, siège du Suprême Conseil de la Juridiction Sud du Rite écossais ancien et accepté, le George Washington Masonic National Memorial, qui sert à la fois de mémorial et de musée en l'honneur de George Washington, ainsi que plusieurs loges maçonniques disséminées à travers la ville, comme la Loge Naval n° 4 et la Loge Federal n° 1. Ces édifices, riches en symboles et en histoire, font partie intégrante du riche tissu culturel et mystique de la capitale, ancrant profondément l'influence maçonnique dans la fondation et le développement de la nation, de telle sorte qu'il est impossible de dissocier Washington D.C. de la franc-maçonnerie.

Féru d'histoire et d'études politiques, Ryan avait beaucoup lu sur le sujet lorsqu'il était à l'Université, mais les révélations que vient de lui faire Edwina changent totalement ses perspectives.

— Cela signifierait que Washington DC aurait un lien particulier avec les francs-maçons, hérité des Templiers ? Tente de résumer, Ryan se tournant vers Edwina.

— Vous plaisantez ? interrompt Phil, pressé de partager son savoir.

— Nous t'écoutons, concède Ryan.

— Et bien, la ville de Washington a été conçue et bâtie par des maîtres maçons : Georges Washington, Benjamin Franklin et Pierre l'Enfant, un architecte français. Ils l'ont émaillée partout d'emblèmes et de symboles maçonniques. Le Capitole, la Maison-Blanche et le Washington Monument, ont été posés à des années différentes, mais toujours sous les mêmes configurations astrologiques. Un tableau célèbre représente même la pose de la pierre angulaire du Capitole par Georges Washington, le 18 septembre 1793. Il existe même un *George Washington Masonic National Memorial,* vers Alexandria, au sud du cœur de la ville. Le nom d'Alexandria rappelle d'ailleurs facilement l'Égypte antique. Un bâtiment insolite incomparable, abritant une réplique de l'Arche d'alliance et une salle qui est même baptisée : *La salle des Chevaliers templiers.*

— C'est une blague ? s'étonne Edwina.

— Pas du tout, vous pouvez vérifier depuis vos smartphones. Phil reprend son exposé. Cet édifice maçonnique à la mémoire de Georges Washington, le père des États-Unis d'Amérique est d'ailleurs unique, il est le seul à être soutenu par les 52 loges différentes de la franc-maçonnerie américaine. Tout y est à la gloire de l'ordre maçonnique, et son architecture est fascinante. Elle mélange les inspirations : néoclassiques, néo-romanes, néogothiques et maçonniques ; outre la réplique étonnante de l'Arche d'Alliance, il y a même une reproduction, grandeur nature, de la salle du trône du Temple du roi Salomon. Comme pour symboliser que le Nouveau Monde comportait tout l'héritage de l'ancien et de ses savoirs, et relier directement le Temple de Jérusalem, l'Arche d'alliance et les Templiers aux États-Unis d'Amérique.

L'Arche d'Alliance, les Templiers, les francs-maçons et Georges Washington, cela commence à faire beaucoup trop pour n'être que des coïncidences ! Ryan réalise qu'ils suivent probablement la bonne piste. Edwina et lui commencent à voir Phil sous un jour nouveau. Ryan envisage même de le recruter pour des enquêtes au FBI après ses études.

— Washington est donc la ville maçonnique par excellence, en conclut Edwina à voix haute.

— Vous ne pensez pas si bien dire, l'encourage Phil. Non seulement elle contient de nombreuses références, mais toute sa construction a été réalisée selon les idéaux maçonniques. Des idéaux bien plus qu'uniquement architecturaux, mais quasi religieux.

— Tu voudrais donc dire que les francs-maçons ont voulu remplacer la religion, à l'époque essentiellement, le protestantisme ou le catholicisme par un idéal nouveau, fondée sur la franc-maçonnerie ? Lui demande de préciser Edwina.

— Pas exactement, nuance Phil. Toutes les sociétés humaines à travers le temps et l'espace sont toujours dirigées par une religion. Il existe quelques régimes laïques, mais qui ne perdurent que lorsque le peuple est lui-même très pieux. Or, lorsque les États-Unis ont été créés, ses fondateurs ont refusé toute religion d'État, mais nous ne parlons là que de la forme, pas des valeurs. La théorie la plus plausible est que ces Pères fondateurs ont cherché à fusionner la foi en un déisme laïque, créant ainsi une nouvelle « religion » sans église, une église sans clergé : les États-Unis d'Amérique. Dans cette vision, Dieu demeure le pilier et l'autorité suprême de la Constitution, un document qui n'a pas changé depuis sa rédaction, contrairement à d'autres pays comme la France qui a instauré sa première République peu après les États-Unis. Cette constance illustre que, contrairement à d'autres nations où les régimes fluctuent selon les ambitions politiques du moment, aux États-Unis, le régime lui-même représente l'apothéose, une véritable religion sans église et sans clergé.

C'est ce qui expliquerait ainsi que les francs-maçons ont depuis toujours pris ce parti-là, c'est ainsi qu'ils avaient œuvré à la Révolution française à renverser la monarchie, incarnant ainsi le combat des « Lumières » pour renverser l'obscurantisme et la superstition, et la Liberté contre la soumission. Une des grandes figures des Lumières, le célèbre Voltaire, fut lui-même initié aux rites francs-maçons peu de temps avant sa mort, et compte ainsi parmi la grande lignée de figures de leur ordre. Un siècle plus tard, les francs-maçons furent également à l'œuvre pour l'instauration de la « Laïcité » en France, avec leur fameuse Loi de 1905, qui consacre la séparation entre l'Église et de l'État. Beaucoup y voient la main des francs-maçons contre les religions, mais il s'agit davantage d'une opposition à l'Église institutionnelle qu'à la croyance en Dieu ou aux religions elles-mêmes.

— La vengeance posthume contre le Pape et Philippe le Bel, pense tout haut Ryan.

— Si l'on rassemble toutes ces informations, comment pourrions-nous deviner le prochain lieu où les ravisseurs du Professeur Duran se rendront pour suivre leur quête du trésor des Templiers ? Charge Edwina, qui a visiblement partagé tout ce qu'elle devait et est désormais impatiente que Ryan puisse lui venir en aide.

— Bonne question. Réfléchissons bien. Pour savoir où les descendants des Templiers ont pu le cacher, nous devons nous mettre à leur place, et donc dans leur tête.

— C'est-à-dire ?

— C'est-à-dire qu'ils ne devaient pas penser mettre le trésor dans n'importe quel lieu, mais que celui-ci devait respecter certains critères.

— Et comment pourrait-on deviner quels auraient été leurs critères ? Demande Edwina, quelque peu agacée du ton qu'emploie

Ryan, comme s'il allait arriver à une réponse alors que son raisonnement ne fait que l'emmener vers de nouvelles questions…

— C'est simple, nous devons prendre en compte les endroits qui étaient, pour eux, des modèles connus de lieux ayant déjà abrité le trésor. En l'occurrence, nous en connaissons deux : le Temple de Salomon, et le château des Templiers dans Paris. Tous deux lieux de pouvoir et de culte à la fois.

Edwina reste ébahie devant la rapidité de penser de Ryan. *Elle avait oublié à quel point elle aimait cela chez lui.* Elle s'empresse de faire apparaître sur son écran une carte de Washington D.C.

— Tu as raison ! répond-elle en l'invitant à regarder avec elle la carte qu'elle affiche sur l'écran de la tablette de Phil.

— Quels sont, selon toi, les trois plus grands lieux de pouvoir et de religion à Washington ?

— Pour ce qui est des centres du pouvoir, je dirais la Maison-Blanche et le Capitole. En revanche, il me semble difficile de désigner un endroit à forte connotation spirituelle qui ne soit pas explicitement une église. Gardons à l'esprit que bien que Dieu soit mentionné dans la Constitution américaine, ce document a été rédigé par des francs-maçons qui envisageaient de remplacer l'Église par une forme de mysticisme laïc. Cela semble exclure les deux grandes cathédrales de la ville : la *National Cathedral* sur Wisconsin Avenue et la *St Matthew's Cathedral*, le siège de l'archevêque de l'archidiocèse catholique romain de Washington sur Rhode Island Avenue.

Ryan s'arrête brusquement, ses yeux s'embrasent d'une lueur intense alors qu'il plonge son regard dans celui d'Edwina, comme s'il y cherchait une révélation.

— Les francs-maçons ! s'exclame-t-il. Si nous devons rechercher un lieu de spiritualité, ou plutôt un temple spirituel, il nous faut regarder du côté du temple des francs-maçons ! Cherchons leur principal temple dans la région.

— Il existe bien un grand temple maçonnique à Washington, non loin du centre de la ville, rajoute Phil. Il indique sur une carte *House of Temple* : le grand temple maçonnique américain.

Mais Ryan ne semble pas convaincu. Cela paraît trop facile !

— Le lieu doit être impérativement lié à la franc-maçonnerie certes, mais également liée à la destinée politique des États-Unis et posséder une aura de la même grandeur que celle du Temple de Salomon en son temps. Pour en avoir le cœur net, Edwina regarde sur son plan où se trouve la grande cathédrale et marque d'un point son emplacement et celui du grand temple maçonnique. Elle se rend compte que les deux emplacements se situent chacun d'un côté d'un rond-point, le *Scott Circus*, qui relie toutes les artères principales de la ville et se trouve à quelques pas seulement des bâtiments de la Maison-Blanche. Elle semble particulièrement à son tour intriguée par cette singularité. Elle dézoome puis relie, selon l'architecture de la ville, le rond-point au premier monument important, la Maison-Blanche, puis prolonge ce trait. Elle se rend compte que ce trait traverse ensuite un autre bâtiment emblématique, et que ce bâtiment emblématique se trouve à la croisée de tous les autres grands bâtiments de ville. Les battements de son cœur se mettent à s'embraser. Elle a trouvé le lieu où devrait se trouver le trésor des Templiers. Au cœur de la ville fondée par les héritiers des Templiers.

Pour en être sûre, elle réinitialise la carte et demande à Ryan de relier à son tour les différents bâtiments évoqués, ce qui lui laissera quelques secondes de réflexion.

— Regarde, cette carte de Washington D.C.. Prends le House of the Temple, et relie-le Capitole à lui, et dis-moi ce que tu trouves.

Ryan, bien que perplexe quant au point où Edwina veut en venir, s'exécute et se lance dans l'exercice. Son hésitation s'évanouit lorsqu'il matérialise deux lignes qui convergent en un angle droit impeccable sur un point singulièrement distinctif.

Un éclair d'Eureka traverse son regard. Ils viennent peut-être de découvrir l'endroit où les Templiers ont caché leur trésor millénaire !

*

Maison-Blanche, Washington D.C., bureau ovale du Président des États-Unis, Dimanche 24 septembre 2028, 21 h.

Depuis le bureau ovale qu'il occupe depuis bientôt quatre ans, le Président des États-Unis est assailli par des doutes en scrutant le déroulement de la campagne présidentielle pour sa succession. Il se laisse quelques moments de répit pour réfléchir, seul dans son bureau, avant d'honorer un dîner de gala un peu plus tard dans la soirée. *Ai-je bien gouverné ? Suis-je passé à côté de mon mandat ? Devrais-je trancher entre les progressistes à tout crin qui veulent effacer le passé et les tenants de l'ordre ancien qui veulent renouer avec ce que les hommes étaient il y a encore quelques décennies ?* Pour la première fois de sa longue vie politique, cet homme si réputé pour ses aptitudes à prendre de bonnes décisions, son esprit tranchant et ses capacités de leader hors-norme, ne parvient plus à se forger de certitudes, le doute le traverse trop souvent. Lui qui avait su convaincre des foules et des millions d'électeurs toute sa vie n'arrive même plus à connaître sa propre opinion. Cette question, ce dilemme qui se présente face à lui le ronge. Au fond, il ne sera pas mécontent de ne plus être Président. Il aimerait cependant que celui qui lui succède soit celui à qui il donnera son soutien, cela viendrait clore bellement une longue carrière politique. Cependant, il ne sait même pas à qui le donner, il ne parvient pas à y voir clair. Il envie presque ceux qui pensent détenir la vérité avec une idéologie bien définie, ce doit être si reposant de tout voir de façon binaire et simpliste, même si cela ne correspond pas aux réalités des mouvements humains et des dynamiques des sociétés.

Une sonnerie vient l'arracher à ses pensées, son *Chief of staff* l'appelle.

— M. le Président, Richard Lee Martin, le grand-maître de la première loge de la franc-maçonnerie du pays, vient de m'appeler, il veut s'entretenir avec vous en privé pour un entretien urgent, il affirme que notre sécurité nationale est en jeu.

— Mais je ne suis pas aux ordres des francs-maçons, il y a déjà assez de théories du complot sur Internet pour que le Président des États-Unis se fasse convoquer de la sorte par le grand-maître de la franc-maçonnerie américaine, de quoi cela aurait-il l'air ? réagit-il instinctivement. Il laisse un temps de silence. Sait-on ce qu'il veut ? ajoute-t-il.

— Il a insisté en s'excusant de s'adresser ainsi à vous, mais nous a assuré que vous le remercierez de ses informations aussitôt qu'il vous les aura livrées.

— Bon. Le Président marque quelques secondes de réflexions. *Après tout, Richard Lee Martin était un homme qui lui avait toujours été très agréable les quelques fois qu'il l'avait croisé et était réputé pour son élégance et ses bonnes manières. Et si la sécurité du pays était vraiment en jeu ?* Il reprend, plus calmement, le combiné du téléphone, en main : dites-lui de me rejoindre d'ici une heure, je le verrai juste avant le gala de charité de ce soir à la Maison-Blanche. Rendez-vous directement à mon bureau, mais qu'il vienne en « Guest Ghost », sans aucune trace de sa visite. Je souhaite qu'un agent des services secrets, affecté à ma protection, le conduise ici, sans contact ou conversation avec quiconque.

— À vos ordres, Monsieur le Président.

*

La Maison-Blanche. Pour éviter d'alimenter nombre de théories du complot sur la mainmise, de la franc-maçonnerie aux États-Unis, Richard L. Martin, avait toujours soigneusement évité d'y retourner depuis qu'il avait été intronisé grand-maître par ses pairs afin de ne pas nourrir les théories conspirationnistes circulant aux États-Unis. Il côtoyait suffisamment de personnes de la Maison-Blanche du fait de ses fonctions pour pouvoir éviter cette vanité. Il est escorté discrètement par un des membres des Secrets Services, et se retrouve quelques secondes seulement après son arrivée, installé près des canapés du bureau ovale, face à face avec le Président des États-Unis.

— Bonsoir et bienvenue ! Je vous en prie, asseyez-vous, invite le Président qui scrute d'un regard furtif, mais intense son invité. J'ai fait de la place dans mon emploi du temps dès que j'ai appris l'urgence de votre message. J'espère que les convives du dîner de gala de ce soir n'auront pas trop à vous en vouloir. Le grand maître semble mal à l'aise, quelque peu nerveux. Il n'est pas sûr d'être bien à sa place. Il se demande s'il n'en avait pas trop fait. *Réclamer de voir le Président des États-Unis d'Amérique de manière urgente pour lui révéler une information concernant la sécurité nationale du pays n'était peut-être pas l'idée la plus brillante ?* regrette-t-il. De mémoire, jamais un grand-maître n'était venu réclamer l'aide directe d'un Président des États-Unis en exercice. Mais comment aurait-il pu faire autrement ? Si le Président s'attend à ce qu'on vienne lui révéler un attentat sur le point d'être commis grâce aux informations qu'il allait lui donner, il serait très déçu. Pire, et si ce qu'il s'apprête à lui dire le faisait passer pour un fou ? Mais après tout, il se sentait dans l'obligation de venir l'informer de ce qui était en train de se passer, et qui, d'une façon ou d'une autre, pouvait le concerner. Le grand maître rassemble son courage et décide de se lancer.

— Monsieur le Président, c'est un grand honneur d'être reçu par vous. Je tiens à m'excuser de ma démarche, mais j'espère que vous la comprendrez, car après tout, vous êtes concerné par des évènements qui semblent se dérouler en ce moment même et sont de la plus haute importance. Ce que je vais vous révéler est un secret que partagent seulement quelques personnes sur la terre, on peut les compter sur les doigts d'une main. Aussi, serait-il possible d'être seul avec vous dans la pièce pour les prochaines minutes ?

Le Président fait signe à ses deux plus proches gardes du corps de l'attendre derrière la porte d'entrée du bureau ovale. Puis, le grand maître, assis seul face au Président sur les canapés de la pièce, reprend :

— Lorsque Georges Washington, qui était un frère, et donc à la fois votre prédécesseur et le mien, a entrepris la construction de notre ville de Washington D.C., il en a profité pour mettre à l'abri un coffre comprenant des objets précieux qui possédait, disons, une certaine dimension historique. L'idée était à la fois de les conserver sur le territoire américain, d'assurer leur préservation, et d'empêcher que des forces superstitieuses ne puissent les utiliser à des fins religieuses pour protéger l'idéal d'une Amérique tournée vers les Sciences et la Raison.

Il laisse une pause de quelques secondes, espérant que le Président laisse échapper quelques réactions, mais le Président demeure neutre et très attentif. À vrai dire, le Président était passé maître depuis bien longtemps dans l'art de dissimuler ses émotions.

— Ce coffre n'a jamais été ouvert depuis sa mise à l'abri à la fin du XVIIIe siècle. En dehors de lui, seul Pierre Lenfant, l'architecte français de Washington D.C., et par ailleurs frère franc-maçon, était au courant de son emplacement à l'époque. Les quelques personnes ayant cette information ont toutes fait le serment de ne jamais divulguer l'information et ce serment n'a jamais été rompu. Cependant, en toute fin d'après-midi, il s'est passé quelque chose à notre House of the Temple, notre grand temple maçonnique situé 1733 16 th Street Northwest.

— Je connais l'endroit. Que s'est-il passé ?

— Et bien à vrai dire je ne sais pas tous les détails, mais un frère, plus âgé que moi et qui m'avait aidé à devenir grand maître, a disparu en fin d'après-midi après avoir été aperçu près d'une salle normalement inaccessible, au sous-sol de notre temple.

— Je suis navré de l'apprendre. Souhaitez-vous que je prévienne les autorités pour se lancer à sa recherche au plus vite ? Je peux faire appeler les plus hautes autorités de toutes nos agences de sécurité pour le retrouver. Ou, avez-vous une idée de là où il peut être désormais, après cette salle normalement inaccessible ?

— À vrai dire, je crois savoir où a-t-il été emmené. Une porte secrète, dont normalement nul n'a connaissance et qui n'a jamais été ouverte depuis la construction du temple, a été forcée. C'est elle qui peut mener vers les objets précieux cachés par Georges Washington et Pierre Lenfant.

Le Président n'en croit pas ses oreilles. Il se redresse subitement sur son siège, comme s'il venait de se réveiller.

— Savez-vous où conduit cette porte, demande-t-il ?

— Selon ce que l'on m'avait dit, elle mène à un souterrain caché sous la 16th SouthWest Avenue.

— Et vous voulez donc que j'envoie des hommes aller visiter ce sous-terrain pour le retrouver en toute discrétion pour éviter que vos équipes prennent des risques en y allant ?

— À vrai dire, pas exactement… ne me demandez pas comment ils ont fait, mais la porte a été bloqué de l'extérieur, je crains qu'en la manipulant nous la scellions et empêchions mon frère de revenir sain et sauf. Mais ce souterrain n'est pas le seul qui mène à son chemin. Il y en existe un autre, plus rapide et qui permettrait de rattraper à temps ces hommes, avant qu'ils ne puissent mettre la main sur les items enterrés il y a plus de deux cent cinquante ans.

— Et qui donc a accès à l'autre partie de ce tunnel souterrain caché ?

— Il n'y a qu'une seule organisation qui peut avoir accès à l'autre partie de ce tunnel, et seule la personne tout en haut de cette organisation peut autoriser de pénétrer dans ce lieu secret.

— Ah bon ? Mais quel service ? s'étonne le Président.

Le grand Maître hésite un instant, puis déclare d'une voix ferme :

— Seule la présidence des États-Unis, sous votre autorité, Monsieur le Président, peut accéder à ces secteurs du tunnel.

Le Président le fixe, une lueur de compréhension naissant dans ses yeux, alors que la gravité de la situation devient clairement étouffante.

*

— Un couloir sous-terrain secret depuis la Maison-Blanche et dont je serais le seul à avoir accès ? Mais de quoi vous me parlez ? Qu'est-ce qu'il peut bien y avoir de si particulier dans ce sous-terrain ?

— C'est-à-dire, Monsieur le Président, que je ne l'ai jamais vu par moi-même, tout ce que je sais c'est qu'il y a une salle accessible uniquement depuis la Maison-Blanche et depuis The House Temple. C'est-à-dire qu'en théorie, seuls vous ou moi pouvons y avoir accès.

— Mais visiblement d'autres personnes y ont pénétré ? s'esclaffe le Président, agacé de ce qu'il entend.

— C'est précisément pour cela que je viens vous voir. Je suis tout autant bouleversé que vous. Ne pensez pas que cela soit facile pour moi de venir vous déranger avec cela. Mais je me devais de vous en parler.

— Vous avez eu raison, reprit, plus calmement le président. J'espérais bien que personne ne viendrait me parler de cela pendant mon mandat. Et nous y étions presque arrivés.

Le grand Maître a le souffle coupé par cette réponse.

— Pardonnez-moi, Monsieur le Président ? Vous connaissiez l'existence de ce passage ?

— Ce que je vais vous dire doit rester entre nous, grand Maître. C'est l'un des rares secrets révélés au Président des États-Unis lors de sa prise de fonction. Pour ma part, j'ai toujours pensé que je devais adopter sur ce sujet la même attitude que mes prédécesseurs.

— C'est-à-dire, Monsieur le Président ?

— C'est-à-dire, faire comme si ces passages et ces items n'existaient pas. Comme cela a été observé par tous mes prédécesseurs sans exception depuis Georges Washington.

— Mais dans ce cas-là, pourquoi des hommes voudraient-ils agir aujourd'hui ? Pourquoi maintenant, Monsieur le Président ? Pourquoi après deux cent cinquante ans de quiétude à ce sujet ici ?

Le Président sent l'urgence de la situation et sait qu'il va devoir ordonner une opération spéciale d'ici quelques instants. Il se sert de ces quelques secondes pour rassembler toutes ses pensées pour méditer sur les questions du grand maître et être sûr de bien comprendre la situation. Le front dégagé, le regard puissant, le ton calme, il reprend :

— Je dirais que notre prochaine élection présidentielle doit les préoccuper.

— Vous voulez dire qu'ils craignent votre successeur potentiel ?

— Certainement. Zuckberg et ceux de sa génération ne sont pas comme les entrepreneurs précédents. Ils ne ressemblent en rien à Rupert Murdoch, Warren Buffet, Richard Branson, ou même à Bill Gates ou Steve Jobs. Non, Zuckberg est de la nouvelle génération des entrepreneurs qui considèrent que leurs entreprises ont des missions messianiques d'illumination de l'humanité. Ils aspirent à une société qui transcenderait les limites actuelles du savoir, des capacités physiques et mentales, et même des frontières territoriales de l'humanité. Zuckberg est le plus jeune et le plus fervent d'entre eux. Ceux qui ont orchestré cette infiltration semblent croire qu'il a l'intention de porter un coup fatal aux croyances religieuses, perçues comme le dernier obstacle à leur quête ultime : l'établissement d'une ère nouvelle fondée sur d'autres principes. Cette ère nouvelle verrait des avancées majeures dans l'exploration spatiale, le transhumanisme, et le développement de l'intelligence artificielle, mettant fin à des millénaires de croyances religieuses non fondées sur la science. Et cela sans même mentionner leur ambition de vaincre la mort elle-même. Depuis près de quinze ans, ils investissent des milliards chaque année dans la recherche médicale ou encore la fusion de l'homme et de la machine. Vous devez comprendre que pour ces visionnaires, désireux de conquérir l'espace, de créer des synergies entre l'homme et les machines et d'acquérir une compréhension scientifique totale de notre univers, les artefacts d'une ancienne religion monothéiste, supposés posséder un caractère sacré, ne représentent que peu de chose, ou plutôt, ils sont vus comme un obstacle. Ces individus doivent craindre que, en accédant à la présidence, Zuckberg puisse découvrir l'existence de ces antiques reliques et soit tenté de les faire supprimer. Cela permettra d'éradiquer à tout jamais le monde religieux, sacré, spirituel, et bâtir une nouvelle ère selon ses principes.

— Estimez-vous que nous vivions une nouvelle guerre de religion, Monsieur le Président ?

— En quelque sorte, oui. Lorsqu'à la fin des années 1980 et 1990, les pères de l'informatique moderne Steve Jobs ou Bill Gates, suivis une décennie plus tard par Sergei Brin et Larry Page, ont commencé leur aventure informatique, les autorités gouvernementales et les institutions religieuses ne leur prêtaient guère attention. Ils étaient considérés comme des petits génies de l'informatique, mais personne ne percevait ni la portée financière ni civilisationnelle de ce qu'ils étaient en train de réaliser. En réalité, ces petits génies sont devenus les prophètes d'une nouvelle religion qui vise à améliorer, changer puis remplacer progressivement l'homme par la machine : le transhumanisme. Or, deux systèmes de valeur ne peuvent cohabiter durablement, il y en a toujours un qui prend le dessus. Et si les religions du Livre perdent du terrain, le transhumanisme ne cesse de gagner de nouveaux adeptes. Mais pour triompher, il doit d'abord détruire les anciennes religions et démontrer combien les croyances traditionnelles sont dépassées. Les tenants des anciennes religions essaient de freiner cette pente glissante, en rappelant le caractère des textes, mais cela ne suffit pas. Il en va, en de la survie des civilisations telles que nous les connaissons. J'ose parier que ce sont certains États européens qui cherchent à s'emparer de ces reliques à tout prix.

— Pourquoi voudraient-ils acquérir ces anciennes reliques ? interroge le grand-maître.

— Posséder ces reliques sacrées permettrait de réunifier les différents peuples européens autour de leur héritage et de leurs valeurs communes. De plus, nous ne vivons pas une époque commune, nous sommes à un tournant dans l'Histoire, un reversement digne de l'an 334 apr. J.-C., lorsque Constantinople a abandonné ses dieux et ses déesses issues de la mythologie grecque pour adopter le christianisme et déclarer païens tous les croyants de l'ancienne religion. La période actuelle est sans doute plus incertaine encore. Nous vivons un croisement dans l'histoire de l'Humanité, le moment où l'Homme se libère de ses anciennes superstitions et de ses anciennes contraintes et s'approche de nouveaux graals : l'immortalité grâce à la technologie, l'avènement d'une puissance superficielle, ultime, l'Intelligence Artificielle et l'hybridation de l'homme avec l'informatique. Il est très probable que nous soyons la dernière génération de l'histoire de l'humanité. Celle qui assistera, impuissant, à l'émergence d'une humanité augmentée, par des implants en tout genre. Pour y accéder, les nouveaux apôtres doivent se séparer des gardiens de l'ordre ancien et des derniers obstacles moraux pour choisir l'aboutissement de la science comme crédo. Ils réaliseraient une partie des buts fixés par l'ordre des Templiers et des francs-maçons eux-mêmes.

— Une partie ? Une partie seulement ?

— Oui, vous êtes plus éclairé sur ce sujet que moi. Vous êtes, après tout, leur représentant le plus éminent. L'un des principes fondamentaux des francs-maçons a toujours été de préserver un héritage historique et religieux, celui des Templiers et donc du christianisme. C'est pourquoi ceux qui vous ont accusé de vouloir éradiquer le christianisme étaient dans l'erreur. Mais aujourd'hui, il semble que votre ordre soit confronté à un schisme, devant choisir entre l'avènement d'une société basée sur la science et le progrès technologique incessant, ou préserver l'héritage millénaire des Templiers qui soutient votre ordre.

— Vous avez sans doute raison, Monsieur le Président, mais pourquoi m'exposez-vous tout cela ?

Parce que je suis un homme vieillissant, que le temps des conversions est révolu pour moi, et que mon mandat prendra fin dans quelques mois. Je suspecte que votre visite n'a pour but que de solliciter mon aide, sans offrir quoi que ce soit en retour. Or, nous nous trouvons à un tournant décisif de notre histoire, une période critique tant pour les États-Unis que pour les francs-maçons.

— Je le conçois et le comprends tout à fait, Monsieur le Président.

— Alors vous devez concevoir que si le Président des États-Unis vous aide, vous devez aussi l'aider, et prendre part à la prochaine décision.

— Quelle décision, Monsieur le Président ? Demande le grand maître, inquiet.

— Nous sommes face à un dilemme : d'un côté des puissances étrangères qui veulent dérober un trésor millénaire qui est le fondement de tout ce que les États-Unis d'Amérique sont devenus depuis leur création il y a deux cent cinquante ans, et de l'autre un futur Président qui risquerait de les détruire. Cette décision est trop importante pour moi seul, j'ai besoin de votre sagesse.

— Mais, Monsieur le Président, vous savez bien que notre ordre ne prend jamais part à des décisions politiques ! s'échappe le grand maître.

— Je le sais bien, mais je vous demande votre opinion. En réalité, cette décision m'incombe à moitié, l'autre moitié vous revient. Ceux qui ont construit ces passages ont dû estimer qu'il vous revient autant qu'à moi de veiller sur ces objets. À nous d'honorer leur sagesse.

Le grand maître ne semblait pas s'attendre à une telle remarque de la part du Président. Il se sent décontenancé, son ordre ne fonctionne pas ainsi. Il n'est pas censé prendre des décisions de cette dimension. Pour gagner du temps, il interroge à son tour :

— Quelles sont nos options, Monsieur le Président ?

— Laisser agir ces chasseurs étrangers pour protéger le trésor du potentiel futur Président ou protéger le trésor en laissant ici, tout en ne sachant pas ce qui risque d'advenir d'ici quelques mois seulement… Mais, si nous les laissons agir, cela signifiera révéler au monde la véritable histoire et la véritable nature des États-Unis d'Amérique. Dans cette nouvelle ère, les alliances sont plus fluides et complexes que jamais, ces révélations entraîneront des conséquences insoupçonnées pour les années et les siècles à venir, avec un flot prévisible d'inepties, de déformations et de mensonges de toutes parts. Votre ordre sera également mis à rude épreuve et devra affronter de terribles turbulences, vous aurez à faire face à de l'incompréhension, voire à des dénonciations plus dangereuses dans certains pays moins libéraux. Et l'avenir n'est plus aux démocraties libérales.

— Hum. Vous me mettez dans un grand embarras. Je ne saurais que vous conseiller. Je vous remercie sincèrement de m'associer à une décision aussi lourde de sens pour l'avenir des sociétés de la planète. Mais je vais réitérer ma réponse : nous ne prenons pas part aux décisions temporelles, je suis à la porte de mon seuil de compétences. Comptez que les 50 % de décisions que vous m'accordez voteront blanc, et que la décision finale vous revient à vous seul, Monsieur le Président. Notre but est de faire émerger la lumière, pas de contrôler ses rayons.

Le Président est déçu de cette réponse, même si elle ne le surprend pas tant que ça.

— Alors je vais devoir prendre seul une décision qui me dépasse.

— J'en ai bien peur, Monsieur le Président.

Adam, Dimanche 24 septembre 2028, 21 h.

— Regarde bien la carte, qu'est-ce quei peut apparaître si l'on tente de relier House of the Temple, la Maison Blanche et le Capitole des États-Unis ? fait observer Edwina en montrant à Ryan une carte :

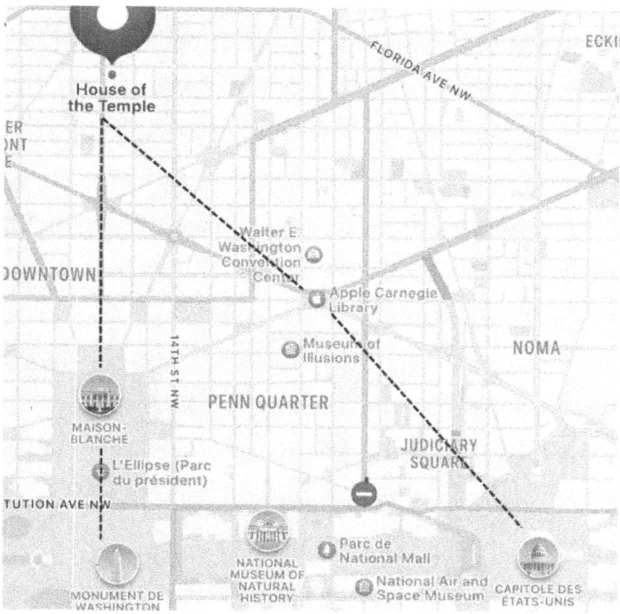

— La Carnegie Library, désormais la boutique Apple que nous avons visitée plus tôt, ou le Washington Monument, l'obélisque inspiré de l'Égypte antique, poursuit-elle en scrutant avec attention la réaction de Ryan.

— Le Washington Monument ! s'écrie Ryan ! L'édifice le plus monumental de Washington avec le Capitol, le lieu où a été entreposé le trésor des Templiers ! Ryan est subjugué par cette révélation, il sent bien que cette géométrie parfaite qui place le Washington Monument au cœur de la géométrie de la ville ne saurait être le simple fruit du hasard. Pour autant, il éprouve des réticences à se précipiter pleinement dans le raisonnement d'Edwina.

— Mais le Washington Monument n'a pas d'utilité spirituelle, ni même de fonction particulière, il n'a qu'une fonction symbolique si je ne me trompe, redescend-il.

— Tu connais beaucoup d'endroits au monde où l'on construit un obélisque monumental de cent soixante-dix mètres de hauteur sans raison particulière ?

Edwina marque un point aux yeux de Ryan. Phil acquiesce d'un hochement de tête.

— Savez-vous qui a orchestré la création de l'obélisque du Washington Monument ? Ajoute Phil.

— Pas vraiment, pourquoi ? Des figures emblématiques de la politique américaine ou des francs-maçons, sans doute ? répond Ryan.

— Aux deux ! John Marshall et James Madison. John Marshall, était un grand admirateur de Georges Washington, il lui consacra cinq volumes de biographies et a été Secretary of States et détient le record de longévité au poste de Chief Justice of The United States. Il était franc-maçon et même grand-maître de sa loge en Virginie. Quant à James Madison, il a été rien de moins que le 4e Président de l'histoire des États-Unis d'Amérique. De plus, l'obélisque du Washington Monument est à la fois un symbole maçonnique, comme l'obélisque de la Concorde de Paris, qui se veut en droite ligne de l'héritage de l'ancienne civilisation d'Égypte antique. Cela laisse à penser que James Madison était affilié à une ou plusieurs sociétés secrètes et que ce lieu est intrinsèquement lié au pouvoir, aux fondements des États-Unis, ainsi qu'à l'héritage profond des francs-maçons. Il est donc tout à fait plausible que le trésor soit caché là.

Cela se tient vraiment, se figure Ryan. Il croise une dernière fois la Maison-Blanche, le Capitol et le House of the Temple sur une carte pour vérifier.

— N'oublions pas que ceux qui ont fondé la ville étaient tous initiés aux sociétés secrètes et aux savoirs anciens, il y a donc peu de probabilités que ce soit seulement un obélisque, fait observer Phil, excité.

Ryan se trouve à court d'arguments.

— Et comment pourrait-on y accéder, selon toi ?

— Si l'on poursuit notre logique d'un trésor caché par les Templiers et leurs descendants francs-maçons, au service de la fondation d'une ville, et que l'obélisque se trouve dans la continuité et à proximité des différents bâtiments de pouvoir et du temple maçonnique, je parierais que chacun de ces bâtiments donne un accès souterrain à l'obélisque.

— Hum, ça se tient, admet Ryan, de moins en moins dubitatif. Il n'y a qu'un seul moyen de vérifier, conclut-il en esquissant un sourire.

*

Le Washington Monument se dresse comme un symbole iconique, semblable à aucun autre. Son nom lui-même résonne comme un écho solennel, laissant supposer que, s'il fallait choisir un seul monument qui incarne l'essence de cette ville unique, ce serait celui-là. Toute sa géométrie, sa structure, sa position et donc son nom impliquent qu'il sert non seulement de pilier central à la ville, mais qu'il façonne également la destinée de tous les États-Unis, puisqu'il trône en majesté dans sa capitale, tel un phare qui éclaire au loin par les lumières de ses sciences.

Edwina et Ryan sont bien décidés à aller vérifier par eux-mêmes si leur théorie est juste, mais ils préfèrent prendre leur précaution. L'incursion des agents qui leur ont dérobé le livre dans l'hôtel incite à la prudence. Ryan préfère toujours ne pas alerter le FBI pour une mission qui lui semble de plus en plus difficile à justifier, mais leurs options s'amenuisent. Edwina demande alors un dernier coup de main à Adam, qui doit toujours être à l'hôtel, mais n'a pas eu de ses nouvelles depuis qu'il lui a envoyé le SMS pour les prévenir de l'arrivée des agents. Elle va tenter le tout pour le tout en lui demandant son aide.

— Phil, peux-tu me prêter ton téléphone portable, je dois passer un appel à l'hôtel Marriott.

— Euh, oui, si vous voulez. Vous n'avez pas de téléphone ?

— C'est une longue histoire.

Edwina emprunte le smartphone du jeune Phil, qui malgré son âge possède un téléphone qui a déjà six ans. Elle se connecte sur Google pour trouver le numéro de l'hôtel et appelle le standard en demandant à parler de toute urgence à Adam.

Pendant ce temps, Ryan tente de vérifier si sa théorie tient la route en reprenant les plans.

— Ryan, j'ai réussi à joindre Adam. Il va venir nous récupérer et nous conduire au Washington Monument. Il a quelques armes dans sa voiture qui pourraient nous être utiles, et nous éviterons ainsi d'être repérés avec ta voiture, informe Edwina, déterminée.

Ryan ne semble visiblement pas très enthousiaste, mais ne voit pas d'autre choix s'offrir à eux. *Qui sait, avec un peu de chance il pourrait se révéler un atout précieux.*

— Je peux venir avec vous ? demande Phil avec enthousiasme.

— Ce n'est pas une bonne idée, les individus qui recherchent le trésor peuvent être très dangereux.

— Raison de plus pour maximiser vos chances et vous servir de mes connaissances.

C'est incontestablement vrai. Ryan est sur le point d'accepter quand il se rappelle que sa dernière prise de risque a abouti à l'enlèvement du Pr Duran.

— Je ne peux vraiment pas, mais garde ton téléphone allumé. Je te contacterai si nécessaire.

Ryan prend le numéro du jeune Phil, quelque peu déçu, mais néanmoins ravi de pouvoir néanmoins jouer un rôle.

— Merci, à votre service !

Edwina et Ryan se mettent donc en route pour rejoindre Adam au parking de la bibliothèque.

Adam n'est pas du genre très bavard. Il s'est engagé très tôt chez les Marines, à l'âge de dix-huit ans. D'une famille modeste du Kansas, élève moyen durant toute sa scolarité, il a pu révéler de grandes qualités de soldats lors de ses premières missions et gravir les échelons un à un jusqu'à terminer par encadrer plusieurs escadrons lors d'opérations spéciales de maintien de la paix en Jordanie. C'est ainsi qu'il avait connu Edwina alors qu'elle était en mission auprès des forces britanniques. C'était d'ailleurs sa première mission, trois ans avant de rencontrer Ryan dans une opération plus ou moins similaire. Après la mort d'un ses proches amis en mission, il s'est reconverti dans la sécurité privée, mieux payée et plus sûre. Il n'avait que très peu de contacts dans le privé et avait d'abord obtenu une affectation à la sécurité des monuments de Washington, pour laquelle il a travaillé pendant deux ans. C'est ainsi qu'il a pu étoffer son carnet d'adresses et être ensuite recruté comme chef de la sécurité de l'hôtel Marriott de Washington D.C.. Il n'a aucune idée de ce qui amène Edwina et son collègue du FBI, mais il a une pleine confiance en Edwina. S'il faut simplement la conduire et lui porter une assistance matérielle, il ne considèrerait pas qu'il replonge. Et puis, à vrai dire, Edwina possède un tel charme qu'il est difficile de lui refuser quoique ce soir.

Quelques minutes plus tard, Adam les rejoint à la Carnegie Library avec son Chevrolet Tahoe 3. Il y retrouve Edwina et Ryan comme prévu, leur ouvre la porte arrière et les invite à monter. Il récupère une mallette dans le coffre et leur montre des équipements de sécurité.

— En cas de problème, cela devrait vous aider, dit Adam, leur présentant deux pistolets automatiques Pig 320 de l'armée américaine accompagnés de trois chargeurs chacun et d'un couteau. Il démarre le moteur et se tourne vers Edwina :

— Où allons-nous ?

— Au Washington Monument.

— Très bien, nous y serons en environ dix minutes.

Sur le chemin, Ryan ne peut s'empêcher de ressasser tout ce qu'il a découvert pendant l'heure qui vient de s'écouler.

Les Templiers, les francs-maçons, le trésor enfoui d'Oak Island, et Washington, la capitale des États-Unis *et la ville du Président des* États-*Unis*, cela lui donne une impression de déjà-vu. Après quelques secondes, il retrouve : Franklin Delano Roosevelt ! C'était lui qui, selon Edwina, s'était adonné physiquement à des recherches du trésor sur Oak Island avant de terminer Président des États-Unis et battre les nazis lors de la Seconde Guerre mondiale ! Il lui vint une intuition : si F. D. Roosevelt était allé à la recherche du trésor, initié par quelques savoirs anciens, et que tous les cheminements liant le trésor des Templiers, Oak Island et Washington D.C. étaient exacts, alors F. D. Roosevelt devait avoir été initié par une loge maçonnique ! Il interroge aussitôt l'application de moteur de recherche de la tablette qu'il a emprunté à la librairie pour en avoir le cœur net. Il découvre tout de suite que Roosevelt était bien franc-maçon, initié le 10 octobre 1911 dans une loge du rite… Écossais ancien et accepté !

Cela commence à faire beaucoup de coïncidences…

Ryan ne parvient pas à trouver une alternative plus plausible. La ville de Washington aurait donc été fondée par les Templiers ! Ce serait la cachette de leur si précieux trésor ! En s'écoutant penser, Ryan sait qu'il se serait trouvé totalement fou de penser cela quelques heures seulement auparavant, pourtant tout lui semble limpide et d'une logique implacable désormais.

*

Mystère X1. Washington Monument, Dimanche 24 septembre 2028 - 22 h

Adam quitte le parking sous-terrain de la Carnegie Library pour escorter Ryan et Edwina jusqu'au Washington Monument. Ils empruntent la 9th Street NW. En descendant l'avenue depuis la Carnegie Library, ils voient défiler sur leur droite le grand Federal Bureau of Investigation Headquarters, aussi appelé le J. Edgar Hoover Building. Comme pour rappeler à Ryan l'importance de sa mission et qu'il n'a pas droit à l'erreur.

Leur voiture s'enfonce ensuite vers les jardins de Washington après avoir croisé la Constitution avenue NW. À leur gauche se trouve la National Gallery of Art, Edwina se dit qu'elle aimerait bien la visiter une fois la mission accomplie. *Mais qui sait ? Si leur théorie sur le Washington Monument est juste, peut-être s'apprêtent-ils découvrir des œuvres secrètes bien plus importantes que toutes celles qui sont exposées dans des musées ?* songe-t-elle. Ils tournent à droite à l'angle du Smithsonian National Museum of Natural History, pour rejoindre la Madison Dr NW Street. À leur gauche, la vaste étendue d'herbe sur laquelle des milliers de personnes viennent assister, selon la tradition, à la prestation de serment du Président des États-Unis d'Amérique après son élection. *On aperçoit d'ailleurs toujours le Washington Monument derrière cette foule lors de la cérémonie de prestation de serment du Président des États-Unis, une nouvelle coïncidence très étrange,* se figure silencieusement Ryan.

Ils arrivent finalement à l'intersection de la 15th St NW. Adam stationne le véhicule près d'une allée.

— Comment accède-t-on à l'intérieur ? demande Ryan.

— Cela dépend. Que recherchez-vous à l'intérieur ? répond Adam.

— Nous cherchons un passage souterrain, ajoute Edwina.

— Tous les accès sont fermés à cette heure, et la zone est surveillée par l'armée. Cependant, la petite loge de renseignements touristiques devant mène au seul espace souterrain du secteur, mais il est bien gardé et caché. Normalement personne ne sait qu'il existe. Vous avez de la chance, j'ai dirigé la sécurité des monuments il y a quelques années.

Adam scrute la loge et observe ce qu'il se passe aux alentours malgré la distance.

— Il semble qu'il y ait encore quelqu'un dans la loge. Vous avez votre badge du FBI sur vous, Ryan ?

Semblant comprendre le plan d'Adam, Ryan vérifie en fouillant dans sa poche intérieure.

— Oui, le voilà, confirme Ryan en le montrant, prêt à jouer son rôle.

— Bien, il serait judicieux de mentionner que vous êtes ici pour des vérifications de sécurité à la suite à de possibles menaces. Demandez à l'employé de partir, en prenant son nom, cela donnera un aspect officiel à notre démarche et le rassurera.

— C'est entendu, c'est un bon plan. Et une fois à l'intérieur, comment procédons-nous ? répond Ryan.

— Très, très discrètement. Officiellement, il n'existe pas de souterrain disponible depuis le bâtiment, mais je sais qu'un passage a été muré. J'ai découvert son existence lors de ma mission de sécurité ici il y a quelques années. Je n'aurais jamais dû être au courant.

Adam sait qu'il est en train de transgresser les quelques règles qu'il s'est toujours fixées. Les gens dans le milieu de la sécurité ne vivent et ne survivent que grâce à leurs règles. Mais il est possédé par un sentiment de revanche sur ces hommes qui ont déjoué tout son système de sécurité un peu plus tôt dans la journée à l'hôtel et qui ont bien failli capturer Edwina. S'il peut se venger et aider Edwina en indiquant cet accès secret, il en sera content. Il leur indique donc que, cependant, ils devront probablement la forcer pour emprunter l'entrée qui a été murée. Il retire du coffre de son SUV, une grosse male noire et montre à Ryan un mini-bélier à pression magnétique.

— Je ne suis pas censé en avoir, comme vous le savez ce genre d'outils est encore très réglementé, mais cela devrait vous aider à faire céder la porte et rejoindre le souterrain. Précise Adam en le remettant à Ryan.

Ryan n'en croit pas ses yeux. Il n'avait jamais vu un tel engin.

Ils se dirigent vers la loge, et Ryan prend les devants. Après avoir frappé et montré son insigne du FBI, une voix grave répond de l'intérieur.

— Que se passe-t-il ? répond le gardien, troublé de ce vacarme nocturne.

— Agent spécial Oxlade, du FBI, nous sommes désolés de vous importuner si tard, mais nous avons reçu plusieurs menaces et devons mener des vérifications poussées autour de plusieurs lieux touristiques importants. Je vais devoir prendre votre nom, et vous demander s'il est possible d'effectuer seuls les vérifications dans le lieu. Je suis désolé, mais c'est la procédure.

— Mais enfin, je n'ai jamais vu une chose pareille ! Lui répond, presque choqué le gardien de la loge.

— C'est une procédure assez rare, je suis désolé de vous déranger. Puis-je avoir votre nom, nous vous appellerons dès que nos vérifications seront terminées.

— Bon, et bien ! Je n'ai pas vraiment le choix visiblement. Mon nom est Miguel Diaz, et je vais vous noter mon numéro.

Ce que le garde fait aussitôt, il note sur une carte de visite de l'office de tourisme ses coordonnées et prend assez rapidement ses affaires.

— Vous en aurez pour longtemps ? ajoute-t-il alors qu'il s'apprête à partir.

— Entre deux à quatre heures, Monsieur Diaz, s'aventure Ryan. Il est préférable que vous rentriez vous reposer, normalement il ne devrait y avoir rien d'anormal et vous pourrez ouvrir votre office comme d'habitude demain matin. Je vous laisserai un message aussitôt que nous aurons terminé, avez-vous un double des clés avec lequel je pourrai fermer la porte en partant ?

— D'accord, merci de votre compréhension, c'est assez inhabituel, mais je suppose que vous n'avez pas le choix non plus. Voici, prenez ce double des clés, vous n'aurez qu'à passer me le rapporter demain dans la journée.

— Parfait, merci à vous. Bonne soirée et encore désolé, conclut Ryan en raccompagnant Diaz vers la sortie et en vérifiant du regard qu'il s'éloigne bien.

— Maintenant, à vous de jouer Adam.

À l'intérieur du bâtiment se trouve une porte qui ressemble plutôt à un grand placard où sont entreposées de nombreuses affaires pour le ménage. C'est dans cette toute petite salle que se dirige Adam à la grande surprise d'Edwina et de Ryan, qui se regardent interloqués.

— Il y a un accès par ici. Je ne pense pas que Monsieur Diaz le sache, commente Adam en poussant une sorte de grosse commode vers un mur. Regardez, ici, ajoute-t-il en montrant une plaque qui ressemble à une petite plaque d'égout.

— Ryan, aidez-moi à la soulever, lui intime-t-il en désignant une attache par laquelle prendre la plaque depuis un côté.

Ryan s'exécute aussitôt et les deux parviennent à dégager l'accès souterrain assez facilement en dégageant la plaque en acier. Adam éclaire la voie qui s'est dégagée et leur indique de les suivre en bas où des barreaux en acier noir incrustés dans la pierre leur permettent de descendre sans difficulté.

À environ trois mètres de profondeur, ils se trouvent nez à nez avec ce qui ressemble un accès de service. Ils ouvrent la porte grâce à un violent coup de pied d'Adam au niveau de la serrure, et découvrent du matériel de ménage et aucune autre issue si ce n'est une sorte de grand placard où il est indiqué « Danger — Électricité ». Ryan et Edwina ne semblent pas très sûrs qu'ils ne soient pas en train de commettre une bêtise, mais Adam enfonce également la porte de ce placard. Ils accèdent à un renfoncement de la taille d'une petite pièce. L'espace étroit comporte quelques panneaux électriques, mais, en inspectant attentivement, ils trouvent des lattes en bois dissimulés derrière un panneau électrique.

— Ce doit être un leurre pour empêcher d'accéder au souterrain.

Adam s'apprête à arracher du mur le tableau électrique, mais recherche du regard une approbation de la part de Ryan et d'Edwina. Il n'est pas certain de son coup, et risque de couper l'électricité de tout un quartier si son intuition est mauvaise. Il marque une pause pendant plusieurs secondes pour réfléchir.

— Je ne vois pas d'autres solutions de toute façon, pense-t-il à autre voix, avant d'arracher un tableau électrique d'un demi-mètre. Sur les lattes en bois qui sont solidement accrochées sur le mur, une inscription : « Porte condamnée — Danger Inondation ». Adam assène à nouveau de violents coups de pied qui fracassent les lattes en bois. Derrière elles, une porte sans poignée, impossible à ouvrir.

— Je crois que c'est ici, indique Adam. Vous pouvez sortir ce qu'il y a dans la mallette ? invite-t-il Ryan, qui s'exécute en chargeant le mini-bélier à impulsion magnétique.

Avec un léger tremblement dans les mains, Ryan positionne le bélier à l'endroit qu'Adam lui indique. Les pulsations lumineuses de l'appareil se mettent à briller d'un bleu vif, ce qui ajoute une atmosphère de tension à la petite pièce sombre.

— Vous êtes sûrs de devoir accéder au souterrain à tout prix ? Leur demande Adam, qui reprend le mini-bélier en main, prêt à le déclencher. Je ne peux pas garantir que tous les panneaux d'électricité soient des leurres et qu'on ne risque pas de plonger le quartier dans le noir.

— On n'a aucune autre piste et le temps joue contre nous, donc oui. Confesse Ryan.

— OK, éloignez-vous un peu, ça va secouer !

Adam colle totalement le bélier contre la porte murée, il active le mécanisme, et un fort bourdonnement emplit la pièce. Il l'enclenche et fait retentir un claquement. Une violente onde de choc magnétique vient frapper la porte condamnée, provoquant de nombreux éclats. La porte sans poignée cède avec fracas. Ils n'ont plus qu'à pousser certaines pierres pour se frayer un chemin. Ils descendent encore d'un étage par un escalier ancien en vieilles pierres qui rappelle ceux du château de Gisors à Ryan. Puis, s'étend devant eux un long couloir souterrain totalement sombre, qu'ils doivent éclairer de leurs lampes torches. Le passage est étroit, et bas de plafonds, l'air y est humide, mais Adam, Ryan, et Edwina avancent néanmoins rapidement à travers le souterrain. Adam prend la tête, la lampe torche dans la main, éclairant la voie devant eux.

— Soyez prudents, cet endroit paraît dater de plusieurs siècles et semble ne jamais avoir été emprunté depuis.

Tout est noir dans ce nouveau passage, mais heureusement pour eux, les torches que leur a données Adam sont de la plus haute efficacité. Ils découvrent un tunnel humide, des colonnes et des murs de pierre tout autour. Difficile à dater, mais ce chemin semble bien être aussi vieux que les fondations de la ville de Washington D.C..

Très rapidement, ils accèdent à un couloir principal plus large, qui se prolonge à droite comme à gauche. Ce couloir semble se renfermer un peu plus loin. C'est probablement là qu'ils doivent accéder. Ils n'ont pas d'autres issues. Pris dans le couloir, Ryan et Edwina poursuivent leur chemin dans une allée plutôt large de ce nouveau couloir. De larges piliers formant des alcôves entourent le chemin. Après quelques minutes de marche, ils arrivent à un point où le chemin se rétrécit. Au bout de ce chemin, une sorte de porte massive en pierre, sans poignet ni marque d'ouverture aucuns. Dessus, de nombreux symboles.

Adam, Ryan et Edwina se regardent avec interrogation face à ce mur de symboles.

— Tout ça pour ça ? s'exclame Ryan.

Edwina et Ryan se mettent à regarder attentivement chaque symbole espérant que certains d'entre eux leur seraient familiers et pourraient les aider à avancer grâce aux connaissances transmises par le Professeur Duran et le *Manuscrit interdit* du Professeur Alexander.

— Edwi, as-tu une idée ?

— Laisse-moi réfléchir, réagit Edwina. Ces symboles ne sont pas là par hasard, ils sont probablement des messages à décrypter.

Elle se rapproche davantage du mur, éclairé par sa lampe torche.

— Ces symboles me rappellent plus ou moins certains symboles que nous avons déjà vus, commente-t-elle.

— Tu as raison, concède Ryan. Beaucoup de ceux-là étaient notamment dans des églises européennes, à Gisors ou en Écosse. Ils ont sans doute été aussi gravés dans la pierre par les Templiers.

— Ce qui veut dire que nous avons affaire à un portail fait par des initiés pour des initiés, en déduit Edwina.

— C'est-à-dire ?

— C'est-à-dire, que certains de ces symboles doivent avoir une signification cachée, probablement l'un recèle-t-il en lui-même le lien secret entre les Templiers, les francs-maçons et ce trésor. Et qu'il pourrait être d'une manière ou d'une autre la clé pour aller plus loin.

— Tu as très certainement raison, commente Ryan, pensif. Dommage que le Professeur Duran ne soit pas avec nous.

— Le Professeur ? Oui, le Professeur ! s'écrie-t-elle.

— Qu'est-ce qu'il y a ? Pourquoi dis-tu cela ?

— Dans le livre de son mentor, il était fait mention d'un symbole mystérieux que je retrouve ici, regarde, c'est cette espèce de X avec un 1 en haut à droite. Il en est fait mention à propos de la pierre runique à Kensington, mais sans connaître sa signification.

— Pour quelle raison ? S'intéresse Ryan.

— Et bien parce que ce signe possède deux particularités : le premier est qu'il ne ressemble à aucune autre lettre d'aucun alphabet au monde, et la seconde est qu'il a été répertorié dans seulement deux endroits au monde, à Kensington, et dans la chapelle de Rosslyn.

— Rosslyn, la fameuse cathédrale des Templiers, qui comporte d'autres inscriptions faisant mention de l'Amérique, se remémore Ryan.

— Oui. Ce symbole paraît être le lien entre les Templiers, leur venue aux États-Unis, surtout avec un troisième emplacement au monde, sous le Washington Monument. Il doit être la clé pour l'accès au trésor. Il n'est pas là par hasard, et ce mur nous paraît si ancien, qu'il devait être impossible à l'époque de connaître tous ces emplacements où il est gravé, sauf si l'on avait été initié…

— Décidément, les murs portent en eux des secrets, ils sont la mémoire prodigieuse et unique des civilisations des siècles passés jusqu'à aujourd'hui. Constate Ryan, songeur.

— Hélas, Le Professeur Alexander précisait lui-même qu'aucun expert en alphabet ou en symbole n'avait jamais réussi à déchiffrer ce symbole. Je ne vois pas comment l'on pourrait faire…

Ryan s'arrête un instant et fixe Edwina, comme pour mieux s'imbiber de ses dernières paroles. Une lueur traverse son regard après quelques secondes de réflexion. Edwina et Adam se demandent ce à quoi Ryan peut bien penser.

— Qu'est-ce qu'il y a, Ryan ? Qu'est-ce que j'ai dit ? demande Edwina.

— Tu viens de dire qu'aucun expert en alphabet ni en symbole n'a jamais réussi à le déchiffrer ? C'est bien cela ?

— Oui, c'est exact, c'était le cas lorsque le Professeur Alexander a écrit son livre interdit, et c'est encore le cas maintenant, aucune explication sur Internet, personne n'a jamais su déchiffrer ce symbole ni trouver de signification satisfaisante. Pourquoi ?

— Si personne n'a jamais réussi à déchiffrer ce symbole, peut-être que ce n'est tout simplement pas un symbole à déchiffrer…

Tunnels secrets — Washington D.C. — Dimanche 24 septembre 2028, 23 h 20.

— Ryan, ce n'est peut-être pas le moment de philosopher...

— Je ne philosophe pas. Tu me dis que l'on trouve ce signe à la fois en Écosse au XVe siècle, et sur la pierre runique de Kensington, par ceux qui ont découvert l'Amérique et provenaient des Vikings ?

— Oui.

— Et tu es certaine que ce signe n'est ni un symbole ni une lettre d'alphabet connu ?

— Mes recherches sont formelles, oui.

— C'est donc que ce n'est probablement pas une lettre d'alphabet, et qu'il faut chercher une autre signification à ce signe. Peut-être indique-t-il une translation, un mouvement, une action à effectuer.

— Et... et à quoi penses-tu ? lui rétorque Edwina aussi incrédule qu'intriguée.

— Laisse-moi réfléchir. Tu as des versions photo de ce signe ?

— Euh, ça ne doit pas être difficile à trouver. Elle demande à Adam son smartphone. Tiens, voici plusieurs exemples. Bon courage, dit-elle, un brin désinvolte, en tendant les résultats sur son écran à Ryan, très concentré.

— Imaginons que ce ne soit pas un X, mais des traits que l'on puisse alors bouger. Imaginons par exemple... Mais oui, mais c'est bien sûr ! Regarde attentivement, selon que le signe soit dans un sens ou dans l'autre, il peut être la croix du Christ, ou indiquer la croix angulaire, potencée ou pattée, des Templiers, à condition que l'on recentre le deuxième trait et bordons de petits traits tout autour de cette croix.

Ryan tourne l'écran dans tous les sens pour expliquer sa théorie. Il continue, comme totalement possédé par ce qu'il dit :

— Cette croix fait la jonction entre la croix du Christ, celle des Templiers et…

— Quoi ? s'écrie Edwina, médusée de la rapidité de raisonnement de Ryan.

— Edwi, si tu scindes le X en son milieu, que trouverais-tu ?

— Euh, je ne sais pas, deux formes de triangles ?

— Le triangle, Edwi ! Le symbole maçonnique le plus absolu. Et quels sont les objets avec lesquels nous pouvons former un triangle ?

— Hum, je ne sais pas. Un compas ou une équerre par exemple ?

— Exactement, l'autre symbole maçonnique par excellence ! Il nous suffit donc d'imaginer la translation vers le petit 1 pour parvenir au signe maçonnique avec l'équerre sur le compas. Et le tour devrait être joué ! Je comprends pourquoi ce signe ancien était si prisé des francs-maçons. Je crois avoir compris comment ouvrir cette porte !

— Vraiment ?!

— Il faut tenter de faire pivoter ce trait.

— Vas-y, essaie ! le presse Edwina.

Ryan tente à la main, mais sent que son doigt appuie difficilement dans la fente offerte par la gravure de la lettre dans la pierre. Il sort un stylo de sa poche et le glisse dans la fente. Il appuie le stylo depuis le tiret jusqu'à la lettre, puis redescend, comme s'il voulait la séparer en deux, tels les motifs qu'il avait décrits.

— Alors ? Se précipite Edwina.

— Alors rien. Je ne comprends pas. Cela fait trop sens pour que ça ne soit pas cela.

Ryan exécute à nouveau la manipulation tout en l'expliquant à Edwina en même temps. Toujours rien.

— Je ne comprends pas, en faisant cela, je démontre bien que le signe se divise en plusieurs pour reformer le signe choisi par les francs-maçons.

— Peut-être devrais-tu essayer dans l'autre sens ?

— Comment ça ? réplique Ryan, interloqué.

— Ce serait tout aussi logique, d'assembler ou de désassembler ce signe pour arriver à un autre.

— Pourquoi pas, sourit Ryan.

Il insère le stylo dans la fente au bas de la lettre puis la remonte jusqu'à aboutir au petit tiret du haut. Il sent au bout de ses doigts, un écho à la pression qu'il met. Arrivé au bout, il sent un petit mécanisme se mettre en place. Petit à petit, un vacarme sourd s'immisce tout autour du mur qui s'entrouvre lentement.

— Superbe Ryan, tu es définitivement un véritable génie ! s'enthousiasme Edwina.

Une voix lourde, qu'ils ne parviennent à distinguer à cause du bruit du mécanisme, se fait entendre non loin. Sortent trois hommes armés et le Professeur Duran.

— Oh bravo ! lâche Ryan, totalement dépité.

*

Vers les couloirs secrets.
Dimanche 24 septembre 2028, 23 h 30.

Perkins et deux de ses complices surgissent armes à la main depuis l'obscurité du couloir ponctué d'alcôves. Ils détiennent le Professeur Duran qui semble en bon état.

— Vous venez de réussir là où nous étions en train d'échouer. Merci pour ce précieux service, ironise Perkins, pointant une arme sur Ryan. Adam montre à Ryan qu'il est prêt à dégainer son arme s'il le faut. Étant tenu en joug, ce serait du suicide, Ryan fait mine à Adam de ne pas prendre de risque. Perkins leur intime de jeter leurs armes, ce qu'ils font.

— Comment avez-vous fait pour venir jusqu'ici ? Interroge Perkins, presque admiratif.

— Nous avons suivi une trace depuis les égouts de Washington, répond prudemment Ryan. Et vous, qui êtes-vous ? C'était bien vous derrière la porte de l'église, à Rosslyn, n'est-ce pas ? En déduit Ryan.

— Exact. Je ne pensais pas recroiser votre chemin. Nous étions bloqués par ces inscriptions jusqu'à ce que nous entendions vos voix. Nous n'avons eu qu'à nous cacher pour vous observer résoudre pour nous l'énigme de ce mur, chapeau bas ! Quant à qui je suis, disons que j'exerce des missions similaires aux vôtres, mais pour une autre organisation, et que bon nombre de mes interlocuteurs m'appellent Perkins. Maintenant, franchissez cette porte les premiers, leur intime-t-il.

Edwina et Ryan avancent derrière la fente entre les deux blocs du mur qui se sont disloqués, tandis que les trois hommes armés, ainsi que le Professeur Duran, les suivent en se dépêchant. Ils n'ont pas tort, les portes se mettent à se refermer doucement.

— Ravi de vous voir Professeur, lance Ryan.

— Ryan, vous m'avez épaté, comment n'avais-je pas pu voir ce que représentait ce symbole ! Cela faisait vingt-cinq ans que je me posais la question !

— Ce n'est pas le moment pour des épanchements, coupe Perkins. Maintenant, nous allons nous diriger jusqu'à la salle où doit se trouver le trésor. Tout le monde ressortira indemne si tout se passe bien. Ne tentez rien d'irresponsable, agents Ryan Oxlade et Mme Edwina Lindberg.

Ces deux derniers restent stupéfaits que Perkins connaisse parfaitement leur nom. Ils n'ont d'autre choix que de coopérer. Ryan avait bien envisagé de résister, mais la supériorité numérique, l'armement et le physique impressionnant des adversaires l'ont vite découragé. Et puis, surtout, sa curiosité le pousse à continuer et découvrir s'il y a bien un trésor au bout de ce passage secret. *Si c'est le cas, ce serait quand même la plus grande découverte de trésor de toute l'histoire de l'humanité !*

Une dernière porte

Le passage taillé dans la pierre est parsemé de gravures anciennes. L'obscurité y est totale, mais les torches puissantes de Perkins, dignes d'équipements militaires, révèlent les inscriptions qui les entourent.

— Que voyez-vous Professeur ? Demande Perkins, observant Duran étudier les gravures.

— Il y a de multiples références. Les Templiers, les rois de France avec la fleur de lys, leur emblème ou encore le sceau de la famille Sinclair d'Écosse. Tout le couloir en est rempli. Regardez, ici une référence au Santa-Maria, le bateau de Christophe Colomb, et ici G. W., les initiales de George Washington !

Mais Perkins presse le Professeur de continuer sans s'attarder. La tension est palpable. L'air paraît plus lourd à mesure qu'ils progressent. Perkins et ses hommes sentent qu'ils arrivent au bout d'une expédition. Ils touchent au but, mais ne sont pas sûrs de ce qu'ils s'apprêtent à découvrir, le trésor peut être à portée de main, mais l'incertitude demeure. Duran, Ryan et Edwina ressentent un certain enthousiasme à se trouver là, mais se demandent s'ils sortiront bien vivants de ce passage !

Le couloir se resserre, menant finalement à une porte ancienne. Sous celle-ci, un courant d'eau rapide, probablement un bras du fleuve Potomac, pense Duran. Au-dessus de la porte, une petite croix angulaire entourée d'un cercle. *Le symbole des Templiers,* remarquent-ils. La porte semble solide, mais ancienne.

— Elle ne doit être fermée que par un seul verrou, elle devrait céder si on la force, prévient Perkins à ses hommes qui s'écartent. Perkins s'essaie donc et assène un violent coup de pied de face à mi-hauteur de la porte, près du verrou. La porte cède aussitôt.

Tous restent derrière et entraperçoivent des barreaux qui entourent une grande salle avec de nombreux coffres de tailles différentes. *Ce doit être le trésor !* songent-ils.

— Tu restes les surveiller, je vais avec lui à l'intérieur, ordonne Perkins à l'un de ses complices qui sort son arme pour dissuader de toute attitude qui ne serait pas coopérative.

Les deux hommes passent derrière la porte, qu'ils claquent pour ne pas se sentir observés. *Serait-ce donc le trésor millénaire que les Templiers avaient en leur possession ? Un sous-terrain à Washington D.C. accessible par le grand centre des francs-maçons et qui se trouve juste au-dessous du Washington Monument,* songe le Professeur Duran. *Les États-Unis se sont donc bâtis sur l'ancienne puissance des Templiers, qui, en habiles politiques, ont engendré de nouvelles sociétés secrètes qui ont caché leurs biens, préservé leurs découvertes et perpétué leurs espérances. Et le monde dans lequel nous vivons serait donc celui fondé par les Templiers et leurs successeurs ! Quel renversement par rapport à toute l'histoire connue depuis la chute des Templiers en 1306 ! Quelle aventure incroyable que cet ordre qui a commencé il y a près de mille ans !*

À travers la porte enfoncée, Edwina, Ryan et Duran entendent les deux hommes parler entre eux, visiblement très nerveux. Auraient-ils trouvé quelque chose qui les rend dans cet état ?

Puis, plus rien, pas un bruit. Un silence pesant s'installe. Ils se regardent, tétanisés de connaître la raison d'un soudain silence. L'homme qui les garde armé n'en mène pas large non plus. Tout un coup, on aperçoit de nouvelles lumières éclairant la pièce au travers de l'ouverture de la porte. Plusieurs éclats de voix se font entendre, l'homme de main ouvre la porte pour tenter de venir en aide à son équipe. Il se fait aussi tôt mettre en joue par deux hommes face à lui, équipées d'oreillettes, tandis que Perkins et son complice sont face aux barreaux, en joue eux aussi.

Qui peut bien veiller sur ce trésor ? Des gardes Templiers ? Des chevaliers ayant bu la coupe du Graal comme dans Indiana Jones ? Les mystérieux intervenants s'identifient sans tarder, le ton ferme et menaçant :

— US Secret Service, personne ne bouge !

L'*United States Secret Service* est l'agence dédié à la protection du Président des États-Unis, de la Maison-Blanche, du Vice-Président et de leur famille. Leur présence ne peut avoir qu'été ordonnée directement par le Président lui-même.

Ryan et Duran essaient d'entrevoir si des coffres ont été ouverts, mais rien ne semble avoir été dérangé. *Les membres du Secret Service sont arrivés juste à temps !* Toutefois, le Professeur Duran, déçu, réalise qu'il ne pourra vérifier le contenu des coffres. Les membres du *United States Secret Service*, pénètrent dans leur pièce, et les mettent également en joue avec leur arme. Perkins et ses hommes sont emmenés, menottés de l'autre côté.

Oxlade, Lindberg et Duran n'opposent naturellement aucune résistance. Ryan tente timidement de se signaler, mais sent bien que ce n'est ni le moment ni le lieu.

Ils sont escortés vers un couloir qui se trouve de l'autre côté de la pièce principale, et passent devant les barreaux qui les séparent d'une grande salle, avec de nombreux coffres qui paraissent à première vue très anciens. La porte ne paraît pas endommagée, Perkins et son complice n'ont donc visiblement pas eu le temps d'entrer. Le Professeur Duran aimerait pouvoir franchir cette dernière porte, mais sait qu'il serait inenvisageable pour les membres du *Secret Service* de le laisser faire. Il se rend compte que le mystère demeurera entier toute sa vie.

Débrief, Maison Blanche, Lundi 23 septembre 2028, 4 h 30 du matin.

Après un bref contrôle d'identité, le Professeur indique aux membres des Services secrets où se trouve Sarah, en décrivant le minivan qui doit toujours se trouver à proximité de House of the Temple. Puis, Edwina, Ryan, Adam et lui sont escortés sur plusieurs centaines de mètres de souterrains, dans des couloirs semblables à ceux déjà parcourus. *La salle où étaient entreposés les coffres, avaient donc deux accès principaux,* méditent-ils tous en silence. Ils sont ensuite invités à monter deux petits escaliers, et sont ensuite arrêtés devant une porte.

— Derrière cette porte, vous êtes à la Maison-Blanche, leur indique Pearce, un agent des Secrets Services qui sont restés avec eux, tandis que ses collègues ont embarqué Perkins et ses deux complices.

— La Maison-Blanche ? blêmit le Professeur, mais que souhaitez-vous que l'on fasse à l'intérieur ?

— C'est un ordre direct.

*

L'agent spécial Pearce, qui les escorte, entouré de ses agents, ouvre ensuite la porte à clé, et les laisse passer devant, avant de refermer soigneusement la porte. Il escorte ensuite, malgré eux, à vive allure les quatre invités le long d'un couloir dérobé désert. Puis, l'agent Pearce leur ouvre une large porte blanche, en les prévenant solennellement :

— Il est ici, l'entretien devrait être bref, je m'occupe de vous tout de suite après.

Il ? Mais de qui est-ce qu'il parle ? Ils avancent tous les quatre dans la salle qui leur est indiquée, puis se rendent soudainement compte simultanément qu'ils se trouvent dans le bureau ovale du Président des États-Unis. Ils jettent tous leur regard vers le bureau, où le fauteuil du Président, qui leur tourne le dos, pivote vers eux. Un frisson les parcourt. Le Président termine une conversation au téléphone et les invite à s'asseoir face à lui, ou trois chaises semblent avoir été spécialement dressées pour eux.

— Je viens d'apprendre tout ce qui s'est passé. Je tenais à vous rencontrer personnellement pour vous dire que je suis désolé de tout ce que vous venez de vivre. Fort heureusement, tout est rentré dans l'ordre. Vous avez dû découvrir des choses aujourd'hui que j'ignorais moi-même, et qui vous ont fait le plus grand effet. Cependant, ces découvertes sont de nature à déstabiliser toutes les relations entre les sociétés et les Nations telles qu'elles ont été forgées depuis plusieurs siècles, au prix de sacrifices humains très élevés. La situation internationale n'est aujourd'hui pas bonne, et il serait inutile de mettre de l'huile sur le feu en expliquant à la planète entière une histoire des États-Unis qu'ils ne connaissent pas et une réécriture d'un passé qui est désormais inscrit dans le marbre. Beaucoup de personnes ne comprendraient pas, à commencer par nos compatriotes...

Vous comprendrez pourquoi tout ce que vous avez appris aujourd'hui doit rester un secret absolu, sous peine de nuire aux intérêts fondamentaux des États-Unis d'Amérique ou de vous mettre à nouveau en danger. Maintenant je vous confie à mes hommes qui vont s'occuper de vous raccompagner et de vous débriefer. Je dois vous laisser, j'ai pris beaucoup de retard et je dois régler plusieurs problèmes avec le Président chinois par visioconférence.

— Bien, merci, Monsieur le Président, vous pourrez compter sur notre discrétion, nous avons déjà trop souffert ces derniers jours, s'exclame le Professeur Duran.

— Merci de votre coopération. À vrai dire, si je vous le demande amicalement, je me dois aussi de veiller à ce que vous respectiez notre accord. Ne m'en veuillez pas si vous êtes désormais suivi par certaines de nos agences, je ne peux me permettre de ne prendre aucun risque sur un sujet de cette importance. Je suis par ailleurs désolé de tout ce que vous avez pu éprouver aujourd'hui, mais heureusement qu'un agent du FBI a visiblement violé quelques protocoles pour vous retrouver, conclut le Président en regardant Ryan Oxlade, qui baisse les yeux, fébrile.

Pearce rouvre la porte et invite le Professeur Duran, Ryan, Adam et Edwina à quitter le bureau ovale.

— Si vous acceptez de nous suivre, nous allons vous débriefer individuellement, cela ne prendra pas plus d'une heure ou deux, et vous pourrez repartir dans la foulée.

Ils ne sont plus à deux heures près et sont heureux de voir leur aventure toucher à sa fin. L'agent Pearce reprend, s'adressant au Professeur :

— Monsieur Duran, je dois vous dire que les informations que vous nous avez fournies étaient exactes, nous avons retrouvé Sarah Duran il y a cinq minutes, elle est entre nos mains et vient vous rejoindre ici.

Le Professeur Duran lâche un grand ouf de soulagement. *La voilà libre, enfin.*

Manifestement, l'agent Pearce est très pressé, et indique à chacun la personne qu'il doit suivre pour le débriefing. Deux heures après, Ryan finit son interrogatoire qui a été plutôt exhaustif. Avant de quitter la salle, l'agent Pearce vient en personne lui remettre l'exemplaire du *Manuscrit interdit*, que les hommes de Perkins avaient avec eux.

— Il semblerait que cela ne leur appartenait pas, vous me le confirmez ?

— Oui, tout à fait, c'est exact. Il s'agit d'un livre rare qui nous a aidés lors de nos recherches, bredouille Ryan. Merci agent Pearce. Ryan prend le livre et le range de manière anodine en se demandant si l'agent ne lui jouait pas un tour, et qu'il vient de rater une sorte de test de confiance. Mais l'agent Pearce continue.

— Bien, maintenant suivez-moi, nous devons rejoindre la salle où Mme Lindberg est débriefée, pour que nous vous parlions à tous les deux.

Oxlade sort de sa petite salle d'interrogatoire, et rejoint une autre salle, où Edwina est seule avec un agent qui note sa déposition. Une fois rentré dans la salle, l'agent Pearce reprend :

— Agent Oxlade, je sais que Mme Edwina Lindberg et vous êtes très liés, cependant vous savez qu'elle est un agent britannique et nous n'avons pas pour habitude de confier des secrets d'État de ce niveau à des agents étrangers.

— Je sais bien, mais si nous avons réussi cette mission, c'est grâce à elle, elle s'est montrée totalement digne de confiance. Nous devons lui être reconnaissants, argumente Ryan.

— Nous en avons conscience. Malheureusement la raison d'État prime. Nous n'avons pas d'autres obligations que de l'assigner à rester sur le territoire des États-Unis et lui demander de démissionner de son travail auprès de la sécurité britannique. Étant donné les circonstances difficiles pour elle, nous lui donnerons la nationalité américaine et pouvons lui proposer dès aujourd'hui un poste d'analyste de son niveau selon sa volonté soit au FBI, soit à la CIA, soit à la NSA, avec un effort financier conséquent. Serait-il possible que vous habitiez ensemble pendant les prochains mois, cela rassurerait notre hiérarchie, et justifierait sa démission auprès de ses services.

Ryan reste interloqué de ce qu'il vient d'entendre, mais il comprend aussitôt qu'il n'y a sans doute pas d'autres issues. La laisser repartir au sein des services britanniques après ce qu'elle sait et la rencontre avec le Président des États-Unis serait impensable, et il ne supporterait pas qu'elle se fasse incarcérer à cause son refus. Il regarde Edwina qui paraît s'être déjà résignée à cette solution.

— Bien évidemment, les rassure Ryan. Comme vous le savez, Miss Lindberg et moi avons été en théâtre d'opérations plusieurs mois ensemble, et tant pendant cette mission que lors de ces derniers jours, elle a eu un comportement qui me permet de me porter garant d'elle. J'ajoute, et je veux que vous le consigniez, que sans Miss Lindberg, nous n'aurions jamais ni trouvé le Professeur ni pu arrêter ses hommes, et les intérêts vitaux américains auraient été sérieusement attaqués.

— Nous comprenons agent Oxlade, cependant nous ne noterons rien, nous sommes totalement *off the record,* selon la volonté du Président qui refuse que quoique ce soit sur cette affaire puisse être écrit. Nous vous faisons confiance, mais sommes chargés de trouver une issue favorable pour tous au sort de Miss Lindberg. Nous la laissons repartir avec vous à condition de nous indiquer son lieu de résidence chaque semaine, nous prévenir dès que vous irez dans un autre État et devrons la mettre sous surveillance pendant quelques mois. Nous sommes désolés, mais nous espérons que vous comprenez que cette situation ne nous enchante pas plus que vous ou qu'elle. Vous connaissez tous deux les risques de nos métiers et les règles du jeu. Vous m'appellerez en cas de besoin, voici ma ligne directe. L'agent des *Secret service* lui tend alors une carte de visite : Mark Pearce, 555-552-553.

— Merci, je n'y manquerais pas. Nous allons, si elle en est d'accord, aller dans une maison de vacances qui appartient à ma famille, à Port Sainte-Lucie, en Floride.

Edwina acquiesce du regard et esquisse un léger sourire.

— Parfait, nous vous recontacterons dans la journée, vous pouvez y aller, nous allons simplement vous faire sortir par une issue dissimulée, car officiellement, vous n'avez jamais franchi la porte de la Maison-Blanche.

Au même moment, le Professeur Duran, et son épouse Sarah qui l'avait rejoint sont raccompagnés dans le même couloir.

— Professeur, cela a été ? Je suis navré de n'avoir pu rester avec vous.

— Pas de problème Ryan, ces hommes sont aussi professionnels que vous. Encore désolé d'avoir dû vous quitter lorsque nous étions en Écosse, mais je craignais qu'il puisse arriver quelque chose à Sarah.

— Je vous en prie, j'aurais sans doute fait la même chose que vous à votre place, dit Ryan.

— Je vous remercie. Nous allons devoir trouver un autre lieu d'habitation pour quelques jours, l'agent Pearce nous a intimé d'éviter de retourner dans notre maison où Sarah s'était fait enlever pendant encore quelques jours. Je comprends leur prudence, mais je ne sais pas encore où vais-je devoir aller avec Sarah.

— Je pense que j'ai la solution, Professeur. Il se trouve qu'Edwina va devoir rester sur le territoire quelques semaines, je l'emmène demain dans une maison de vacances de famille à Port Sainte-Lucie, au sud de la Côte Est. Je vous propose de vous joindre à nous avec Sarah. Nous y serons au calme et en sécurité. Vous pourrez même aller prendre des glaces sur la plage en amoureux, je crois que vous avez beaucoup de choses à vous dire.

— C'est une excellente idée Ryan, nous vous suivrons avec plaisir et avec confiance. Je préfère que cela soit vous qui vous occupiez de notre sécurité plutôt que l'un de vos collègues.

— De plus, je crois que vous avez un livre que je devrais lire depuis bien longtemps, ajoute Ryan en faisant allusion au *Manuscrit interdit*.

Le Professeur salue ensuite Edwina et Ryan par un hochement de tête, puis il prend Sarah par l'épaule et se dirige vers la sortie, escorté par deux membres du *Secret service*.

— Tu ne m'en veux pas de les avoir conviés de venir avec nous ? Après tout ce qu'ils viennent de traverser, je me disais que c'était la moindre des choses de continuer de m'occuper un peu d'eux, et à vrai dire, je me sens toujours un peu coupable de l'enlèvement du Professeur.

— Non Ryan, bien sûr. Je l'aurais certainement fait si j'étais à ta place.

— Et puis, je ne suis pas certain d'avoir tout compris de ce que l'on vient de vivre, je crois que j'aurai encore quelques questions à adresser au professeur.

— Désolé de vous interrompre, mais les ordres du Président sont de vous raccompagner, nous devons y aller, interrompt l'agent Pearce avec autorité.

Ryan et Edwina le suivent dans plusieurs couloirs, jusqu'à une sortie dérobée. L'agent Pearce sort une clé, la tourne dans la serrure d'une porte qui donne vers un escalier souterrain. Il attend que tout le monde soit bien passé avant de refermer la porte à clé. Une fois en bas, les membres du *Secret Service* invitent Ryan et Edwina à monter derrière deux motos. Des motos sous la Maison-Blanche ? *Mais où tout cela peut-il bien mener,* s'interroge Ryan ? Voyant son regard interrogatif, Mark Pearce l'informe :

— Nous avons plusieurs chemins d'exfiltration vers la ville depuis le site de la Maison-Blanche. Nous allons vous emmener à un endroit d'où vous sortirez inconnus et personne ne vous remarquera. La consigne, agent Oxlade, est de vous ramener à votre bureau du FBI.

— Évidemment, murmure-t-il, peu enthousiaste.

Le soleil se lève, la ville semble encore silencieuse, des véhicules commencent néanmoins à circuler. En circulant à vive allure à l'arrière d'une moto, ils regardent le fleuve Potomac se déverser, profitant de leurs premières secondes de liberté, de sécurité et de sérénité.

Une fois déposés à quelques encablures du FBI, Edwina et Ryan échangent, librement, pour la première fois.

— Tu te rends compte de ce qui vient de se passer, ce que l'on vient de découvrir et ce que l'on vient d'éviter ? s'ouvre Ryan.

— Oui. J'ai du mal à y croire. La journée va être la même pour tous ceux qui se lèvent et vont travailler, alors que, cette nuit, le monde a bien failli basculer, constate Edwina, avec un certain effroi.

Aéroport Ronald Reagan, Washington D.C.
Lundi 25 septembre 2028, 18 h.

Edwina Lindberg, Ryan Oxlade, et Sarah et Mark Duran viennent d'embarquer à l'aéroport national de Washington, en route pour l'aéroport international de Palm Beach en Floride, afin de rejoindre la ville balnéaire de Port Sainte-Lucie. À bord du Boeing 737, quasiment vide en cette période de l'année, Ryan prend un moment pour s'asseoir à côté de Mark Duran.

— Je suis ravi que vous soyez parmi nous Professeur, avoue Ryan.

— Moi aussi, même si la dernière fois que nous avons voyagé ensemble, ce n'étaient pas les meilleurs moments de ma vie. Mais enfin, nous sommes hors de danger, et Sarah est de nouveau à mes côtés. J'espère juste que le vol retour se fera cette fois en toute quiétude pour vous comme pour moi.

— Oui, cela semble beaucoup de choses, je suis si heureux de vous retrouver tous deux, vous n'avez pas idée, confie-t-il, ému. Cependant, une question tourne en boucle dans ma tête depuis hier : qu'est-ce que contenaient ces coffres ? Pensez-vous que l'on aurait découvert le trésor des Templiers à l'intérieur de ces coffres ?

— Difficile à dire, répond le professeur. En vérité je me pose la même question depuis que nous étions dans cette salle. À quelques secondes près, et nous aurions pu connaître la vérité…

se désole-t-il. Cependant, je crois que le véritable trésor légué par les Templiers consiste davantage dans l'héritage des sciences anciennes, la géométrie, l'astronomie, l'architecture, la philosophie, les principes politiques et d'autres savoirs inconnus. Sur la route, nous avons croisé le Congrès ou encore l'obélisque du Washington Monument qui sont des bijoux architecturaux dans la droite ligne de l'Égypte des Pharaons ou du Temple de Salomon. Ces monuments contiennent des références scientifiques, mystiques, historiques qui ont donné naissance ex nihilo à ce qui est aujourd'hui la première puissance économique, scientifique, technologique et spatiale du monde et de toute l'histoire de l'humanité. L'héritage des Templiers est la véritable raison d'être de la ville de Washington D.C. et de l'ensemble des États-Unis d'Amérique.

Ryan est quelque peu estomaqué de la perspective dressée par le Professeur, qui reprend :

Que ces caissons contiennent des pièces en or datant du XIIe siècle, le calice dans lequel Jésus-Christ a trempé ses lèvres, des fragments de la vraie Croix, les tables de la Loi, des joyaux, des objets liturgiques précieux ou des documents secrets liés à la lignée du Christ ou à d'autres secrets de la chrétienté, cela ne me paraît plus changé grand-chose...

— Vous pensez donc désormais que les États-Unis d'Amérique sont donc, en réalité, la nouvelle Jérusalem fondée par les Templiers ?

— On pourrait le concevoir ainsi, oui. Les Templiers ne pouvaient plus compter sur Rome lors de la chute de leur ordre par Philippe le Bel sous le Pape Clément V. Dès lors, après avoir installé sur notre continent leur édifice, qui s'apparente à une église à Newport, ils sont retournés en Europe à la recherche d'une solution. Les Templiers ont mis près de deux siècles avant de revenir sur le continent américain, mais ils ne pouvaient pas le faire en leur nom, c'est pour cela que leur marque fut discrète auprès du bateau du navigateur soi-disant égaré Christophe Colomb. Ils ne pouvaient pas non plus le faire au bénéfice de Rome qui les avait trahis, assassinés et abandonnés. Leur ordre a peu à peu évolué, jusqu'à se retrouver complètement dans l'ordre des francs-maçons pour construire un Nouveau Monde. Si les bâtiments de Washington ont été entièrement l'œuvre des francs-maçons, la Constitution des États-Unis d'Amérique l'est tout autant. Ils ont fondé une institution qui reconnaît Dieu comme garant de leur Constitution, et basent cette nouvelle société sur leurs connaissances anciennes. C'est pour cela qu'il y a tant des symboles maçonniques autour du pouvoir américain. Non pour marquer le poids de cette société sur le pouvoir américain comme le dénoncent les complotistes, mais pour signifier que ce Nouveau Monde a été bâti sur le savoir des anciens. Qu'est-ce que le christianisme, sinon un ensemble de règles et de croyances donnant un but à l'existence humaine ? C'est exactement l'héritage légué aux Américains par leur père fondateur, Georges Washington. Christophe Colomb n'a pas découvert le Nouveau Monde, il est venu le fonder avec des cohortes de savoirs anciens, une philosophie, des conceptions politiques et religieuses, toutes conservées et transmises à travers les siècles par les sociétés secrètes héritées des Templiers. Washington DC est la Nouvelle Jérusalem, mais attention, Jérusalem n'était pas qu'une ville à l'époque, mais un royaume, c'est donc tous les États-Unis d'Amérique qui sont donc le dernier empire des Templiers. Un Empire qui a été fondé sur les principes de leur ordre, sur leur morale, mais également sur la volonté de conserver et de développer les arts, la science et de modérer l'influence des pouvoirs religieux qui limitent la connaissance. Or, quelle est la première puissance à aller dans l'espace ? Quelle est la première puissance à avoir posé le pied sur une planète extraterrestre ? Les États-Unis d'Amérique ! Ce sont les États-Unis d'Amérique, qui ont donné naissance à la majeure partie des découvertes scientifiques, mathématiques, chimiques, énergétiques, automobiles, à la création d'Internet, au développement de toutes les plus grandes technologies numériques, aux entreprises géantes que sont les GAFAM, à la conquête spatiale et vraisemblablement à la plus grande collecte d'informations sur la vie extraterrestre, ainsi qu'à la plus grande partie des créations d'arts en tous genres : littérature, musique, cinéma, sports et divertissement, mais aussi au sauvetage des démocraties européennes et du monde libre lors de deux guerres mondiales.

Vous rendez-vous compte Ryan, si Jacques de Molay ou Godefroy de Bouillon avaient su à quoi leur ordre donnerait naissance ?

De plus, les francs-maçons n'ont pas seulement fondé les États-Unis, ils l'ont aussi beaucoup gouverné, puisque de très nombreux Présidents importants à travers l'histoire étaient des initiés.

Je me demande ce qui serait arrivé si les hommes du *Secret Service* n'étaient pas arrivés à temps pour empêcher ces hommes de découvrir et de prendre ce trésor.

— Qu'est-ce qui se serait passé selon vous ? Demande Ryan, passionné par ce qu'il vient d'entendre.

— Le monde tel que nous le connaissons aurait été renversé. Nous aurions assisté à une transformation révolutionnaire comparable à celle vécue par l'Empire romain d'Orient lorsqu'il renonça à ses divinités et à ses cultes, héritages des Grecs, pour embrasser le Christianisme. Sauf que cette fois, la révolution aurait eu une portée mondiale.

— Étaient-ils donc en quête du trésor dans l'espoir de déclencher une révolution mondiale ? Probablement des agences de renseignement européennes ?

— Je n'en sais rien. Je pense que leur but était de faire retrouver la foi et l'espérance chrétienne au sein de leur population, dans une Europe érodée par le scepticisme, rongée par le doute et traversant une crise spirituelle sans précédent. Toute nation, toute société s'érige sur des mythes. Les révélations concernant le trésor auraient pu restaurer la foi et la stabilité en Europe. L'Ordre du Temple, ce fondateur méconnu des États-Unis d'Amérique, serait devenu le centre d'un intérêt universel. Et je ne parle même pas des reliques sacrées qui auraient pu unifier une Europe fracturée et en proie à des guerres de religion, autour de son histoire commune. Bien sûr, un tel bouleversement n'aurait pas eu lieu sans des frictions et des incertitudes, mais à long terme, l'Europe aurait peut-être retrouvé son unité et une nouvelle vitalité spirituelle. Comme le disait Aristote, les mythes sont des légendes renfermant toujours une part de vérité. Modifier le mythe de la découverte des Amériques et de la création des États-Unis aurait irréversiblement transformé le visage du monde.

— Pourquoi pensez-vous qu'ils ont tenté de les récupérer maintenant ?

— C'est vous êtes l'enquêteur, pas moi. De toute façon, nous sommes dans le domaine de la fiction maintenant, rien de cela ne s'est réellement passé et nous ne saurons jamais ce qui aurait pu arriver.

— Vous avez raison. Souhaitez-vous du thé ou du café ? Propose Ryan, apercevant une hôtesse se diriger vers eux.

— Non merci, répond poliment le Professeur Duran. Oh, où avais-je la tête, puisque c'est l'heure du goûter, je vous ai apporté une petite surprise.

Le Professeur sort de son sac une petite boîte de chocolat français très raffiné.

— C'est pour vous remercier de tout ce que vous avez fait pour Sarah et moi. Sans vous, je ne sais pas ce qu'elle serait devenue.

— Merci, mais je n'ai fait que mon travail, répond timidement Ryan étonné de cette attention. Et puisqu'il est question de surprises, à mon tour de vous en faire une.

Ryan, à son tour, sort de son sac un objet et le tend au Professeur.

— Ne me dites pas que c'est le livre auquel je pense ?

— Tout à fait, Professeur ! J'ai insisté pour le récupérer auprès des hommes du Secret service, en affirmant qu'il vous appartenait et qu'ils vous l'avaient dérobé. Les hommes de Perkins l'avaient sur eux lorsqu'ils ont été arrêtés. J'ai pensé que vous seriez ravi de pouvoir le lire.

— Vous n'imaginez pas ce qu'il représente pour moi.

À mesure que l'avion s'éloignait un peu plus de la terre pour se diriger vers le ciel, le Professeur se met à parcourir le manuscrit interdit de son ancien mentor.

Lecture du Manuscrit interdit, dans le ciel de la côte ouest-américaine.
Lundi 25 septembre 2028, 20 h

Au fil des pages, le Professeur contemple notamment ces passages :

« Tout commence un soir de l'an de grâce 1307. Jacques de Molay, le 23e maître de l'ordre du Temple, accompagné de son second, Geoffroy de Charnay, et du jeune chevalier Charles de Beauce, débattent dans une atmosphère tendue. Geoffroy de Charnay, tenant fermement une lettre, a rejoint Jacques de Molay, ce dernier examinant déjà un message similaire.

— Maître ! Avez-vous eu connaissance de la missive royale ? Le roi Philippe le Bel nous trahit.

— Oui, je la tiens là. Des temps tumultueux s'annoncent, Geoffroy. Merci de me l'avoir apportée ; j'ai justement convoqué notre jeune chevalier Charles de Beauce, à qui nous allons confier une mission cruciale.

Le jeune Charles regarde avec attention le grand maître Jacques de Molay, puis Geoffroy de Charnay, le Commandeur de l'Ordre avec une certaine crainte.

— Le Roi Philippe le Bel vient d'ordonner d'arrêter tous les Templiers présents dans le royaume. L'ordre prendra effet dans une semaine jour pour jour, la proclamation devant rester scellée jusqu'à la date d'exécution.

— Que voulez-vous faire grand maître ? Devons-nous combattre ce roi qui vient de donner un ordre scélérat qui fait obstruction à la préservation de Jérusalem et à l'avènement du royaume de Dieu sur la Terre ? Je suis prêt et vous pouvez compter sur la fidélité de tout l'ordre, en France comme dans tous les royaumes voisins.

— Noble Charles, ta loyauté est sans faille. Tu as l'âme pure et claire, tu sers notre ordre avec une bravoure inégalée, raison pour laquelle tu devras écouter attentivement mes instructions.

— Vos paroles seront mes prières, grand Maître.

— Je doute que le Roi, qui en a déjà après notre argent, car il vient encore de nous réclamer un prêt, tout impuissant qu'il est à bien gérer les finances du Royaume de France, ne s'arrête à un simple interrogatoire pour accusation d'hérésie comme cela est annoncé. Il a essayé de se faire nommer à la tête de notre ordre ou d'y imposer son propre frère, mais nous ne pouvons pas accepter. Notre ordre est intemporel et ne saurait se souiller par des considérations temporelles de luttes circonstanciées de

pouvoir personnel. Je pense qu'il veut saisir notre fortune, les reliques qui composent notre trésor sacré ainsi que notre flotte de navire. J'ai décidé que je resterai ici, et que Geoffroy de Charnay resterait aussi avec moi où nous nous ferons arrêter. Une fuite de ma part signifierait la fin de l'Ordre du Temple. Le grand maître des Templiers est un chevalier qui ne peut pas battre en retraite tel un pleutre, cela découragerait tous les adeptes de notre ordre et effacerait deux siècles de bravoure depuis le grand Godefroy de Bouillon, qui est, je le sais, l'un de tes ancêtres.

— Je comprends grand maître, que dois-je faire ?

— Tu détiens une bravoure et une noblesse d'esprit qui semblent disparues en ces temps troublés. J'ai foi en ta noble lignée pour accomplir une mission de la plus haute importance. Voici une clé, elle ouvre l'accès à la crypte où sont gardés nos trésors sacrés que tu dois protéger avant que le Roi ne puisse s'en saisir.

— Bien grand Maître, cela sera fait. Où dois-je l'emmener ?

— Prends cette lettre que j'ai écrite, elle t'instaure nouveau chef de l'Ordre du Temple. Tu la présenteras au capitaine de notre flotte, il te mènera en Écosse où mon vieil ami, le roi Robert d'Écosse, te garantira asile. Tu l'aideras à combattre, puis prépareras le plus grand voyage que l'humanité et notre civilisation doivent réaliser.

— Dois-je m'apprêter à reconquérir Jérusalem des mains des musulmans ?

— Non. Tu vogueras vers une terre nouvelle, une nouvelle Jérusalem, un continent vierge à l'est de l'Europe. Tu y érigeras un empire, fondé sur nos connaissances scientifiques, philosophiques et religieuses. Tu construiras une société sans roi, une chrétienté sans Rome, mais avec Dieu.

Puisque le pape de Rome ne nous défend pas, nous ne devons plus faire confiance à l'Église pour promouvoir nos valeurs sacrées. Les rois, nous ayant trahi, nous devrons plus faire confiance à un roi ni à la monarchie. Nous allons devoir un nouveau royaume sans roi.

— Un nouveau royaume sans roi, grand maître ? Quel sera-t-il ?

— C'est désormais à moi de t'appeler grand maître. Tu vas bâtir une nouvelle Jérusalem. Tu seras entouré pour ton voyage de maîtres du

Temple, nos plus grands scientifiques, maîtres en navigation, maîtres en construction et ceux qui ont le mieux administré notre ordre. Ils sauront te guider vers la direction de l'Ordre et sa transformation dans la nouvelle Jérusalem. Tu pourras ainsi prendre les meilleures décisions pour sauvegarder notre ordre à travers les siècles en conservant nos connaissances sacrées qui nous préserveront des aléas des gouvernements.

Des cavaliers sont prêts et plusieurs chariots sont à votre disposition. Tu passeras prendre le trésor sacré à Gisors, mais tu ne t'encombreras des pièces, seules les reliques sont importantes. Nous les conserverons dans des cavités cachées du château, à l'abri de Philippe le Bel. Ses hommes ne les trouveront, l'architecture du château est trop complexe et seuls quelques initiés connaissons ses secrets. Une fois cette mission remplie, vous embarquerez dans notre flotte au port de La Rochelle. Vous la confierez ensuite au roi Robert, qui est un bon roi, comme un présent de ma part.

— Je suis profondément reconnaissant de votre confiance, Grand Maître. Je ne vous décevrai pas.

— Lorsque le doute et le désespoir te guetteront, comme ils avaient envahi le grand Godefroy de Bouillon, n'oublie pas que le voyage que tu vas accomplir sera le plus grand de toute l'histoire de l'humanité. Personne n'a encore exploré les terres que tu découvriras, personne n'a érigé d'empire aussi vaste.

Tu vas fonder un royaume de la connaissance. Les sciences y trouveront un terrain fertile pour se développer et les Hommes ne trouveront aucune limite à leur connaissance. Les mers, même les astres, n'auront plus de secrets pour eux. Il ne s'agit pas de recréer Jérusalem, mais d'en établir une nouvelle. Tu y cacheras le trésor pour que nul roi ne puisse utiliser les reliques sacrées à son propre compte. Ni les rois ni Rome.

Te souviens-tu de l'engagement qui vous avait été demandé à ton entrée dans l'Ordre ?

— Oui, grand Maître : « Vous allez prendre de grands engagements. Vous serez exposé à beaucoup de peines et de dangers. Il vous faudra veiller quand vous voudriez dormir, supporter la fatigue quand vous voudriez vous reposer ; souffrir la soif et la faim quand vous voudriez

boire et manger ; passer dans un pays quand vous voudriez rester dans un autre. Vous y soumettez-vous ? ».

— C'est cela. Votre engagement sera plus que jamais d'actualité. Dieu sera fier de vous. Tu dois partir maintenant.

Le Professeur, qui a littéralement lu tout ce passage en apnée, n'en croit pas ses yeux. Il poursuit avec délice et stupéfaction la lecture.

« Vous irez là où vous serez bien reçu. L'Écosse devrait bien vous accueillir. Nous comptons pourtant beaucoup d'amis parmi les sujets du Roi Édouard d'Angleterre, mais s'il n'a pas pu empêcher l'ordre d'arrestation des Templiers par le pape Clément V et Philippe le Bel, alors nous devons nous attendre à ce qu'il tente de tirer profit de la situation et tente, à son tour, de prendre nos richesses pour remplir les caisses de son royaume. Le Roi Robert Bruce d'Écosse est un homme de bien. Il est preux, il a combattu aux côtés du téméraire William Wallace qui sonna la révolte pour l'indépendance des Écossais face aux Anglais. Partez en Écosse et servez Robert Bruce, il pourra vous aider à préparer votre grand voyage vers le Nouveau Monde. Vous y amasserez tous les savoirs nécessaires, cacherez le trésor de notre Ordre et recruterez nos frères qui feront le voyage avec vous. Vous établirez des confréries locales sur votre route pour perpétuer nos traditions et notre espérance, en attendant de fonder notre nouvel empire. Vous inscrirez dans les murs l'histoire sacrée de notre aventure, passée, présente, et future. »

(...)

« Les mots du Grand Maître furent suivis à la lettre, mais les chevaliers Templiers qui arrivèrent en Écosse ne s'attendaient pas à devoir vivre un tel enfer avant d'atteindre la nouvelle terre promise. Ils devaient se préparer à mener une bataille féroce contre le roi Édouard d'Angleterre. Avec une armée écossaise limitée en effectifs, en armement et en ressources financières, la défaite semblait inéluctable. L'apport des Templiers pouvait néanmoins inverser la balance. Aguerris par désormais plusieurs siècles de bataille, les quelques chevaliers présents auprès des troupes écossaises leur ont livré leurs savoirs militaires, tant leurs tactiques sur-le-champ de bataille que dans les techniques de construction

d'armes plus efficaces. Leur temps de préparation était *court, mais la bataille qui s'annonçait allait être la bataille la plus importante pour toute l'histoire de l'humanité. S'ils la remportaient, ils auraient une chance de mener à bien leur expédition et de fonder une nouvelle Jérusalem. S'ils s'inclinaient, l'Ordre des Templiers allait alors disparaître à jamais, balayé par les trahisons du Roi de France, de l'Église de Rome et l'armée anglaise.*

La bataille se déroula le 23 juin 1314 à Bannockburn, une ville à quelques dizaines de kilomètres au nord d'Édimbourg et de Glasgow. Elle mit aux prises les troupes anglaises de 19 et 23 000 hommes, tandis que les troupes écossaises ne comprenaient que 5 000 combattants. C'est la charge des Templiers qui fit vaciller l'armée anglaise et la força à la déroute. De cette bataille, l'Écosse gagna trois siècles de paix et d'indépendance. On y trouve même l'origine du lien particulier, pour le reste de leur histoire, entre les Français et les Écossais. ».

— L'évènement historique qui est cité est bien réel, commente le Professeur Duran, qui ne s'est jamais senti autant absorbé dans une lecture. Il redécouvre toute l'histoire du Moyen Âge jusqu'à aujourd'hui tel qu'il la connaissait jusqu'à présent grâce à la lecture du manuscrit interdit de son défunt mentor. Il continue :

« — *Cette nouvelle Jérusalem devra comporter des symboles de tout l'Ancien Monde pour qu'il ne soit pas oublié. Nous ferons des monuments à la gloire des Grecs, des Égyptiens et des Romains. Nous féconderons notre ville par l'apport des Portugais, des Français, des Espagnols et bien sûr des Anglais. Nulle ville n'aura été ainsi construite. La géométrie, l'architecture, la navigation, les mathématiques, la philosophie, et même nos sciences occultes réservées à quelques initiés devront être partout présentes pour célébrer l'avènement de ce royaume nouveau qui reposera sur les savoirs universels. Cette accumulation des savoirs de tous les temps et de tout le monde assurera à la nouvelle Jérusalem une puissance plus grande que toutes les forces de l'Ancien Monde. Nous devrons perpétuer notre ordre sous une forme différente afin d'y veiller, et lutter contre la tentation de revenir à une forme d'organisation du vieux monde : un roi, une religion ou des frontières qui limiteraient notre influence sur le monde. Bâtir une nouvelle Jérusalem sera notre dernière croisade, et la plus belle de toutes.*

La vie éternelle du Christ et du Graal n'est pas la vie physique d'un être de chair et d'os, mais la vie éternelle de ce que le Christ a amené comme civilisation nouvelle par ses croyances et ses lois ».

Ces révélations intimident le Pr Duran, qui n'aurait jamais imaginé que l'influence des Templiers se serait prolongée si loin. Puis, quelques pages plus loin :

« — *Nous allons aborder une terra incognita par excellence. Nous serons les pionniers d'un Nouveau Monde, les découvreurs d'une terre, d'un continent où tout sera à bâtir et construire, physiquement et spirituellement. La science contribuera aux deux. Le moment où l'humanité ne pourra plus survivre sans que cette vérité, ce savoir datant de la nuit des temps, ne lui soit révélée.*

Nous ferons entrer l'humanité dans une ère nouvelle : celle de la connaissance, celle de la liberté, celle de la science, celle de la jouissance de terres abondantes et fertiles débarrassées de guerres, et prospérerons grâce aux commerces à travers les frontières, comme notre système de commanderie des Templiers fonctionnait. Nous sommes les pionniers d'une nouvelle ère dans le développement de l'humanité. Ceux qui nous suivront devront être initiés à nos ambitions. À travers les générations et les siècles, il faudra poursuivre l'édifice dont nous bâtissons aujourd'hui les premières pierres. Ce nouveau continent sera l'avenir de l'humanité. ».

Le Professeur Duran se sent soudainement étreint d'un vertige bien étrange, il se demande comment a-t-il pu passer à côté d'une lecture si déterminante. La vie qu'il mène depuis plus de vingt-cinq ans aurait été toute changée s'il était allé chercher ce manuscrit. Il se replonge à nouveau :

« — *Nous ne pouvons pas mettre toutes nos espérances dans notre voyage. Nous devons nous assurer que notre ordre, nos idéaux et nos espérances puissent survivre sans nous. Nous devons initier une partie de nos amis écossais à nos rites secrets, à nos valeurs, à notre héritage et à nos buts. Il faut que certains restent ici et prolongent notre œuvre sur ces terres que nous avons défendues, et l'étendent près du pouvoir temporel. Nous devrons inventer des temples nouveaux, dédiés à un ordre nouveau.*

— Un ordre nouveau ?

— Oui, nous ne viserons pas la ferveur de masses de croyants, mais de les libérer des antiques superstitions. Libérer des contraintes imposées par un ordre religieux, qui n'est jamais qu'une contrainte imposée aux hommes par d'autres hommes. Nous devrons permettre un tête-à-tête de chaque homme vers Dieu, sans ordre religieux. Voilà ce qui devra être notre grand but, même s'il sera long et difficile. Notre Ordre a déjà remporté plein de batailles, libéré Jérusalem, découvert les reliques sacrées, inventé un système d'échanges des biens et des savoirs au-delà des frontières, et crée une société capable de conserver des secrets et des buts nobles à travers les siècles. J'ai foi en notre réussite. La foi d'un chrétien, catholique romain, un homme franc, Chevalier de l'Ordre, qui ne craint pas la mort. Nous devons accomplir la volonté de Dieu en faisant vivre les hommes selon les principes qu'il a édictés avec le Christ. Voici ce que plusieurs siècles de connaissances, de sciences et d'expériences des Chevaliers de l'Ordre du Temple nous ont appris.

Allez, Dieu vous accompagnera dans ce plus beau des voyages. »

Au moment même où le Pr Duran finit, cette page de lecture, Ryan, à côté de lui reçoit un SMS inattendu.

Découverte fantastique !
Vous avoir aidé est la plus belle chose de ma vie.
Phil

Phil pourrait-il savoir ce qu'ils ont pu découvrir ? Se demande tout à coup Ryan qui sent que quelque chose lui échappe. Est-il possible que quelque chose ait fuité ? S'inquiète-t-il soudain ? Une seule façon d'en avoir le cœur net, pense-t-il. Il allume la tablette devant lui, qui s'allume par défaut sur CNN

FLASH INFO Spécial CNN : Le trésor des Templiers et le Graal découverts à Washington D.C. ?

Une vidéo amateur et plusieurs photos de très grandes qualités, diffusées par la télévision française et reprise par la BBC Scotland et la BBC UK, montreraient le trésor millénaire perdu des Templiers ainsi que plusieurs reliques sacrées. Ces images viennent d'être soumises à plusieurs grands professeurs d'histoire et d'archéologie et tous indiquent que ces images semblent montrer des objets authentiques. Cette information étant parvenue au moment d'une conférence de presse de la présidence, le porte-parole de la Maison-Blanche a commenté : « Cela remet toute notre connaissance du monde et de notre histoire en cause. La Maison-Blanche va enquêter ces faits nouveaux et publiera un rapport très prochainement. »

Fait rarissime, le nouveau pape s'est même exprimé via un communiqué de presse sur le site officiel du Vatican : « Les reliques sacrées ont été retrouvées, c'est un signe de Dieu ! Puissent ces preuves de l'existence divine et de la mort du Christ ramener vers la foi les sceptiques ».

Ryan et le professeur restent interdits devant ce qu'ils viennent d'entendre. Le Professeur, sans doute le plus touché par ce qu'il vient d'entendre entreprend de changer de chaîne pour voir la réaction du monde devant une telle découverte. Sur la BBC, un historien anglais est interviewé :

— Cette découverte du trésor des Templiers aux États-Unis d'Amérique remet en cause toute notre histoire depuis le Moyen Âge. Cela valide l'hypothèse que ce sont les Templiers qui ont découvert et participé à la construction des États-Unis d'Amérique. C'est-à-dire que la première puissance au monde a été fondée par une secte chrétienne française du Moyen Âge, et que la constitution dans laquelle les Américains vivent encore aujourd'hui en est le fruit. Cela peut paraître stupéfiant, mais c'est la seule explication possible à la découverte du trésor des Templiers dans la capitale américaine.

Alors que l'avion arrive dans un ciel de plus en plus ensoleillé, Ryan et le Professeur ne savent pas quoi penser de la divulgation de cette révélation. Ils n'en croient pas leurs yeux. Cela leur semble irréel.

— Et maintenant, Professeur ? Que risque-t-il de se passer ? Enchaîne Ryan qui trouve ce qu'il vit surréaliste.

— Nous volons vers un monde inconnu à notre tour.

Alors que les deux marquent un silence, ils observent à l'écran :

LIVE — Réaction directe du Vatican, où le pape prononce un discours sur la place Saint-Pierre, retransmis sur toutes les chaînes, avec des milliers de fidèles qui affluent continuellement pour l'écouter :

« La découverte de ce trésor millénaire rappelle que l'humanité doit retrouver le goût du sacré et du divin. Alors qu'une partie croissante de la population est livrée à elle-même, sans valeurs religieuses et de façon sauvage aux technologies qui détruisent peu à peu l'humanité, ces objets sacrés qui relient les hommes à leur passé et au divin doivent parler à la conscience, et l'aspiration à une humanité meilleure, de chacun.

La recherche incessante de la nouveauté et de la distraction a érodé les piliers de la sagesse et de la spiritualité, et a engendré une population déracinée, inconsciente de sa propre détresse.

Le sacré, le divin réveillent en nous une perception plus haute de notre propre existence et du monde qui nous entoure, nous offrant ainsi des perspectives renouvelées sur notre rôle et notre responsabilité en tant qu'êtres humains. C'est en plongeant dans les eaux sacrées de la spiritualité que nous soignerons les blessures de notre âme, abîmée par la superficialité et l'insensibilité de notre époque. Le sacré est la clé de notre libération, pour dépasser nos limites et transcender nos peurs, nos doutes et nos insécurités. Il est un phare dans la nuit, éclairant notre chemin, loin des sentiers de perditions, de narcissisme et d'insatisfaction permanente que sont toutes ces technologies qui ont pris le contrôle sur nos vies. Il est temps de retrouver le respect pour le sacré et le divin afin de remédier à la décadence morale et spirituelle engendrée par un monde ultra-connecté, mais profondément désuni.

Après la déshumanisation des nouvelles technologies, leurs créateurs veulent désormais s'attaquer à toutes les valeurs humaines qui se sont transmises depuis des millénaires et nous ont permis d'être ce que nous sommes devenus. Pire, ils veulent désormais nous implanter des puces pour faire de l'humain une race hybride, c'est-à-dire, exterminer l'humanité... Il n'est pas trop tard, l'humanité doit se réveiller et se soulever si elle veut poursuivre son incroyable aventure !»

Si Rome a aussitôt commenté ces photos, c'est que l'Église devait être à l'origine de ces recherches, murit-il. *Et si nous venions d'assister à la dernière Croisade voulue par l'Église, soutenue fidèlement par de jeunes chevaliers français et écossais, comme mille ans auparavant ? Après tout, mes ravisseurs ne m'avaient-ils pas dit qu'on les considèrerait comme des héros ? La dernière Croisade de l'Église de Rome, vraiment* ? ne peut-il s'empêcher de penser.

Toute sa vie, le Professeur Duran avait donc vécu sur une terre découverte par les Templiers avant Christophe Colomb, sur laquelle ils avaient donc fondé et bâti leur dernier empire : Les États-Unis d'Amérique !

Ryan s'apprêtait à faire rejoindre Edwina, mais effectue un demi-tour et s'adresse une dernière fois au Professeur.

— Professeur, je ne vous ai pas demandé, maintenant que cette quête est terminée. Vous avez autre chose en tête ?

Sarah et le Professeur sourient, quelque peu amusés et surpris de cette question. Ils échangent un regard complice, comme si Sarah connaissait déjà la réponse.

— Vous avez déjà entendu parler des mystères des pyramides d'Amérique du Sud, Agent Oxlade ?

*

Table des matières

ISBN : 978-2-81220-404-3
222, boulevard Pereire - 75017 Paris
www.ramsay.fr

Réalisation : Ramsay Médias
Imprimé en France par CPI (182830)
Dépôt légal à parution